わたしはふたつめの人生をあるく！ 3

小択出新都

Illustration くろでこ

Person

フィー【ヒース】

妹のオマケで大国オーストルへ嫁いだ王女。後宮での扱いに耐えかねて城を抜け出し、見習騎士"ヒース"として性別も身分も隠して生活している。前向きで根性のある性格。

クーイヌ
北宿舎へと転入してきた少年。
剣技に優れており試合でもほぼ負けなし。
ヒースが女であることを知っている。
見習い騎士【北宿舎】
ゴルムス
ヒースと同じ北宿舎で学ぶ少年。
強面かつ腕も立つので
怖がられがちだが、
冷静に考えられる常識人。
レーミエ
ヒースと同じ北宿舎で学ぶ少年。
騎士の話題になると
熱弁をふるってしまうが、
普段は優しく穏やかな性格。
第18騎士隊
クロウ
ヒースの兄貴分。
明るい性格と端整な顔立ち、
腕っ節の強さでファンも多いが、
女好きすぎるのが玉に瑕。
コンラッド
主に潜入調査を
担当する変装のプロ。
もともとは地味顔の青年だが、
女性に変装すると絶世の美女。
イオール【ロイ】
ヒースが所属する第18騎士隊の
隊長で、剣術に優れた
騎士たちの憧れの的。
実はオーストルの国王「ロイ」。

これまでのあらすじ

田舎国家デーマンの第一王女であるフィーは、
美しく優秀な双子の妹と常に比べられ、
何かと不遇な扱いを受けていた女の子。
そんなフィーは、ある日、正妻として迎えられる妹の“オマケ”で
大国オーストルのロイ国王のもとへ嫁ぐことになった。

しかし、無理やり押し付けられたオーストル側も
そんなフィーを歓迎してくれるはずもなく
嫁ぎ先での扱いはひどくなっていくばかり。
耐えかねたフィーは城を抜け出し、
身分も性別も隠して“見習い騎士・ヒース”として
ふたつめの人生を歩みはじめる。

見習い騎士の友達や所属の第18騎士隊の先輩たちに囲まれ
生まれて初めての“居場所”を手に入れたフィー。
手練れ揃いの東宿舎との対抗試合でも見事に勝利をつかみ取り
仲間たちとの絆はさらに広がり、深まっていっていた。

そんなこんなで自分の人生を初めて謳歌するフィーだったが、
唯一自分の本当の性別を知る少年・クーイヌにある日突然告白される。
性別だけでなく身分も偽っていることに負い目を感じたフィーは
クーイヌに本当のことを話すが、彼の気持ちは堅かった。

今まで誰からも特別な感情を向けられたことがなく、
また、境遇ゆえに自分自身も
他人に特別な感情を抱いたことのなかったフィーは
クーイヌの真剣すぎる気持ちに戸惑いを見せるが、
「恋愛ってのは二人で良いことも悪いことも背負うものだ」
という先輩の言葉に背中を押され
クーイヌの気持ちに向き合うことを選択した。

かくして、フィーとクーイヌは2人だけの秘密の関係を隠しながら
日々の見習い騎士の訓練に参加することになるが――。

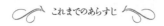

目次

第25章　サーカスがやってくる！

東の宿舎との対抗戦から半年ほどが経ち、フィーたちは見習い騎士二年生になっていた。

「ふんふんふーん」

フィーは王都の大通りを歩いていた。

しばらく降り続いていた雨が止んで、王都ウィーネには青空が広がっている。頬を爽やかな風が撫でる、フィーはとっても良い気分だった。日用品の買出しに出てきたフィーだけど、あまりに良い天気なので、寄り道して散歩をしていた。

川辺の道に出ると、いい匂いがした。香草とたれと一緒に焼けた鶏肉の匂い。

香草焼きの屋台販売だ。

思わず目を奪われていると、屋台の店主が声をかけてくる。

「お、坊ちゃんおひとつどうだい？　焼きたてだからうまいよー！」

フィーのお腹もぐぅと鳴った。

（みんなにも買って行ってあげよう）

「十五本ください」

「あいよー」

クーイヌ、ゴルムスに、スラッド、レーミエ、ギースたちに二本ずつで十本。残り五本は、フィーが歩きながら食べる分が二本と、みんなと一緒に食べる分が二本。十四本じゃキリが悪いから一本足して十五本だ。別にもう一本、余分に食べたかったわけでは――決してない。

「えへへ～」

包み紙から串焼きを一本取り出す。日の光の熱で溶け出した脂が、きらりと光る。とても美味しそうだ。

早速、ひとくち口に入れようとしたとき、背中から声がかかった。

「おーい、歩き食いは行儀が悪いぞ」

その声だけで、すぐ誰か分かって、フィーは口元を綻ばせる。

「クロウさんもやってましたよね、この前の巡回の時に」

「そのときは時間がなかったから仕方なかったんだよ。しっかりと見回りをして、王都の治安を守るためだ」

フィーにそう指摘されて、クロウはもっともらしい言い訳を述べた。それをフィーは冷たい目で見る。

「可愛い子を見つけるたびにナンパするから無駄に時間を食ってるって噂になってますよ～」

「それは街に変わったことがないか、丁寧に聞いてまわってたんだよ、うん。それがみんなに誤解を与えてしまったんだな。色男は辛いぜ」

クロウは神妙な表情で腕を組み、うんうんと頷いてみせるが、フィーの表情はまったく変わらなかった。

クロウが女性関係でフィーに信頼されてないのは、いつものことだった。

でも、二人とも喧嘩をしているわけではない。この程度は二人にとって、じゃれ合いの範疇である。

クロウはさっきまでの指摘をすっ飛ばすように、フィーの持つ串焼きを見て言った。

「それよりも、その串焼き美味しそうだな。このかっこいいお兄さんにも、一本くれないか？」

「行儀悪いって言ってませんでしたか？」

「行儀が悪いって言っただけで、やっちゃだめだとは言ってないぞ」

「むぅー」

結局、行儀が悪いという指摘も、フィーをからかいたかっただけのようだ。

いつもは軽口を叩き合ってるフィーだが、クロウにはいつもお世話になっていることは分かっている。しょうがないから、自分の分五本のうち一本をクロウの分とした。五本とも食べる予定だったフィーとしては、断腸の思いである。

苦い顔でクロウに串を差し出すフィーに、軽く串焼きを要求したクロウもなんか申し訳ない気分になった。

「そんな顔するなよ、次の休みに、食事でも連れてってやるからさ」

その言葉に幾分か機嫌を直したようである。

目の前の見習い騎士が、食事に執着する性格なのをすっかり忘れていた。別にケチではない。クロウにも分けてくれたように、人に分けたりする優しい性格である。ただ自分の分には、ものすごく執着するのだ。

ちょうど一年前になるだろうか。初めて会ったときの飢えていた様子を久々に思い出す。

あのときの体験が、こういう性格を作り出してしまったのだろうか。

あの頃に比べると、頰もぷっくりして健康的になった気がする。少年にしては少し丸みが強い体形ではあるけど不思議と太っているわけではない。まあ健康であればそれでいいと思っている。

珍しく懐かしい気持ちに襲われたクロウは、フィーが分けてくれた串焼きを口に入れ、フィーの頭をぽんぽんと撫でた。

いきなりそんなことをしてきたクロウに、フィーは首をかしげる。

いつもなら、もっとからかう言葉が飛んでくるはずなのに。でも撫でられるのは嬉しいので、そのまま大人しくしておく。

「とりあえず城に帰るか」

「はーい」

そう言われて、フィーは素直にクロウについていく。なんだかんだクロウに懐いているフィーだった。

そんなフィーを隣に置きながら、クロウの方は、この後輩をもう少し大事にしてやらないとな、なんてことを思った。

＊＊＊

ここはたくさんの見習い騎士が暮らす、北の宿舎。

教官であるヒスロに呼び出されて、フィーに置いていかれてしまったクーイヌは、見習い騎士たちの会話に参加していた。

もう見習い騎士二年生になる少年たちだが、相変わらずといえば相変わらずである。今日も今日とてくだらない話をしている。

「やっぱり、ミランダちゃんだろ！」

「いーや、エメルちゃんが一番かわいい！」

今話してるのは、最近王都にオープンしたカフェ『アンビャビエール』の話題である。潰れたカフェを改装して営業をはじめたそこは、可愛い女の子たちが侍女の格好をして接客してくれるということで、一部の男性に人気がでていた。

少年たちは自分の一押しの子を熱く語る。

「ミランダちゃんが王都一の美少女だ!!」

「エメルちゃんがこの国一の美女だ!!」

その熱心さはつかみ合いに発展するほどだった。

「なにおー！　こうなりゃ決闘だ！」

「よし！　受けてたってやる！」

「まてまて、おまえたち。決闘はだめだぞ。俺たち見習い騎士の見習い騎士による見習い騎士のための見習い騎士もきっちり守る禁止条項、第58条、『アンビャヒエールでの決闘はキリがないから禁止』に抵触する！　当然、それに付随する刃傷沙汰もダメだ！」

見習い騎士生活一年目の後半から少年たちは、自主的に、自分たちを戒めるルールを作成するようになっていた。北の宿舎のメンバー各々がいろんな理由で問題行動を起こすからだ。お互いに迷惑をかけないようにする、ヒスロに叱られないようにする、この二つが目的だった。

月一で騎士総会が開かれ、そこで法案が提出され、内容が議論され、多数決で決定される。

少年たちがこれまでに作り出した禁止条項は二百に及んだ。

「罰則はなんだ！　ミランダちゃんのためなら、罰を受けるのもやぶさかではない！」

「そうだ、ちょっとやそっとの刑罰じゃ、俺のエメルちゃんへの愛は止められないぞ」

この禁止条項はかなり自治効果を発揮していたが、騎士総会は全員が出席するとは限らない上に、条項を決定した当人たちですら、数が多すぎて罰則までは覚えてないことがあった。

「えっと、なんだっけ」

宿舎の壁にかけられた騎士総会の記録が書かれた紙を、少年のうちの一人がめくって言う。

「ああ、『三日間、ヒースのお供の刑』だ」

「俺たちの間での最高刑罰『ムン川のほとりで蟹ざらしの刑』以上と評判が高い刑じゃないか。たかが、決闘だろ？　日常茶飯事じゃないか。なんでそんなことになったんだ」

「とにかく一時期、やらかす数が多かったからな。日に決闘が十回を超えたこともある。さすがにめんどうだから、この刑罰にしたよ。もちろん、それから激減した」

禁止条項など関係ないと息まいていた少年たちも、その罰則を聞いて顔を青くする。

「くっ……」

「け、決闘はやめておこう」

「あ、ああ……」

クーイヌは少年たちの態度に首をかしげる。ヒースのお供なんて、全然罰になってないではないかと。むしろ、嬉しいことである。そんなことを考えている。

でも、何も言わないので、特に議論に影響することはない。

禁止条項により決闘は阻止されたが、少年たちの侍女服少女に対する情熱は高く、議論は続く。

しかも新たな賛同者まで現れる始末だ。

「ミランダちゃんは紅茶を淹れてくれたあと、いつもにっこり微笑んでくれるんだ！　あの笑顔だけで、紅茶を何杯も飲める！」

「エメルちゃんはオムライスにけちゃっぷで絵を描くのがうまいんだ！　しかも、大盛りを頼むとハートマークを描いてくれるんだぞ！　俺たちに対する愛があるんだよ！」

それは素晴らしい客対応というより、若干搾取されている感がある。

「やれやれ、お前たちは何も分かってないなぁ」

新たに参戦した少年は、両方の手のひらを上に向けて首を振る、呆れたジェスチャーをすると、どや顔と見よがしなため息を見せつけながら言った。

「なんだお前偉そうだな」

「お前は誰推しなんだよ！」

その態度に、言い争っていた少年たちが色めき立つ。

「お前たちは大事なことを見逃している。アンビャビエールが人気なのは、なかなかお目にかかれない侍女にお世話になれるからだ。だが、所詮偽物の侍女。俺たちは本物に会えるんだぞ。なぜ、偽物なんかに夢中になる必要がある」

「なるほど、一理ある……」

一理あると言いながら、それを言葉にした少年の顔は曇っていた。

ほかの少年たちの表情も同様で、しょんぼりした顔で呟く。

「しかし……本物の侍女の子たちは俺たちには優しくしてくれないからなぁ……」

王宮の侍女は年齢が上がるごとに王宮の中心に入っていくので、宿舎の近くで働く侍女たちは見習い騎士の少年と同年代の少女が多い。しかし、気が合うかというと、お互い微妙な年齢のためその距離感は難しい。しかも、北の宿舎の見習い騎士といえば問題児揃いとして警戒されているせいで、なかなか話す機会が得られない。

ただそういう傾向は北の宿舎だけでなく、他の宿舎も似たような感じで、思春期の男女の難しさをうかがわせる。

「クーイヌはいいよなぁ。侍女の子たちにも人気あるし……」

そこで話題がクーイヌへと飛ぶ。

侍女たちから警戒されている少年たちだが、もちろん例外もいた。クーイヌなんかはその筆頭で、がっついてないし容姿端麗だし、エキゾチックな顔立ちも魅力的だしで、女の子たちからは人気がある。それを証明するように、実は一年生の後半、何度か告白を受けていた。他にもレーミエ、ギース、東の宿舎だとパーシルがいる。

何かあれば「お茶しない?」と――某騎士のだめな部分だけを見習って――侍女たちを誘いまくる見習い騎士たちとは行動を共にせず、そして容姿が整ってる者がほとんどだった。

東の宿舎の自称天才リジルやその類友《るいとも》ルーカなども、そういう意味では条件に当てはまるが、性格が独特すぎて、そこは別枠に置かれていた。

「別に興味ない……」

クーイヌは頬を染めながら、そう答えた。興味ないと言いながら照れてるあたり、初心な性格が出てしまってる。

「そんなこと言って、誰か気になる子はいないのか!?」

その質問にクーイヌは横に二回首を振る。

少年たちからため息が漏れた。

「はぁ……もったいない……」

「もっと女の子に興味を持て!　クーイヌ!」

「いや、だめだ。それはライバルが増える！」

「どうして女の子に興味のないクーイヌがモテて、常にモテたいと願ってる俺たちがモテないんだ……」

「不条理だ……おかしい……おかしいぞ……」

そんなこと言われても、クーイヌは困る。

クーイヌの眉はハの字に垂れ下がった。

クーイヌは今、一番好きな子と付き合ってるのだ。周りには秘密の関係だけど。今が一番幸せだし、浮気なんてもってのほか、そんなことしてフィーにフラれたら一生後悔する。というか、そもそも他の女の子なんて興味ない。その子だけが好きなのだ。

「不条理といえばヒースだ。なんであいつは侍女たちに人気があるんだ！」

「俺たちと同じように、バカなことをやってるのに！」

話は、クーイヌの好きなその子に飛び火した。

男装して見習い騎士をやってて、この北の宿舎でクーイヌたちと一緒に暮らしている、ヒースという少女。本当はデーマンという国のお姫様で、この国オーストルの国王ロイ陛下の側妃で、本当の名前はフィーという。

誰もが知ることではあるがフィーは問題児だった。本人が北の宿舎で最高クラスのトラブルメイカーな上、それ以外のいろんな騒動にも首を突っ込んでくる。仲間外れにされるのが嫌なのか、侍女たちをナンパしようとする少年たちにもついていくし、とにかく状況をひっかきまわす。

しかし、モテない側にいてもおかしくないのに、不思議と侍女たちからは嫌われてないのだった。たまに少女たちを怒らせることもあるけど、後日聞くとちゃんと仲直りしている。いたずらっ子だけど可愛い存在として認識されていて、おまけに独自のコネクションまである始末だ。

この違いに、少年たちは納得できない。

「クーイヌ、お前ヒースから女の子と仲良くする裏技とか聞いてないか!?」

「そうだ、あいつがあんなに好感度が高いのはおかしい。何か裏でやってるはずなんだ！」

「汚い手段を使ってるに違いない！　クーイヌ、奴を告発してくれ！」

「今こそ犬から狼になるときだ！」

クーイヌに詰め寄る少年たち。

クーイヌはまた眉をハの字に下げて、首を振った。

フィーが侍女の子たちとうまくやってるのは、単純に女の子として相手の気持ちを察して行動してるからだと、クーイヌは思う。交ざりたがりやだから、たしかにたまに羽目を外してしまうこともあるけど、普段は女の子に優しくしてるし、怒らせた時もちゃんとフォローしている。

「クロウさんみたいにはなりたくないけど、モテるのはちょっと憧れる」と言ってるのは、恋人として危機感を抱かざるを得ないけど。

だからヒースこと、フィーが侍女から人気なのは、裏技でもなんでもなかった。

「ただいまー、みんな何してるの？　楽しいこと？　楽しいこと？」

噂をすればなんとやらで、その場に現れたフィーは、みんなが集まってるのを見て、何か楽しいことがあるのかと思って寄ってくる。

「別になんでもねーよ」

「何かあるとしてもお前には関係ない話だ」

実際は、フィーの侍女との交流における不正疑惑の追及だったわけだから、容疑者であるフィーはしっしと邪険に追い払われる。その対応に、フィーは唇を尖らせた。

「なんだよー。ふんっ、もういいよー！　行こっ、クーイヌ！」

除け者にされ拗ねたフィーは、そう言って部屋へと戻っていく。

「うん」

クーイヌもその後ろをぱたぱたとついていく。

そんな後ろ姿を、嫉妬にかられた少年たちは睨みながら見送った。

「ふんっ、裏切り者め」

「その犬め」

まあ、その裏切り者と犬が、彼らが求めてやまないカップルなのだけど。


「はい、串焼き、クーイヌの分」

「ありがとう」

二人っきりになったフィーは、クーイヌに串焼きを渡す。

「ゴルムスとレーミエたちにも渡してくるね」

「うん、いってらっしゃい」

クーイヌはフィーを素直に見送る。このあと、部屋で一緒に過ごすのがいつもの流れだからだ。

恋人になったフィーとクーイヌがどれだけ進展しているかというと、なんとキスまで進んでいた。

付き合ってもう五ヶ月、早いと思うか遅いと思うかはその人次第だろうけど、クーイヌにとってはとてつもなく大きな一歩だった。

フィーが戻ってくるまで暇になってしまったクーイヌは、なんとなくそのときのことを思いだしてしまう。

あれは付き合って三ヶ月目のある日のことだった。

いつものようにクーイヌは、フィーと一緒に部屋で過ごしていた。フィーはどこからか借りてきた本を読んでいて、クーイヌもそんなフィーのことをちらちら見ながら本を読む。

秘密の関係で恋人らしいことはなかなかできない。

それでもクーイヌにとっては、この時間も、付き合えていることも、幸せだった。満足だ。

そう思ってたら、顔を上げたフィーが話しかけてきた。

「ねぇねぇ、クーイヌ」

「なに？」

話しかけられて嬉しくて上機嫌に返事しながら、フィーへの返事が掠《かす》れないように紅茶を一口、口に含んだ。クーイヌとしては全力で尻尾をぶんぶんと振って答えている状態だった。

だが、フィーはこう言ったのだ。

「恋人ってみんな付き合って三ヶ月目ぐらいにはキスしてるらしいよ～」

「んぐっ……！　げほっげほっ……！」

クーイヌはその言葉に紅茶を変に飲み込んで咳き込んだ。

「だいじょうぶ？」

そう尋ねられて、混乱しているクーイヌはぶんぶんと首を縦に振る。

そんなクーイヌに追い討ちをかけるように、フィーは小首をかしげて言った。

「じゃあ、やってみる？」

クーイヌはその言葉にズカーンと金槌で叩かれたような衝撃を受ける。

クーイヌにとって、そういう話題はデリケートな問題だった。してみたいかというともちろんしたい。したくないわけがない。でも、無理に迫って嫌われたらやだし、何よりそれを想像すると、自分の方がどきどきして耐えられるか不安な感じがするのだ。

クーイヌにとってフィーとのキスは、それこそ『立派な騎士になって両親から継いだ家を守り立てていく』並みの、『将来的には』な目標だった。

その日が明日やってくるなどとは思っていなかった。まして、いつもの今日の二人の時間になんて……。

クーイヌはビビリまくっていた。

もう尻尾をおなかの方に巻いて、しゃがみこんでいるぐらいの状態だった。

「だ、誰がそんなことを……？」

口から出てきたのは、イエスでもノーでもなく、とりあえず先伸ばしにするための言葉……。情けないけど、クーイヌとしてはがんばった。もう、会話を続けてるだけがんばってる。

「これに書いてあったよ」

そんなクーイヌにあっけらかんとしたフィーが見せたのは、さっきまで読んでいた本の表紙だった。『これで恋愛の全てが分かる！　君は恋愛に後れを取ってはいないか。そんな君たちに贈る現代の恋愛指南書！』、そんなことが表紙に大げさな字体で書かれている。

クーイヌは思った。

放っておいて欲しい……、と。恋愛なんて人それぞれなんだから……、と。というか、なんだその本は……、と。

でも、そんな言葉はひとつも出てこない。

さっき紅茶を口に含んだはずなのに喉がからからだから。

フィーはクーイヌの隣までてくてくとやってくる。

「それじゃあ、はい」

そして目を閉じて、顔を上に向けた。

（はいって言われても……）

クーイヌはフィーの顔を間近で見ただけで顔を真っ赤にしてしまう。

白い肌、色素の薄いまつげ。クーイヌにとっては世界で一番可愛いと思える顔立ち。そして瑞々しい薄いピンクの唇。

それを見たとき、クーイヌの心臓が高くどきんと鳴った。

(キ、キス……)

意識すると緊張で全身から汗が噴き出してくる。

そのままじっとフィーの顔を至近距離から見ていると、ぱちくりとフィーの青い目が開いてクーイヌを見つめる。

フィーの目はぱちぱちとクーイヌが近くにいることを確認するとまた閉じる。

「はい」

そしてクーイヌを促すようにそうのたまう。

(そんなこと言われても……)

クーイヌは突如として訪れる最高の幸福は、時として地獄にいるのと似たような感覚だと知った。

心臓がどきどきして、顔が熱くなって、気恥ずかしくて、もうこのまま死んでしまいそうなほどだ。どうしてこんなことになってるのかは分からない。

でも――。

(本当にしていいの!?)

そう叫ぶクーイヌの心情は、結局クーイヌもしてみたいということをはっきり表していた。

クーイヌはごくりと生唾を飲み込んだあと、なぜかその場で背筋を一度まっすぐにすると、少しずつじりじりとフィーに顔を近づけていった。

クーイヌの褐色の肌と、フィーの白い肌が近づいていく。その距離が近づくごとに、クーイヌの心臓はさらにどきどきと音を鳴らすのだった。

もう触れ合うほど顔が近づいたとき、クーイヌはこのままじゃ鼻が当たってしまうことに気づいて顔を傾けた。フィーの顔がまっすぐになってるので、そうしなければと気づいたのだ。まっすぐ同士では鼻が当たってしまう。

何もかも初めてなのにそのことに気づけたのは、本能的なものなのか、それともなんだかんだ頭の中でそういうシチュエーションを想像したことがあるせいか。

ひとつの失敗の可能性をなんとか乗り越え、もう一度、目標であるフィーの顔に目を向けたとき、その距離の近さに、クーイヌはびっくりした。本当にフィーの顔が目と鼻の先にある。

ううん、ちょっと勢いがついてしまって、鼻の先を少し乗り越えてしまっている。

こんな距離はじめてだ。

クーイヌはその近さに耐え切れず、ぎゅっと目を瞑ってしまう。それから、それが正しいキスの作法だったことに気づいた。

同時に混乱してしまう。これでは、目標が分からない。世のキスをしている恋人たちは、一体この状況をどうしてるのか疑問が浮かぶ。でもそれに答えてくれる人はいないし、初心者だからどうしたらいいのかも分からない。

クーイヌはそこで初めて自分も恋愛指南書を読んでおけばよかったと思った。

目を閉じたことによって、クーイヌの感覚が鋭敏になって、フィーの生きてる音みたいなのが聞こえてくる。緊張のあまりクーイヌは呼吸を止めていた。

　そのままフィーの音だけが聞こえる闇の中で立ち止まり、どうすればいいのか必死に考える。

　フィーがじっと待ってくれている。焦って混乱した頭では、もう一度目を開ければいいなんて簡単な解答が浮かばなかった。

　そのうち、呼吸が苦しくなって、クーイヌは時間がないことを悟る。そもそも普通に呼吸すればいいし、相手に息がかかるのが気になるなら一度顔を離せばいいだけの話なんだけど。

　追い詰められたクーイヌは、ようやく自分に正直になり前に踏み出した。

（ええい、ままよ）

　そんな戦いのときみたいな掛け声を心の中で呟いて、顔を突き出す。

　その瞬間、唇にひんやりとした感触が触れて、衝撃を受ける。

「んっ」

　クーイヌの唇がフィーに触れた瞬間、そんなフィーの声が、いつもとは違い体を伝わって聞こえてくる。

　クーイヌはまだ混乱したままだった。

（こ、これ成功してるのかな……!?」

　クーイヌの体温は普通の人より高めなので、フィーに触ったときはいつもひんやりする。そのときの温度は、男友達に触ったときよりも一段低い感じで、それが女の子って感じがして、いつもどきどきしてた。それ以前に、フィーの体の感触は自分たちなんかよりずっと柔らかくて、そこが女の子なんだなって思うのだけど。

今、クーイヌの唇に触れてる感触も、そのときと同じ体温だけど、触れたことのある肌とはちょっと違う感じがする。なんて言ったらいいか、すべすべしていて、ちょっと湿った感じがして、それでいてものすごくぷにっとして柔らかい。

でも、クーイヌは唇でフィーの肌に触れたことがないから、その違いが正しいのか分からない。

もしかしたら、自分が唇に触れてると思い込んでるだけで、まったく別の場所に触れてるのでは。そんな不安が過《よぎ》る。ちゃんと自分の唇でフィーの唇に触れられたのか、確信がもてない。

不安だけど、その感触は不快ではなく、クーイヌにはとっても心地好かった。

それでも我慢できなかったクーイヌは、ちょっとズルする気持ちでうす目を開け、フィーにばれないようにちょっと挙動不審になりながら目線を下に向けた。

もちろん重なってる場所が見えるわけではないけど、フィーがじっと上を向いて自分を受け止めてくれてるのが見えた。それでクーイヌはようやく初めて成功を確信する。

フィーとの初めてのキス。

同時にその直接目で確認した成功の確信は、クーイヌにはちょっと強すぎる刺激を与えてしまう。頭が真っ白になりそうで、クーイヌはぎゅっと目を閉じて、がんばってその姿勢を維持した。

(俺……キスしてる……フィーと……初めて……)

当然だけど経験もなくて、予備知識も不足していて、成功したのは偶然だった。鼻が変な場所にぶつかったり、顔を前に出しすぎて歯がぶつかったりしてもおかしくなかった。

クーイヌはその初めてを運よく成功させてしまった。

今、自分の唇とフィーの唇が重なっている。

クーイヌの顔は真っ赤だった。

クーイヌはこのキスを成功と思っていたけど、実を言うと、このキスが成立するまでに三分ほど時間がかかっていた。正直、ここまで時間がかかっていると、成功と言えるかは怪しい。

このときのフィーは間近にいると触れなくても感じるクーイヌの暖かい体温が、近づいたり離れたり、戸惑って揺れたりしてるのを察して、じっと待っていてあげたのである。

そしてクーイヌは出だしは成功させたけど、後のことは考えてなかった。

離れるタイミングなんて考えてないし、今も頭が真っ白で頭に浮かんでないのである。唇を重ねたまま、そのまま一生その体勢で硬直しかねない勢いだ。

フィーはそんなクーイヌの状態に、

(あっ、呼吸してない)

と気づき、クーイヌが満足したかなと思った時間だけ、受け入れたあと、自然に体を離してあげる。

目を開けると、酸欠なのか照れてるのか、真っ赤になったクーイヌの顔があった。

その潤んだ瞳を見て、フィーはちょっとおかしくて笑う。

「おつかれさま、ちょっと紅茶の味がしたかも」

その言葉でまたクーイヌは顔を赤くした。

それがフィーとクーイヌの初めてのキスの顛末だった。それから何度か回数を重ねて、クーイヌもようやく慣れてきたけど、内心のどきどきもくらくらもあのときとあんまり変わらない。ただ一回目は問題なく成功させたけど、二回目や三回目は案の定鼻をぶつけてしまい、七回目には別の場所にキスしてしまって、経験不足がばれてフィーに笑われて、二十回を超えるころにようやく技術的には安定してきた感じだった。

そんな感じなフィーとクーイヌの恋人事情である。

クーイヌは恥ずかしくも嬉しいその思い出を振り返りながらフィーを待つ。

(今日もキスさせてくれるかな……させてもらえるといいな)

そんなわりかし正直な少年らしいことも思いながら。

「おまたせ〜」

そう言ってフィーはクーイヌのもとに帰ってきた。

「うん、おかえり」

そういうやり取りにも幸せを感じるクーイヌ。今日もこれから部屋で一緒に過ごせるのかなと、無表情な顔の内側に嬉しそうな感情を滲ませていた。その感情はもうフィーにはばればれである。

自然なやり取りでクーイヌの部屋に入ろうとしたフィーは、「あっ」と声をあげた。

「ごめん、今日は18騎士隊の集会の日だった!」

「そ、そっか……」

目に見えてしょんぼりするクーイヌ。

フィーも喜んでるのが分かってただけに、悪いことした気になった。

「終わったら部屋に遊びにいくから、二人で過ごそうね」

「わ、分かった……」

そう言われてクーイヌは頬を赤くし、ちょっと嬉しそうにフィーのことを見送った。

＊＊＊

見習い騎士二年目のフィーの生活は順調だ。

訓練もついていけるようになったし、友人関係も良好。お財布はちょっと不安だけど、でも次のお小遣いの日まで持てば大丈夫。

悩みといえば……特にあるわけではないけれど、しいて言うなら好きって気持ちがまだ分からないことだろうか。クーイヌと付き合って五ヶ月になる。それなりに新鮮で楽しいし、クーイヌが喜んでくれる姿を見ると、幸せな気持ちにもなる。

でも、好きって気持ちは分からない。それはクーイヌが自分に抱いてくれてる気持ちで、お互い好き合ってる人こそが恋人同士なのだけど、でもフィーからクーイヌへの好意は、恋人になる前とあんまり変化していなかった。

最初はぶつかって、それから仲直りして、大切な友達になったそのときの気持ちのままだ。

だって分からないのだ、クーイヌが自分に対して抱いてくれてる感情が。どうしてあんなに強く自分を求めてくれるのか、どうしてあんなに大切にしてくれるのか、どうして自分が離れるとあんなに落ち込んだ顔をするのか、フィーには理解できないことばかりだった。

フィーとしては同じ気持ちを抱いてあげられたらいいと思うんだけど……。でもそれは分からないものを分からなければいけない話で、雲を掴むような行為だった。

だから、なるべくその埋め合わせとして、カップルのイベントみたいなのは、フィーのほうから積極的に情報を集めて、こなしてあげるようにしてるんだけれど、クーイヌは嬉しいだろうか。

それも分からない。

考えながら辿り着いた第18騎士隊の詰所。

そこではいつも通り美女の姿に変装したコンラッドが、お茶を淹れてフィーのことを待ってくれていた。

「いらっしゃい、ヒースちゃん」

「こんにちは、コンラッドさん」

フィーがいつもの席に座ると、コンラッドがお茶とお茶菓子をテーブルに置いてくれた。

今日はガルージもいた。第18騎士隊が使う武器や道具の製作や調達を担当する彼は、基本的には彼のために王城内に造られた専用の工房にいるが、こうやってたまにフィーと顔を合わせに来てくれる。

逆にフィーがその工房に遊びにいくこともあり、フィーのアイディアでいたずら道具を作ってくれることもある。それで騒ぎを起こして、同じ第18騎士隊のパルウィックに叱られるのがいつものパターンだった。

第18騎士隊で最年長、五十近いガルージと、騎士隊の最年少のフィーが二人並んで、パルウィックに叱られてる様は、なんとも奇妙な光景だった。

そんなガルージは、見習い騎士二年生になったフィーを見て嬉しいことを言ってくれた。

「おう、ぼうず！　見習い騎士も二年目になって少し大人っぽくなったんじゃないか？」

「本当ですか!?」

実を言うと、フィーも思っていたのだ。

そろそろ見習い騎士になって一年とちょっと。自分も大人の騎士みたいにかっこよくなってきた時期ではないかと。鏡を見ても、こう目つきが、真剣なときのクロウさんみたいにかっこよくなってきた気がする。

「冗談だ。お前は全然変わんねーな！」

目に力を入れて、自分が考えるかっこいい決め顔を作ってみたフィーに、カカカと笑いながらガルージは冗談だと告げた。

「えええぇ……せっかく喜んだのに……」

結構、落ち込むフィー。

オールブルが紙に『そんなことないよ。成長してる』と書いてフォローする。

フィーはオールブルのフォローに、すぐに目を輝かせた。

「どこらへんが、どこらへんが成長しました!?」

そう問われて、オールブルは困った表情になった。その紙にはいつまで経っても何も書かれることはない……。

『………』

「ひどい！」

『ごめんね』

オールブルは申し訳なさそうな顔をする。

「はっはっは、まあそんなもんだ」

「そうそう若いっていいことよ」

「僕だって成長してるはずですよ！　……具体的なことは思いつかないけど！」

そんな風に騒いでると、詰所の扉からクロウが入ってくる。

「なんだなんだヒース。なにをそんなに騒いでるんだ？」

何か面白そうな様子に、大人なのに悪ガキっぽい笑みを浮かべて近づいてきたクロウ。

そんなクロウを見上げてフィーは尋ねる。

「クロウさん、僕も見習い騎士二年目になって成長してますよね」

フィーにそう言われて、クロウは一瞬、楽しそうなことを思いついたという表情をすると、次の瞬間には真剣な顔をしてフィーを見て、「おおっ、そういえばお前、言われてみると」と驚くような反応をした。

それからフィーをいろんな角度からふむふむと見ていく。たまにフィーが喜ぶように、おおぉっと関心するような声を出すのも忘れずに。

そんなクロウにじろじろ見られて、フィーもちょっと緊張した様子で頬を赤くし、姿勢を正して、クロウの評定を待った。

そして「うむ」と深く頷くクロウを期待の視線で見つめる。

するとクロウはすぐに表情をいじわるそうに変えフィーに言った。

「何も変わってないな、ははは!」

からかわれたとすぐに気づいたフィーは、すぐに近くにあった訓練用の木剣をクロウに投げた。

それから手当たり次第に投げても許されそうなものをクロウに投げていく。

割と本気で。

「いてっ、いた。ちょ、それは冗談で済む範囲じゃないぞ。や、やめろって」

そういうものが無くなって、ちょっと冗談にならないものも投げだしたフィーに、クロウが必死に耐え忍ぶ。誰も助けに入らないのは普段の行いのせいか。

「何をしている?　少し騒がしいぞ」

そんなクロウに助けの手とも言うべき声が、入り口からかかる。

「たいちょー!」

フィーの大好きなたいちょーの声だった。

フィーは痛みにうずくまるクロウを放っておいて、イオールのもとへ駆け寄る。

「クロウさんがひどいんですよ。僕のこと何も成長してないってて……!」

涙目のフィーに、イオールことロイは、オーストルの国王としては他の者になかなか見せない優しげな笑みを浮かべて言う。

「そんなことはない。ヒースお前は成長している。出会ったころより、長距離走が五分も速くなった。短距離走も二秒縮まった。身長だって二ミリほど伸びている。テストの平均点も二十点伸びたし、カインから習った技術も遂に十を超えた。着実に成長している」

なぜそんな細かいところまで具体的に知っているのか、疑問が残るところだが、フィーはキラキラとした目で隊長を見上げた。

「やっぱりたいちょーはすごいです！　いつも僕のことを見てくれてます！」

「ああ、いつでも見守ってるぞ」

にわかにキラキラしだしたフィーとイオールの空間からはみ出すように、クロウがフィーに投げられたものの下敷きになって倒れてる。

「くそ……俺の方が普段から面倒をみてやってるのに、この扱いの差はなんだ」

「自業自得よ」

コンラッドが口元を押さえて、ケケケと笑った。

＊＊＊

見習い騎士二年生になったからといって、何か訓練が変わるということはない。

フィーたちはいつも通りに、騎士になるための訓練をこなしたあと訓練場に残り、自主練という

名の井戸端会議をしていた。

「しかし、俺たちも見習い騎士になって二年目、そろそろ必殺技が欲しいよな」

「ああ、成長した俺たちには必殺技が必要だ」

「それは間違いない話だ。日々、成長してるからな」

そんな会話を聞いていたレーミエは、同じような会話が同じシチュエーションで繰り広げられた記憶がある気がした。きっと、気のせいではない。

成長したと言いながら、回し車を走るリスのように同じ場所に戻ってくる彼らに、レーミエはこのままで大丈夫だろうかと冷や汗をかいた。

そんなレーミエの心配をよそに、見習い騎士たちは必殺技について議論を続ける。

「しかし、必殺技といっても、それだけじゃざっくりしすぎていて摑みどころがない。ここは一度、みんなで必殺技について考えてみよう」

「なるほど、知的な提案だ。さすが俺たち見習い騎士二年生だ」

知的な提案かは不明だが、見習い騎士たちは必殺技に必要な要素を、一人ずつ挙げていく。

「必殺技というからには、威力が高くなければいけないな」

「いかにも。間違いない話だ」

「必殺技というからには、かっこよくなければならない」

「たしかに。間違いない話だ」

「はいはいは〜い」

そんな中、少年にしては高い声の持ち主が議論に参加しようと手を挙げる。

もちろんフィーだった。少年たちは、挙げた手の主を見て一度は厳しい表情を作ったものの、聞く前に判断するのは良くないと思ったのか、発言を許可する。

「ヒースか、言ってみろ」

「剣に毒を仕込めば――」

「もういい」

「それは必殺技ではない。発言をやめろ」

そして発言すること八文字目で遮られた。

「むー！　毒なら必殺でしょう!?」

少年たちの判定に、フィーは不満の声をあげる。

ここ一年の経験を活かしたナイスな答えに何故こんなリアクションがもたらされたのか分からない。

「どうやら一年の間に何も成長できなかったようだな。いや、以前はもう少し俺たちの心の機微を理解できていたような気がする。それならば、お前は退化している」

「貴様はこの北の宿舎の鬼の子だ。『男のロマンもてあそび罪』成立の発端になったことを我々は忘れていない」

「俺たちの会議を通して見習い騎士に必要なものを学べ」

「ああ、それは間違いない話だ」

「うん、間違いなく間違いない話だ」

そうしてフィーは発言権を剥奪されてしまった。

フィーはもちろん、不満そうに頬を膨らます。

なぜ、こんなにも少年たちとフィーとで必殺技の方向性がズレてしまったのか。男女の好みの差や、隊の育成方針、個人としての考え方の違いもあるだろう。でも、フィーからすると、少年たちがいつまでも子供っぽいからこうなったのだった。つまり、成長の差だ。

必ず殺す、その条件を満たすには毒が必要だと決まっている。

発言権を奪われたのは、きわめて不当な行為であり、きわめてご立腹だ。

そんなフィーの隣で、あまり見られないはしゃいだ表情のクーイヌが手を挙げる。

「おお、クーイヌ！　めずらしいな！　何かあるのか!?」

「よし、言ってみろ！」

一年の途中から北の宿舎にやってきたクーイヌは、北の宿舎の見習い騎士たちの間で流行った、第一次必殺技ブームのときにはいなかった。

クーイヌだって男の子。普段は控えめな性格だけど、こういうのは大好きだ。

発言を許可されたクーイヌは立ち上がると、言葉ではなく、何かすごい動きで、自分の思い描く必殺技を表現してみせた。言葉で表現するのは難しいが、とにかくそれはすごい動きだった。

「おお、なるほど！」

「やるな！　クーイヌ！」

「見事だ！　完全に俺たちが求める必殺技というのを体現している！」

「ああ、間違いない話だ」

クーイヌの動きを見てわいわい盛り上がる少年たち。クーイヌも嬉しそうに照れていた。隣でフィーが頬を膨らませて睨んでるのに気づかずに……。

「おーい、お前ら残るなら、これを倉庫に運んでおいてくれよ」

話に参加していない見習い騎士が、訓練で使った大量の木剣が載った台車を指して、いつまでも会議を続ける少年たちに頼み、寮の方に戻って行った。台車の片づけを頼まれた見習い騎士たちは——。

「ヒース、片づけは頼む」

「ああ、俺たちは必殺技の探求という指名がある！」

「フリーなのはお前しかいないんだ！　頼んだぞ！」

そう言って、片づけをフィーに押し付ける。

フィーは文句を言うかと思われたが、意外とあっさり立ち上がって台車の方に向かう。

「やけに素直だな」

「あいつも俺たちのレベルの高い議論を聞いて、力不足を実感したんだろう」

フィーは台車のところまで移動し、その取っ手を持つと、少年たちの方に全速力で突っ込んできた。

「必殺！　台車アタ——ック!!」

「うぉぉお!?」

「やばいぞ！　逃げろ！」

台車の加速を利用したフィーは、いつになく速い速度でみんなを追い掛け回す。

「くそっ！　追いつかれる！」

「だが見事だ！　それこそまさしく必殺技だ！」

「よくぞ理解した！　今ではお前こそが俺たちの目指す必殺技の体現者だ！」

「心意気が伝わったんだな！　嬉しいぞ！」

「敢えて厳しく接した甲斐があったもんだ！」

「ああ、間違いない話だ！」

「その心意気を汲んで、俺たちを許してくれてもいいんだぞ！　ヒース！」

「台車アタ――――ック！」

「ぎゃぁぁああああ!!」

「うわぁあああああ」

結局、少年たちは許されることなく、フィーの台車アタックにより片づけられた。

＊＊＊

一週間後、また第18騎士隊の会合があって、終わったあとたいちょーから声をかけられた。

たいちょーから声をかけられるのは、たいてい見習い騎士としての生活が順調かを聞かれたり、アドバイスをもらえたりするときだ。たまにいたずらが過ぎて、叱られることもあるけど、実を言うと叱られるのも嫌いではない。

そういうわけで、フィーにとっては基本的に嬉しい時間である。

「そういえばヒース、王都にサーカスがやってくるのは聞いているか？　もし観に行きたいなら、その日は18騎士隊の仕事は空けておこう」

イオールの言葉にフィーは首をかしげた。

「サーカスって……なんですか？」

フィーはサーカスを知らなかった。

「知らないのか？　いいかサーカスっていうのはだな――」

クロウが会話に飛び込んできて、フィーにサーカスというものを説明してやる。

「ゾウやライオン、ってそれも知らないか、俺たちの十倍ぐらいの大きさの動物が芸をしてみせたり、王宮の三階ぐらいの高さからつるしたブランコで一組の男女が空中を飛び回ったり、命綱なしで高いところに張ったロープを渡ってみせたり、他にもだな――」

クロウの説明を聞くたびに、フィーの目が輝いていく。頬を紅潮させて、興奮を隠しきれないようにその場でぴょんぴょんと飛び跳ねる。

「サーカス！　観に行きたいです！」

「時間があったら、連れてってやるぜ。あっ、でもなぁ、俺もモテモテだからぁ、その日は女の子からたくさんの誘いが来て予定が埋まってしまうかもしれない。そのときは許してくれよ」

「はいはい」

クロウのいつものナンパ話を流して、フィーはイオールの方を向く。

「たいちょーは来られないんですか？」

「すまない、おそらくその日も仕事が入っていたはずだ」

「そうですか……」

たいちょーの答えにフィーは声を落とした。どうせなら、第18騎士隊のみんなで行けたらなと思ったのだ。

「すまない」

「いえ、大丈夫です」

謝るたいちょーにフィーは首を振った。

たぶん、クロウは一緒に来てくれるし、クーイヌたちも誘えばいい。今のフィーなら、決して寂しいものにはならない。なんだかんだ、こういうときフィーのことを優先してくれるのがクロウなのだ。

じっとクロウの方を見るフィーに、クロウは顎に手を当てて、歯をきらりと光らせていった。

「どうした？　あまりにナイスガイすぎて見惚れたか？　悪いなモテモテすぎて」

ちょっとナンパなのが玉に瑕《きず》だけど。

＊＊＊

そのまた一週間後、歴史の授業が終わって休憩しているフィーたちのもとに、少年が駆け込んできた。

「おーい、ニュースだ！　ニュース！」

「ニュースって？」

「西の倉庫に巣を作ってたツバメが巣立ったとかか？」

「いや下町三番通りのブチ犬が子供を産んだと見た」

内容を予想する少年たちに、ニュースを持ち込んだ少年は首を振る。それからどや顔になって言った。

「なんとサーカスがこの王都に来るんだ！」

「なにー！　サーカスだと!?」

「まじか！」

「おぉおおおおおおお！」

サーカスというワードに沸き立つ。なんてったってサーカス、サーカスだ。少年たちにとってサーカスといえば、都市伝説の怪人バルスマシュシュットマン、ウス池に棲むといわれる謎の極小巨大生物ウッシーを抑えて、見たいランキング一位に君臨する存在だった。

「空中ブランコってのがすごいらしいぜ」

「いや投げナイフの方がかっこいい」

「それよりライオンだろ！　ライオン！」

「ライオンってなんだ？」

「でかいネコらしいぞ」

「それの何がすごいんだ？　下町の漁場近辺のボス、ボルボロスだって犬並みの大きさがあるぞ」

「バカ、そんなレベルじゃねーよ！　オストル熊よりも大きいんだ！」

「なんだと!?　それはすごい！」

「そいつは強いのか？　強いのか!?」

「ああ、獣の王らしい！」

　盛り上がる見習い騎士たち。

　そんな中、ゴルムスはやけにヒースが大人しくしていることに気づいた。

「今日はどうした？　お前ならこういうとき真っ先にはしゃぎ倒すだろうに」

「実はもう知ってました」

　フィーはふふんと自慢げに踏ん反り返った。

　サーカスが王都に入るのには国の許可がいる。審査の基準が厳しく、その条件をパスできる一座は少ない。だから、王都でのサーカス興行が決定すると、結構大きなニュースになる。今回は内定は出ていたのだけど、正式な手続きが済んで公表するまでに時間がかかったのだ。

　フィーがたいちょーに教えてもらえたのは特別だった。

この一週間、フィーは周りに言いたくて仕方がなかった。夜、寝る前はまだ観ぬサーカスを想像して興奮しきりだった。

それは一週間経った今も変わらない。

「絶対観に行こうね！　みんなで！」

結局興奮を隠し切れず、飛び跳ねながらクーイヌの方を見てそう言うフィーに、クーイヌはかわいいと思いながらうんと頷いた。クーイヌ自身はすでにそのサーカス団を観たことがあったけど、秘密にしておくことにした。

「ゴルムスも！　ゴルムスも！」

「ああ、分かってるよ」

ゴルムスも面倒そうにだが頷く。こいつすでに知ってることを自慢するためだけに冷静なふりしてやがったなと思いながら……。

「そのライオンって生き物がな、火の輪をくぐるらしい」

「火の輪だと!?　なんて可能性に溢れた生き物なんだ！」

「まさに最強だな！」

少年たちの盛り上がりは続く。

「なあ、そのサーカスはいつ来るんだ!?」

「なんでも二ヶ月後らしい」

「待ちきれねぇ！」

すぐにでもサーカスを観たい少年たちは、うずうずする衝動を抑えられない。

そのうち一人が、何かを思い出す。

「そういえば西の倉庫に、何に使うのか分からない輪っかがあったなぁ」

「それだ！」

何が「それだ！」なのか分からないが、クーイヌは話が嫌な方向に行きかけてる気がした。そして目をきらきらさせたフィーが、少年たちの会話に飛びついていくのを見てしまった。

第26章　思わぬ分岐点

この国の宰相はあまり目立つことはない。

何故なら国王であるロイや、騎士たちの活躍の方が衆目を引くからだ。しかし、その堅実な仕事ぶりは、文官たち、何より国王であるロイからの信頼が厚かった。

そもそもオーストルの宰相ゾォルスは、前国王の弟だった。前国王はロイの父、つまりゾォルスはロイの叔父にあたる。

物心つく前に母を病で亡くし、父の死後に王位を継いだロイにとっては、ゾォルスは唯一の肉親ということになる。

ゾォルスは先々代の王の時代から、国王の命令で諸国を放浪させられていた。ゾォルスにとっては父親、ロイにとっては祖父にあたる国王からの命令だ。目的は後継者争いを避けることにあったらしい。ロイの父親の代も、忠言を繰り返すゾォルスはロイの父に厭われ、命令が解かれることはなかった。

それをロイの代になって、ようやく呼び戻したのだ。

ゾォルスは何十年も客人として、諸国を転々としていたことになる。その分、他国の事情に詳しく、さまざまなコネクションを持っていた。

そういう素性を活かし、ゾォルスは内政だけでなく外交面でも、オーストルの利益に寄与していた。

今月も外交の仕事があり、ようやく国に帰ってきたところだ。

「さ、宰相閣下、お帰りなさいませ」

城門を守る兵士が、帰ってきた宰相に緊張した顔で頭を下げる。

「ご苦労」

宰相はそれだけ朴訥《ぼくとつ》に言うと、城へと入っていく。

宮殿の渡り廊下では、侍女たちがちょうど今日の掃除を終えようとしてるところだった。

「掃除も終わったし帰りましょう」

「ええ、今日はコーレン通りのアクセサリー店でバーゲンがあるの！　急いで帰らないと！」

「それ本当!?　私も行く行く！」

そんな会話をする侍女たちを、ゾォルスは呼び止める。

「待ちなさい」

呼び止められて振り向き、それが誰か理解した侍女たちはげげっという顔をした。

「ゾ、ゾォルスさま……」

そんな侍女たちの反応には何のリアクションも示さず、ゾォルスは淡々とした動作で廊下のすみを指す。

「そこにゴミが残っている。城をきれいにするのが君たちの仕事のはずだ。しっかりやりなさい」

確かにそこには目立たないほどだが埃が残っていた。実は気づいていたが、早く帰りたいし、また今度でいいかと思っていた。

「は、はい」

侍女たちはあわててその場所を掃き始める。

「もう、これぐらいいいじゃないの。どうせ毎日掃除するんだから」

「しっ、聞こえるわよ」

「どうせ注意されるなら、あんな神経質で陰気なおじさんじゃなくて、かっこいいロイ陛下がよかったわ」

ゾォルスにもその陰口は聞こえていた。

侍女たちの言ったことは不敬と取られて、罰を受けてもおかしくない内容だった。

だが、何も聞こえなかったかのように、その場を去ろうとする。

「国とは、請け負った者がきちんとその責務を果たすことによって成り立つ。見張りの仕事をする者が、これぐらい今日はいいだろうと仕事を疎かにすれば場内は不審者で溢れかえるだろう。お前たちも侍女として、この王宮内の清掃を請け負ったのだろう。不備を指摘されて不満を口にするより反省すべきではないか？」

しかし、背後から迫力のある青年の声が侍女たちを咎めた。

振り向いた侍女たちは驚愕の表情をする。

「へ、へいか……」

その周囲を威圧するオーラに、さっきまでロイ陛下に注意されたいと嘯《うそぶ》いていた侍女も顔を青くする。

「も、申し訳ありません」

侍女たちは慌てて頭を下げた。

「謝罪するなら宰相へするべきだ」

「申し訳ありませんでした、宰相閣下」

ロイの言葉で侍女たちはヴォルスに頭を下げた。それから、涙目で一生懸命、掃除をやり直し始める。

ロイとヴォルスはその場を立ち去った。


「なぜ、陛下がここにいらっしゃるのですか?」

侍女たちから離れ二人きりになったところで、ヴォルスは尋ねる。

今の時間、ロイは執務室にいるはずだった。ヴォルスは外交の成果を報告するため、そちらに行く予定だったので、それを把握していた。こんな王宮の渡り廊下をうろついてるはずがない。

「叔父上が帰られたと聞いたので、迎えに来たのですよ」

その言葉に、ヴォルスは眉をひそめた。わざわざ自分を迎えに来たことについてもそうだが、それ以上に普段からロイに何度も忠言してることがヴォルスにはあった。

「何度も言っていますが、あなたさまは王で私は臣下です。迎えにくる必要はありません。用があれば呼びつけていただければ私の方から伺います」

そう言い続けてるのだが、ロイも頑なだった。

「いえ、あなたは私にとって尊敬すべき叔父上です」

しれっとした顔でそう呼び続ける。

「それより叔父上、あの場面は怒るべきではないですか？　叔父上に失礼です」

ロイは鉄面皮《てつめんぴ》と呼ばれるほど、あまり表情を変えない男だ。だが、ゾォルスはその眉間に少し皺が寄ってるのに気づいて少し驚いた。そして尋ねる。

「怒っているのですか？」

「家族を貶《けな》されて怒らない人間がいますか？」

その答えにゾォルスは何も返せなかった。どちらかというとその問い返しから逃げるように、ため息を吐いてこの言葉だけを言った。

「どうか王としての自覚をお持ちください」

ゾォルスがロイと会ってから何度も繰り返した言葉だった。

それから二人は外交の成果や、国内のいろいろな問題を話し合ったあと別れた。ロイからは「諸国を巡ってお疲れでしょう。しばらく休みを取ってください」そう言われた。

ゾォルスはただ時間を潰すためだけに、王宮を歩くことになった。それだけで見回りの兵士や侍女たちが緊張した顔をするのに疲れ、王城の外れにやってくる。

そこでゾォルスは視界の端に入ったフィー王女が暮らしているという後宮に目を向け、すぐに顔を逸らした。そして別の場所へとまた歩き出す。

ゾォルスの歩みが見習い騎士たちの生活する宿舎のひとつに近づいたとき、やたらと騒がしい声が聞こえてきた。

「うぉおおお！　マジでやるのかヒース！」

「いける！　お前ならいけるぞ！」

ゾォルスはその喧騒に眉をひそめる。

まだ少年の年頃だ。大声で騒ぎたくなることもあるかもしれない。しかし、度が過ぎているように感じる。一体、何をやっているのか。

一言注意しようと思い、ゾォルスは北の宿舎に足を向けた。


「よーし！　やるよー！」

「ヒース！　お前ならやれる！　やれるぞぉ！」

「お前は北の宿舎の誇りだ！」

北の宿舎の前の広場では、やんややんやの大騒ぎになっていた。

フィーが元気よく手を挙げて「やるよー」と宣言をし、それを見ている少年たちが熱い涙を流しながら感極まった雄たけびをあげている。クーイヌだけは真っ青な顔であわあわしていて――。

――そんなフィーの前には燃え盛る火の輪があった。

まず擁護しておくと、フィーも見習い騎士の少年たちも最初はこんなことをするつもりはなかったのだ。火のついてない輪で遊んで、まだ来ないサーカスへの期待感を鎮めていただけだった。広場に少年たちが設置した地面から一メートルぐらいの高さの輪に飛び込んで、くぐれたりくぐれなかったりして、もしこれに火がついてたらなんて想像して、わいわいきゃっきゃと楽しんでたのである。

しかし、そんな中、その輪を軽々とくぐってしまう才能の持ち主が現れてしまったのである。

誰あろう、それはフィーだった。

持ち前の柔軟性と小柄な体で、普通にジャンプするだけなら余裕で輪をくぐり抜け、ピースをしながら背面から飛び込んだり、ひねりを加えたり、果ては三回転してみせたり、その適性の高さをどや顔でみんなに見せつけたのだった。

まさに天才だった。フィーは輪っかくぐりという新たな才能を開花させてしまったのだ。

その才能の見事さに少年たちは可能性を感じざるを得なかった。

本物――つまり火がついた輪っかを、こいつならくぐることができるのではという。そして自分の新たな才能に気づいてしまったフィーも「いける気がする！」と言ってしまった。

かくして舞台は用意された。

フィーの前には点火された火の輪が準備され、フィーはすでにクラウチングスタイルで突入の準備を整えていた。

「ヒース。やめよう。危ないよ」

クーイヌが真っ青な顔で止める。

「大丈夫、いける！」

フィーの目はまっすぐだった。鳥が空を飛べるのを疑わないように、フィーもこの火がついた輪を自分はくぐることができると信じていた。

フィーは止まらない。なんといっても久しぶりに話題の中心、主役である。お姫さま時代に人の話題の隅っこを生き、承認欲求に飢えたフィーにとって、この機会を逃せるはずがなかった。幼少期に受けた心の傷は意外と根深い。

クーイヌはフィーが怪我したらどうしようとおろおろする。女の子なのに顔に火傷を負ったりしたら……いや顔がどうこうだから好きってわけではないけど。いやでもフィーの可愛い顔は好きだ。

なんて思考を混乱させる。

こうなったら抱きついて止めようかと思ったけど、思春期の少年であるクーイヌにとって、フィーに抱きつくのはとても難易度が高い。心の準備が必要な行為だった。恋人になってからも、スキンシップを取ってくるのはフィーの方からばかりなのだから。

初心《うぶ》で奥手のクーイヌは、こういうときでもフィーに抱きつくという判断に踏み切れなかった。

「いくよ！」

その間にフィーがスタートを切ってしまう。

見習い騎士の中でも一際小さな体は、迷いのない動作で火の輪に向けて加速した。

「君たち何をやってるのかね！」

その声が響いたのは、ちょうどフィーが火の輪に飛び込んだ瞬間だった。見事な動きで、火に触れることなく、フィーは輪の中央をくぐり抜けてみせる。

それを見た宰相は目を丸くした。

「や、やばい、宰相閣下だ……」

「まずいぞ……」

宰相は見習い騎士の間でも、厳しい人で有名だった。侍女たちのように悪印象を持ってるわけではない。ふざけてるときに小言を言われた少年は何人かいたが、だいたい正論なのでみんな納得していた。ただ、こういう場面を見られては、一番まずい相手でもある。

「君だいじょうぶか！」

宰相は慌てて、火の輪をくぐったフィーに駆け寄った。

「みんな、やったよー！」

地面に転がって受身を取ったフィーは立ち上がって、みんなに向けてブイサインをする。

どうやら集中していて、宰相の声が聞こえてなかったらしい。びっくりしてバランスを崩すことがなくて幸いだったかもしれないが、みんなが困った顔をしているので首をかしげる。

「あれ？」

不思議に思って横を向くと、知らないおじさんが立っていた。自分の方を向いて、目を見開いて立ちすくんでいる。

騎士関係者ではなく文官っぽい見た目だ。少年たちの反応を見て、あ、これはまずい事態だと察した。

「宰相さま、すみません、俺たちがやれるかもって煽《おだ》ててしまって！」

「道具を見つけてきたのは俺です」

「俺も準備を手伝いました」

フィーが叱られると思った少年たちは、慌てて庇う。

「あの、僕もみんなに跳べるって言いました……」

フィーも素直に自白した。注目される機会があると、ついつい危ないことでもやってしまうのは、自分でも悪い癖だと思っている。

なぜかまだ動かないおじさんの顔をフィーは見上げた。

この国の宰相、噂では知っていた。厳しい人だって。初めて見る人だ。しわの刻まれた厳格そうな顔、でもフィーはどこかやさしそうな人だと思った。なぜだろう、ふと懐かしい気持ちになる。

フィーは不思議な感覚に首をかしげた。

それにしてもこのおじさん、さっきからぜんぜん動かない。

どうしたんだろうと思って見ていたら、宰相は口を開き、呆然とした顔で呟いた。


「フィー王女、なぜこのようなところにいらっしゃるのですか……」

宰相の呟いた言葉に少年たちは首をかしげる。

フィー王女のことは知っていた。フィール王女と恋仲のロイ陛下に横恋慕して、無理やり側妃としてこの国に押しかけてきた、この国ではなにかと評判の悪い人物だ。今は城の隅っこの後宮に押し込められているはずだった。しかし、その人物がどうしたというのだろう。

そういえば、ここ最近はまったく噂も聞かず影が薄かった。

ここにいるのはみんな見知った見習い騎士の仲間たちだった。噂のフィー王女なんてどこにもいないのだ。なのに宰相の口から唐突にフィー王女の名前が出てきて、少年たちは首をかしげるばかりだった。

でも、フィーは違った。その頭は混乱する。

何でこの人は自分の正体を知ってるのか。それもひと目で見抜いてしまったのか。そんなことあるわけない。だって、この国でフィーのことを知ってるのは、妹のフィールと侍女のリネット、あとは元料理長のビッフェぐらいである。

もしかしたら、何かの聞き間違いでフィー王女と聞こえたのでは、フィーはその可能性まで考えた。それぐらい、今の状況が信じられなかった。

しかし、宰相は正気に戻るような顔をして、もう一度、はっきりと言った。

「フィー王女、こんな場所で何をなさっているのですか。なぜ火の輪なんてくぐっているんです！」

間違いなく目の前の宰相は、フィーのことをフィー王女だと認識していた。それもはっきりと。

予想もしなかった事態に、フィーは固まってしまう。

(どうしよう、どうしよう)

フィーの思いもしなかった場所に穴が空いていた。

フィーが油断していたというのは否めない。でも、考えてみて欲しい。ヒースが女の子だってバレる可能性はあったにしても、それがフィー王女だとバレる可能性はほとんど考えなくても良かったぐらいだったのだ。

理由は、先述のとおり、フィー王女としてのフィーの顔を知る者はこの国にはほとんどいないから……なのに、まったく見知らぬ人物がフィーのことをフィー王女だと言い当ててしまった。

「ご説明ください、フィー王女」

少年たちもようやく異常事態に気づく。

先ほどから宰相はヒースとばかり話して、しかも、なぜかヒースのことを『フィー王女』と呼んでいるようだ。わけが分からない。

でも、ヒースが困っているようだったので、少年たちは二人の間に割って入った。

「宰相閣下、先ほどからフィー王女って言ってますけど、そもそもそいつ男ですし、フィー王女なんかじゃありませんよ」

「そいつは俺たち見習い騎士の仲間でヒースっていうんです」

「そうです、入隊したころから一年一緒にやってきたんだから間違いないです」

そう言って誤解を解こうとする少年たちだが、その実、誤解をしているのは少年たちの方なのだからたまらない。宰相はそれを聞いて、目を見開いた。

「一年間、見習い騎士をやっていた？　一体、どうしてそんなことをなさっていたのですか！」

少年たちが別人だと主張しているのに、宰相の認識は一切揺らがなかった。

（ううっ……）

なぜ、フィー王女だと確信を持たれてしまったのか、フィーにはまったく分からない。でも、なんとか誤魔化すしかない……。

「そ、そうですよ。僕はヒースです。フィー王女なんかじゃないです。そんなに似てるんですか？すごい偶然ですね、あはは……」

必死に動揺を押し殺しながら、フィーはヴォルスに言った。

少年たちもフィーの言い訳に、うんうんと頷く。彼らにとってフィーは、ヒースで、一年間一緒に学び、遊んできた大切な仲間だった。宰相が何か勘違いしてるのだろうと、この時までは思っていた。

宰相は言い訳する子供を見るような目でフィーを見つめると、ため息を吐いて言った。

「分かりました。それでは今から陛下に報告させていただきます。あなたの妹君なら、あなたがフィー王女なのかどうか、分かるでしょうから」

「そうしてください、誤解だって分かりますから！」

フィーのことをヒースだと確信している少年たちは強気でそう応じた。

宰相はきびすを返し、王宮へと戻ろうとする。陛下にこの件を報告するために。

その歩みを止めたのは、フィーの手だった。

宰相の服の裾を、震える手でぎゅっと掴む……。その手に込められた力は、決して人の歩みを止めるほどに強くはなかったが、宰相の足は止まった。

俯いたまま無言で、フィーの手はその場所を掴み続ける。

「ひ、ヒース……？」

少年たちから戸惑うような声が漏れた。

でも、フィーには何も答えられない。このまま行かせれば、自分がフィー王女であることが確実にバレてしまう。でも、止めたところでどうにもならない。

ああ……フィールにちゃんと説明していれば……。見習い騎士として一年過ごしてきて、自信もついて、そろそろ説明しようかなと思っていた頃合いだったのだ。

でも実際は……フィールに嘘をついて弁明してもらったところで、目の前のこの人がどうにかなるとは思えなかった……。

「ど、どうしたんだ、ヒース？」

「もしかして陛下に報告されるのは怖いとかか？　はは……」

「陛下に報告とか確かにビビるけどさ。でもお前が正しいってことが証明されるだろ？」

「お、おい……」

フィーは何も答えられなかった。

目にじわっと涙が浮かぶ。

そんな反応を予想していたかのように、宰相は振り返って言った。

「フィー王女、いえ今はフィー側妃殿下でしたね。一緒に来ていただけますね。事情を伺います」

フィーは宰相の服の裾を摑んでいた手の力を抜き、うな垂れた。


フィーはそのまま宰相に連れ去られてしまった。

取り残されてしまった少年たちはざわつく。

「ま、まさか本当にヒースがフィー王女なのか？」

「フィー王女といえば性格が悪くて、容姿も醜いって噂だったろ。あいつ全然違うじゃん！　いや、問題児ではあったけどさ」

「ま、まじか……？」

「分からん。けど、あの態度は……」

「ちょっとまて、じゃああいつ、そもそも女の子なのか……!?」

「ええ……」

「ぶっちゃけ俺は『こいつが女の子だったらなぁ』って思ったことあるぜ……」

「顔はまあ可愛い方だしな……」

そんな状況をクーイヌは真っ青な顔で見ていた。フィーがピンチだ、助けなければ、そう思いな

がらパニックになって何もできなかった。まあ、いつも通りのクーイヌといえばクーイヌなのだけど。

そんな空気だったクーイヌの存在を、少年たちはようやく思い出した。

常にフィーにくっついてまわっていた存在なのだから、何か事情を知ってるのではと。

「クーイヌ、お前何か知ってたか!?」

「何か怪しいこととか」

そう問われて、クーイヌは墓穴を掘る。

「あ、怪しいことなんて……俺たちは……その……」

クーイヌの感情はフィーの百倍素直だ。まず嘘をついたら、百パーセントバレる。黙秘しても九割ぐらいはバレる。赤面しながら動揺するクーイヌに、少年たちは疑惑以上のことに感づいてしまった。

「もしかして……お前たち……」

「付き合ってたりした……？」

「いや……あの……」

顔を赤くして、だらだら汗をかくクーイヌ、答え合わせはもうすんでしまった。

「まじかよ……」

いろんな真実の判明に、少年たちは愕然とする。

それから何日経っても、彼らの知るヒースはみんなの前に姿を現すことはなかった。

第27章　フィーの処遇

宰相によって王宮に連れてこられたフィーは、応接間に案内された。

「ここでお待ちください。陛下を呼んできます」

きちんとしたソファとテーブルが用意された部屋だったけど、フィーとしては牢獄に連れてこられた気分だった。

（これからどうなるんだろう……）

一人残された部屋で考えるけど、どうせあの後宮に戻されてしまうことは分かりきっていた。いや、一度脱走したのだから、もっと酷いことになるかもしれない。牢屋みたいな部屋に幽閉されるとか……。

せっかく脱出して、見習い騎士として第二の人生を歩けていたと思っていたのに、全部おしまいである……。

フィーはソファに座りながら、ひざを抱えて俯いた。

あの孤独で未来のない生活に後戻りすることも悲しいけど、何よりイオール隊長やクロウさん、第18騎士隊の人たち、それにクーイヌやゴルムス、見習い騎士たちとも一緒にいられないのがもっと悲しい。

　妹とリネットぐらいしか親しい人がいなかったフィーの空虚な人生は、この一年でいつのまにかたくさんの大切な人で彩られていた。

　落ち込むフィーの耳に、この部屋に近づいてくる足音とやり取りする声が聞こえてきた。

「フィー王女が脱走？　どういうことですか叔父上」

「私が陛下に聞きたいぐらいです。私の役目ではないので忠言を控えていましたが、いったいどのような扱いをしていたのですか」

「一応、何かトラブルがあったら報告するようには命令してたんだよな？」

「ああ、その通りだ。叔父上、報告がないということは大した問題はないということではないでしょうか。それよりも優先したい仕事があるのですが？」

「大ありです。あなたの妻なのですから。とにかく来てください。この部屋で待ってもらっていますす」

「まじか。確か会うの初めてなんだよな」

「ああ、そうだな」

「いったいどのような扱いをしていたのか……頭痛がしてきました……」

　フィーはその声に、ソファから飛び上がった。

　なぜなら、その声は知ってる人の声だったからだ。しかも、フィーが一番に尊敬してる人。

　たいちょーと、ついでにクロウさんの声。

扉が開いた瞬間、フィーはそちらへ駆け寄った。

「たいちょー！　クロウさん！」

ロイとクロウは扉を開けたら、いきなり涙目のヒースがいてびっくりした。

「え？　なんでヒースがいるんだ？」

「どうしたんだ？　なぜ泣いている」

驚くクロウとヒースを心配するロイを、宰相は呆れた表情で見つめた。

「どうやらお知り合いのようですな。この方がフィー側妃殿下です」

「え、ええっ……!?」

「どういうことだ……」

呆然と自分を見つめるロイとクロウに、フィーはちょっと気まずそうに身じろぎした。


フィーが連れてこられた応接間に、フィーと宰相、それからイオール隊長とクロウが座っている。

フィーは隠し事がバレてしまった気まずさから黙り、ロイたちの方は混乱して言葉が出てこなかった。宰相だけが冷静に口を開く。

「まず、フィー側妃殿下から事情を説明いただけますかな」

その言葉と状況に、フィーはロイとクロウをちらっと見たあと、正直に話すしかないかなと思った。何より信頼する二人だから、フィーは話した。

もともと母国では冷遇されていたこと。妹であるフィールの結婚に乗じて親に売り飛ばされてしまったこと。この国に来てすぐに後宮に閉じ込められてしまったこと。それから食事を作ってくれていたコックがやめてしまい、その日の夜に見習い騎士募集の張り紙を見て、この場所を脱出することに決めたこと。それからしばらくはバレないようにご飯抜きでがんばったこと。それから、クロウさんと会って、たいちょーに見習い騎士として採用してもらって、今日に至ったこと。

話を聞き終えたクロウは額を押さえて呟く。

「だから難民の子供のはずなのに、あんなに育ちが良さそうだったのか……」

ロイはと言えば、いきなりフィーにがばっと頭を下げた。

「すまなかった……！」

フィーはびっくりする。

「ええ!?　なんでたいちょーが謝るんですか!?　酷い目に遭ったのは、僕の親と、強いて言えば、この国の国王陛下のせいですし。陛下にお仕えしているたいちょーの前で言うのは申し訳ないことかもしれないですけど」

たいちょーの上司に当たる人なので、目の前で批判するのはどうかと思ったが、事実なので仕方ない。

そんなフィーを見て、宰相はため息を吐いたあと言った。

「この方を見て、何か気づきませんか？」

この方というのは、イオール隊長のことらしい。

フィーは首をかしげた。

そういえば不思議だ。国王陛下を連れてくると言ったのに、なんでたいちょーとクロウさんがやってきたんだろう。

それとたいちょーの素顔だけど、初めて見たはずなのに、どこかで見た気がする。たいちょーだってことは声ですぐ分かったけれど。

クロウさんも顔だけはかっこいいと思うけど、たいちょーはそれに勝るとも劣らない美形だ。こんなかっこいい人と会ったら、憶えてる気がするんだけど。

「顔を合わせても分かってもらえない時点で、どれだけ粗雑に扱っていたのか分かりますね」

宰相の言った嫌みに、たいちょーの顔が青くなる。何かその言葉にダメージを受ける要素があったようだが、フィーには分からない。クロウもあちゃーという顔をしている。

宰相は冷静な声でフィーに言った。

「この方があなたの夫であるロイ陛下です」

フィーは目をぱちくりさせて、たいちょーの素顔をもう一度じっくり見た。

そういえば数回見たことがあるロイ国王の肖像画とそっくりだった。

「えええええええ!?」

フィーは本当にびっくりしてしまった。

まさかイオールたいちょーとロイ国王が同一人物だったなんて。正直、理解がまだ追いつかない感じがする。

改めてお互いに事情確認をしたところで――。

「私のせいで辛く苦しい思いをさせてしまい、すまなかった……」

目の前でたいちょーがまた頭を下げてくる。

フィーは慌てて首を振った。

「気にしないでください。僕もちゃんと言わなかったですし、それにイオールたいちょーにはいっぱい助けてもらいましたから」

そこまで言って、あれっというように口を滑らす。

「あれ、でもそもそも閉じ込められたのはたいちょーの指示が原因だし、見習い騎士に登用してもらったのもマッチポンプ?」

その言葉はロイにぐさっと突き刺さった。顔色がさきほどまでより、さらに一段階ブルーになる。

それを見たフィーは慌ててフォローする。

「あ、違います！　だってほら、ちゃんとたいちょーに言えば、あの境遇ももう少しなんとかしてもらえたんですよね？　だったら素直に言わなかったわたしも悪かった気がします」

この一年でいろんな人と出会って、お世話になって、フィーとしての結論はそういうことだった。

あの頃の自分は少し人を信用できてなかったのかなって反省した。

そんな良い子なフィーの態度は、むしろ加害者側のロイにここ一番の精神的なダメージを与えた。

だって冷静に考えて、ロイが悪いのだ。

こういう事態になったのはロイが偏見を持ってフィーに会わなかったせいだし、不幸な境遇を窺わせるフィーを部下として可愛がっていたロイだが、そもそも不幸の元凶が自分自身だったのだから、今となってはお笑い種だ。

そんなロイをいつものこととして止めなかったクロウも、地味にダメージを受けてたりする。

二人とも自業自得なわけだけど……。

どう謝罪したものか、どう償ったらいいのか。ロイとしては、もうどうしたらいいのやら。とにかく、この場で決められるような軽いものではなかった。

しかし、フィーの方は――。

ロイ国王と会ったら、一度殴ってやりたい――たぶん無理だし、やったら周りに迷惑だから本気でやるつもりはなかったけど……。そう思ってた相手だけど。

でも、実際その相手を目の前にして――。

困ってる人のことを考えて、一生懸命にいろんな活動をして、見習い騎士になったフィーを優しく見守ってくれて、アドバイスをくれたり、悩んでるときは真剣に相談にのってくれたり、忙しいのにたまに食事にも付き合ってくれたり、たいちょーが優しい心を持ってる人だってもうたくさん知っていた。

だからたぶん、自分の接し方も悪かったんだと思う。まあそもそも接する以前に、会ってさえくれなかったんだけれども。

だからフィーはたいちょーを、ロイ国王を赦《ゆる》すことにした。ううん、赦していた。

「たしかにこの国に来た頃は辛かったです。でも、見習い騎士として過ごしてきたこの一年間は本当に楽しかったです。イオール隊長が見習い騎士に取り立ててくれたおかげだし、ロイ陛下がこの国を治めてくれてたからだと思います。ありがとうございます」

自分を傷つけたことに罪悪感を抱いてるのが目に見えるたいちょーに、フィーは赦しの言葉をかけた。

たいちょーの罪悪感を少しでも取り払えたらなって、そう思っての言葉だった。

まあ悪化したのだけど。

フィーは生まれた境遇のせいで、多少、承認欲求が強かったり、ずるがしこかったり、腹黒かったりするところがあるけど、根っこはいい子である。

特に見習い騎士として見守り可愛がっていたロイにとってはとてもいい子だった。見習い騎士に向かない小柄な体格と、(恐らく)難民の子供という不幸な境遇でもがんばる姿は、ロイの中でのいい子ポイントを蓄積させ続けていた。

そこから不幸な境遇の原因だったロイを赦し、いい子ポイントを数倍に増やし、それでもってロイの罪悪感を全力で殴りつけたのが今の状態である。

『こんないい子を酷い目に遭わせた』

これがもう全てであり、ロイの罪である。

一生をかけて償う、そんな軽々しくは言えない道を真剣に検討しなければならない、そんな状況だが、まさかの相手からは即恩赦をいただいてるのである。逆に困る。苦しいとしか言えない。

第一当事者をぎりぎり逃れているとはいえ、それでもかなりのダメージを受けているクロウは、ロイの横顔をちらっと見て、心の中で呟いた。

（うわっ……やべぇ……）

こんなロイの顔を見たのははじめてである。人質に取られた女性を庇い、腹に刺し傷を受けたときでもこんな顔はしてなかった。

このままじゃ、自分に処刑を命じかねない勢いである。

罪悪感の苦痛に震える加害者、それをがんばってフォローする被害者、ロイがすごい勢いで泥沼に沈められていく場で、唐突に宰相がため息を吐いて言った。

「私も目が覚めました」

端的に言葉を告げる宰相にしては珍しく、意図が分からない言葉だった。

でも彼にとっては大切な言葉だったらしい。

「陛下とはあくまで主従の関係であるべきと思っていました。甥と叔父の関係であってはならぬと。しかし、私も間違っていたのかもしれません。今考えると、もっと踏み込んだ関係であるべきだったのかもしれません」

ロイは宰相の言葉に目を大きく開けた。もともと叔父上として接しているつもりだったが、距離を取られてるのには気づいていた。

「とりあえず、この件はまた後で話しましょう。謝罪や今後のこともものちほど話し合って決めることにします。フィー側妃殿下には、王宮内に滞在してもらうことにします」

「ええ、あの……北の宿舎に戻ったらだめですか?」

フィーとしては住み慣れた北の宿舎に戻りたかった。

ロイ陛下との問題も解決したし、戻っていいんじゃないかなと思った。というか、そう思いたかった。

「また火の輪をくぐるおつもりですか?」

宰相から厳しい目でそう言われる。

「うっ……」

今度はフィーが苦しい顔になった。

忘れていたけど、もともとフィーも怒られる立場だったのだ。

この場に連れてこられた経緯を知らなかったクロウは、突拍子もないワードが出てきたことに首をかしげた。

「火の輪……?」

結局、この場は宰相の意思に従い、解散ということになった。

＊＊＊

次の日、王宮内にフィーがいることが既に噂になっていた。

「ねぇ、聞いた？　フィー王女が王宮にいるんですって！」

「ええ!?　後宮に閉じ込められてたんじゃなかったの!?」

曰く、〝あの〟フィー王女が王宮にいて、普通に歩いてるんだとか。

フィー王女といえば、ロイ陛下に横恋慕して嫌われて後宮に閉じ込められた王女として有名だ。側室として認識されてないから、未だにフィー王女なんて言われている。

そんなフィー王女が何故、王宮内にいるのか。何があったのか。噂通りの醜い女なのか。

あまり上品とはいえないゴシップ好きの若い女性たちの興味をそそる。

「見に行ってみない？」

「でも、上階にいるんでしょう？　勝手に入ったのがバレたら……」

一口に侍女と言っても、その身分には格差があり、王宮の外縁や下層を担当する侍女は用を申し付けられない限り、王宮の上層、中心部には行けないことになっている。上層に行くほど、重要な人間の部屋があり、最上階には国王夫妻の部屋があるのだ。

そこに入れるのは一握りの侍女たちだけだった。

「目撃されたのは二階でしょう？　そこぐらいならバレないわよ。文官や見張りの兵士に侍女の区別が付く人間なんてほとんどいないし」

「そうそう、侍女の先輩に見つからなければ平気よ」

好奇心を抑え切れなかったまだ歳若い侍女たちは、そう結論を出して、二階への潜入を決行する。

「で、どこにいるの？　フィー王女は」

「オーストルにいたとき、一人も男性から相手にされなかったんでしょう？　よほど醜い顔してるのよね」

「見たらみんなに教えてあげましょう」

ニシシと悪い笑みを浮かべながら、許可がないと入ってはいけない二階を歩く侍女たち。

しかし、運悪くというか、因果応報というか先輩の侍女に見つかってしまった。

「こら！　あなたたち庭掃除担当でしょう？　何してるの！」

「やばっ!?」

「ど、どうしよう！」

「逃げよう！」

その場しのぎに、若い侍女たちは走り出す。

「ま、待ちなさい！　そっちは！」

追いかけてくる先輩に、焦る若い侍女たちは広場に入るところの段差で、足を引っ掛けて、ドミノ倒しのように一斉にこけてしまう。

「いたぁーっ！」

「あぁぅっ～」

「いたいよぉ……」

そのとき、思いっきり床に体をぶつけて涙目になる侍女たちに、誰かが手を差し伸べた。

「君たち、大丈夫？」

涼やかな響きをもった少女の声。

涙目で顔を上げた少女たちの瞳に映ったのは、綺麗な金色の髪に青い瞳をした自分たちと同じ年頃の少女だった。顔は可愛く幼い感じのする容姿だけど、表情にはどこか凛とした雰囲気がある。

そんな少女は、転んだ侍女たちの手を優しく一人ずつ取って立ち上がらせる。

「痛いところはない？」

「は、はい……」

侍女たちは少女の問いかけに鼻をすすり頷きながら、「あれ、こんな人王宮にいたっけ」という疑問を覚えた。

ドレスや立ち振る舞いから、どう見ても自分たちとは違う高貴な身分の少女だけど、王宮にこんな年頃の客人が滞在しているなんて話はなかった。それこそ、国の重役の娘やどこかの国の王女なら、木っ端侍女の自分たちにも噂ぐらいは伝わってるはずである。

「フィー側妃さま、大丈夫ですか!?」

「お離れください。その者たちは勝手に上がってきた不届き者です！」

その答えを教えるように、自分たちとは毛並みの違う、高位の侍女たちが少女のもとに駆け寄ってきた。

（フィー側妃!?）

（この子が……!?）

目の前の少女が誰であったかを理解して、侍女たちは呆然とする。

それこそ、自分たちを睨んでくる目上の侍女たちから逃げることも忘れて……。

そんな若い侍女たちを庇うように、フィー側妃は前に立ち、怒る侍女たちをなだめる。

「まあまあ、たぶん噂になってたから見にきちゃったんだよ。許してあげようよ」

「そうおっしゃられても……」

「わがまま言って二階に降りた僕が悪かったんだよね。ごめんね」

「……そ、そういうわけではなく」

仕える側妃から謝られて、先輩の侍女たちも困った顔つきになる。

少し悩んだあと、全員ため息を吐いた。

「分かりました。今回だけは見逃してあげます。だから、なるべく早く持ち場に戻りなさい」

リーダーの侍女がそう宣言して、野次馬根性で規則を犯した侍女たちは恩赦を与えられた。

「じゃあ、君たちもあんまり先輩たちを困らせちゃだめだよ？　あとは調理室見たら、三階に戻るよ～」

「あ、お待ちください、フィー側妃さま！」

にこっと笑って手をふってその場を去っていくフィー側妃を先輩の侍女たちが慌てて追いかけていく。

その背中を見送った侍女たちは、鼻をすすりながら呆然と呟いた。

「噂と全然違った……」

「不細工じゃなくて可愛かった……」

「性格も良かった……」

何もかも予想とは違って、敗北感みたいなものがあった。さっきまでゴシップの種を見つけてやろうとはしゃいでいた自分たちがなんだかみじめに思えた。しかも、助けてもらったし……。

「帰ろっか……」

「うん……」

なんとも言えない気持ちになった侍女たちは、素直に仕事に戻ることにした。


一方、そんな目で見られたフィーといえば、王宮探検をしてお付きの侍女たちを困らせていた。なるべく王宮から出ないように、上層階にいるようにと宰相には言われていたが、わがままを言って探検の範囲を二階に広げてしまったのだった。困らせちゃだめとは、どの口が言うのだという話である。

「おいしそうだなぁー。ちょっとだけ食べちゃだめかなぁ」

「ダメです。ここは侍女や文官用の食事所です。フィー側妃さまが召し上がる料理はもっとちゃんとした場所で調理させていただきます」

「ちぇー」

フィーは少年のように唇を尖らせる。

今のフィーは世話係の侍女をつけられて、服装も毎日ドレスだ。髪は短いけど、女の子っぽく整えてある。正直、見習い騎士生活に慣れたフィーは、ズボンを穿きたかったし、外で遊びたかった。

でも、世話してくれる侍女やたいちょーを困らせてしまうから我慢している。

……我慢できてない部分もあるが。

でも、この格好をクーイヌが見たら喜んでくれるだろうか。

前から女の子っぽい格好のフィーを見たいと何度か言ってた。

(元気にしてるかな、クーイヌ)

いきなりこんなことになって落ち込んでないといいけど。

とりあえず、クーイヌとの関係はまだたいちょーにも話してなかった。たいちょーになら話しても大丈夫かもと思っているけど、話す機会もなかったし。

まあイオールたいちょー、つまりロイ陛下はフィールのことを愛してるから、フィーが誰かと恋仲になっててもあんまり気にならないと思う。さすがに外聞とかには気を遣うだろうけど。

だから今のところはもっぱら、クーイヌが自分のことを心配してないかが心配だった。顔を見せてあげたいけど、今は王宮にいるように言われてるから難しい。

あの宰相のおじさん。なぜかあの人に言われると、どうも逆らいにくいのだった。なので宰相のお許しがでるまでは、なかなか会いにいくこともできそうになかった。

しかし嬉しいことがあった。

自分にあったらしいいろんな疑惑が解けたことで、フィールと会えることになったのだ。

久しぶりの妹との再開。楽しみだった。

＊＊＊

次の日の夜、フィーはフィールとロイ陛下の部屋の前にいた。

さすが国王陛下と王妃の部屋だけあって、騎士が扉の前に立ち、警戒は厳重だった。

でもフィーはあっさり通してもらい中に入る。

扉を開けるとまた扉があって、それを開けるといきなり金色の髪の少女が抱きついてきた。

「ねえさま!!」

フィーよりも頭一つ高い、すらっとした美人系の少女。その整った容貌の美しさは、神が造形したといわれるほどで、こういってはなんだが、そこそこ可愛いフィーも、隣にいるとかすんで見える。

そんな見目麗しいフィール――フィーはあんまり気づいていないが――が目に涙を浮かべフィーに抱きつく姿は、どこかポンコツ感がある。

「久しぶりだね、フィール。元気だった？」

「寂しかったです」

「よしよし」

フィーは苦笑しながら、その頭を優しく撫でる。

噂通りの優しくて美人で優秀な妹だけど、たまにフィーの前ではこうなるのだった。自分より大きな体で懐いてくれることに、なんとくクーイヌを思い出した。

「ねえさまは元気でしたか？　急にオーストルに連れてこられて、嫌な目に遭ったりしなかったですか？」

普段はもっとしゃんとした子だけど、今日は甘えたいようだった。

「大丈夫、楽しく過ごせてたよ」

フィールを心配させないようにそう言っておく。

「リネットも久しぶりだね」

「は、はい！　フィーさまがあんな場所から出られて良かったです。いつか出られるって信じてました」

リネットはフィーを見て、目を潤ませてそう言った。

この一年間、忙しい中で時間ができると様子を見に来てくれてたけど、心配をかけてしまっていたのかもしれない。

するとフィールがリネットの言葉に敏感に反応する。

「あんな場所ってどういうことですか!?　『いつか出られる』ってフィーねえさまは閉じ込められてたんですか!?」

フィーとリネットは、まずいという顔になった。あまり心配をかけないように秘密にしていたのに、リネットのミスだった。

「フィールは気にしなくていいよ。もう解決したことだし」

「いえ、教えてください！　私のせいでねえさまが酷い目に遭ったんですか!?」

フィーは誤魔化そうとしたけど、フィールは頑なに聞きたがった。

（これは誤魔化すのは無理かな……）

フィーは心の中でため息を吐いて、全部話すことに決めた。もともと見習い騎士になったことは話す予定だったのだ。そのきっかけは、それとなく誤魔化す予定だったけど。

なるべく最初の方は、イオールたいちょーとフィールのしこりにならないように手短にまとめて、あとは見習い騎士になった話をした。

「わ、わ、わ、私のせいでねえさまがそんな酷い目に……」

目に見えて動揺するフィールに、フィーは首を振る。

「フィールのせいじゃないよ。それにこの一年とちょっとはすごく楽しかったんだよ。本当だよ」

フィーはにこっと笑ってみせて、フィールにそう告げた。

「たくさん友達ができて、いろんな人に優しくしてもらって、いろいろな場所に行って、今まで知らなかったものをたくさん見て、知って――。もしさ、わたしが不幸な目に遭ったことをフィールが自分のせいだと思ってるなら、こんなに幸せな経験ができたのはフィールのおかげだね」

フィールはその笑顔を見て思った。

自分のせいで散々な目に遭わせたのに、こんな綺麗な笑顔を向けてくれる人はフィーねえさま以外いない、と。ねえさまは外見ばかり褒め称えられる自分なんかより、よっぽど綺麗な人だと。

本当は、ねえさまが不幸な目に遭ったのは自分のせいだって分かってるけど、それは忘れちゃいけないことだけど、でもフィーの言葉でフィールの心は救われていた。

フィールのこわばった顔が少しゆるんだのを見て、フィーは「あ、これも話しておかないと……」と大事なことを思い出した。

「そういえば恋人もできたんだ。これは秘密にしておいて欲しいんだけど」

それを聞いた瞬間。

「えええええええええええええ!?」

大きな声をあげたのはリネットの方だった。


恋人のクーイヌの話を二人にしてあげると、フィールはぽわぽわした顔で嬉しそうにする。

「素敵な方なのですね」

一方、目に見えて嚙み付きたそうにしていたのがリネットだった。

「そ、そんなの不倫関係じゃないですかぁっ!」

「そうだよね、ごめんね」

クーイヌの勢いに、思いを受け入れてしまったけど、確かに客観的に考えてみると――分かっていたことではあるけど――不倫関係だった。自分は既に結婚している身だし。

謝られてリネットは動揺する。

「ち、違います! フィーさまを責めてるわけじゃなくて! あ、相手の男が悪いんじゃないんですか!? それから結婚してるのにフィーさまのことを放っておいたロイ陛下も!」

リネットはどうにも勢いだけ言葉を口にしてる感があった。

「ううん、クーイヌはとてもいい子だよ。ロイ陛下も尊敬できる人だし。だからきっと自分にも悪いところはあったと思うんだ。クーイヌの思いを受け入れたのもわたしの意思だよ？」

それを聞いたリネットは言葉に詰まる。

だってリネットの本心は、フィーに恋人ができたのが嫌なだけなのだから。こうやって、せっかくフィーさまと公然と会えるようになったのに、いきなり見ず知らずの相手に盗られてしまった気がして。

それが自分勝手な心情だと理解しながらも、リネットは往生際悪く尋ねた。

「ほ、本当にその人はフィーさまにふさわしい方なんですか？　フィーさまは……その人のことが好きなんですか？」

「うん、好きだと思うよ」

どっちかっていうと友達としてだけど……。そんな本音を言わなかったのは、状況説明が複雑になることを避けたせいか。

やっぱりフィーにはまだ人を好きになるって気持ちが分からない。

「ううっ……」

「素敵です！」

あっさり好きと答えられて、リネットは顔を青くするし、フィールは目をきらきらさせる。

恋愛経験のとんと薄い二人には、その「好き」が今のところどういう意味かまで見破るのは難しかった。

話が落ち着いたところで、フィーは部屋をきょろきょろ見回して言う。

「ところでたいちょ……ロイ陛下はまだ帰ってこないの？　お邪魔したら悪いから、そろそろお暇《いとま》しようかな」

ひさしぶりの再会は嬉しかったけど、もう遅いし夫婦の時間もあるだろうし、そろそろ帰った方がいいかなって思ってそう言った。

するとフィールとリネットは何故かまずいという表情をしたあと、顔を見合わせて頷き、フィーに言った。

「あの、フィーねえさま……私とロイ陛下は別の部屋で暮らしてます」

「ええ、どういうこと!?　もしかして喧嘩したの!?」

部下として、たいちょーの女の子の扱いに問題があることは知っていた。でも、ラブラブと聞いていたフィールとは大丈夫だと思ってたのに。

すると、フィールは気まずそうにおずおずとフィーに言った。

「その……ねえさま……そもそも私とロイ陛下は結婚してないんです……」

それは驚きの発言だった。

第28章　フィールと焼き物王子

それはフィーがオーストルに無理やり連れてこられて換金——もとい監禁される前の話。

フィーとフィールが十五歳の誕生日を迎え、一ヶ月ぐらい経った頃だった。

誰からも祝われることなく寂しい誕生日を迎えたフィーに対して、盛大に国民と両親から誕生日を祝われたフィールだったが、その生活も平穏というわけではなかった。

「この前フィールさまが、小鳥たちにおやつのドーナツを全てやってるのを見たの」

「まあなんてお優しい方なのかしら」

フィールにも聞こえる声で自分のことを誉めそやす侍女たちに、フィールは聞かなかったふりをした。

（こけそうになって、ドーナツから手を離しちゃっただけなんだけどな……。フィーねえさまと一緒に食べようと思ってたのに……）

昔から自分がドジだという自覚はあった。本当は小心者だし何かにつけて失敗する。それなのに、なぜかいつも周りはそれを良いことのように解釈してしまう。

それがたまらなく嫌だった。

自分と比べると、フィーねえさまはしっかり者で、機敏で頭の回転もはやくて、本当にすごい人なんだと思う。何故、周りの大人があんなにフィーねえさまのことを悪く言うのか、フィールには分からなかった。

でも、臆病者のフィールは周りに反抗することが怖くて、自分のこともフィーねえさまのことも、なかなかはっきり言い出せずにいた。周囲の期待に沿うので精一杯だった。

しかも、他国からも人気のあるフィールはいろんな国から招待を受けて、両親はそれを安請け合いしてしまう。

明日からもフィールは隣国のカサンドラに旅立たなければならなかった。

翌々日、フィールは目の前に置かれた粘土を見つめながら、真剣な表情でろくろを回していた。

カサンドラを訪れたフィールだったが、翌日にはこの国のいろんな場所を見学させられ、その中に陶芸で名の知れた名人の工房があったのだ。その名人に陶芸の体験を勧められたフィールだったが、最初はあまり気が進まなかった。

儀礼作法やダンスだって、夜中侍女が寝静まったあと、こっそり練習してできているのだ。初めての陶芸なんてできる気がしなかった。

でも、実際にやってみると、土をいじるとなんだか落ち着いて、自分の手の中で何かができていくのは楽しく、フィールはいつの間にか夢中になっていた。

「普通なら貴族のご令嬢などは土いじりを嫌がるものですが、フィールさまは嫌な顔ひとつせず取り組んでいらっしゃる。本当に素晴らしい方ですな」

「左様左様、その心は寛大さに満ちていらっしゃる」

普段なら気になってしまう周囲の誉めそやす言葉も気にならず、集中して陶芸に挑んでいるフィールの手の中で、だんだんと粘土が器のカタチに整っていく。

（もうすこし……）

しかし、もう少しでできると思って喜んでしまったせいか、手に力が入ってしまった。ぐにゃっと粘土が変なカタチに歪《ゆが》んでいく。

（あぁっ！）

フィールは心の中で叫んだ。周囲のイメージと違う行動を取るのが怖いせいか、フィールはそういうとき声を出さすに心の中だけで叫ぶ癖がついてしまっていた。口に出して喋るのは、周りが期待してるような言葉を思いついた時だけ――それがフィールが物心ついたときからの処世術だった。

「こ、これは失敗なされてしまったのですかな……？」

今日、フィールにずっとついてきているカサンドラの大臣が若干気まずそうに言う。噂でフィールは何でもできるお方だと聞いていたのだ。それこそ、初めてのことでも。

それが、事前に予定を聞いて、フィールが一生懸命練習してきた成果だとは知らない。

（私って本当にドジ……）

フィールは落ち込んでいた。でも、それは周りに失敗を見られたからというよりは、完成間近だった器をうまく完成させられなかったことを残念に思う気持ちが大きかった。

この場には大臣だけでなく貴族の男女や他国からわざわざやってきた王子なんかもいて、彼らは陶器ではなくフィールの見学に来ていたのだが、その失敗を目の当たりにして少しざわざわする。それほどフィールという存在は神格化されていた。その全能説を信じる者が何人もいた。

そんな中で、威厳のある白い髭をたくわえた老人が進み出て言った。

「いえ、これは失敗ではありませんな」

「といいますと……!?」

彼こそ、この工房の主人、陶芸の巨匠パーパオゼだった。

パーパオゼはフィールの歪んでしまった粘土を見ると、真剣な表情で語りはじめた。

「この曲がり方。この形。一見崩れているようで、見事に調和が取れている。ほら、ここの角度から見ると、プラセ教に伝わる神の手を模したようではありませんか。フィールさまは狙ってこのようにされたのでしょう。まさかティーカップにこのような大胆な意匠を盛り込むとは。五十年間陶磁器を作ってきたわたしでも思いつかぬ斬新な素晴らしい発想。さすがはフィールさまです！」

「おお！　なるほど！」

「きっとティーカップですら、この世界のことを思いながら作っておられたのね！」

「なんと素晴らしい作品なのだろうか！」

パーパオゼのとんでもない勘違いに、口々にフィールを誉めそやす人々。

フィールは居心地の悪い思いをしながら、心の中で呟く。

（失敗しただけなのに……やだなぁ……）

うまく作りたかっただけで、失敗を成功と思われたいわけではなかった。フィールの人生はいつもそうだった。評判だけが一人歩きして、みんなに誉めそやされる。

本当のドン臭くてマヌケなフィールは、周りに置いていかれてしまう。

でも、いまさら失敗しましたなんて言いだせるはずもない。だって、正直に話したら巨匠であるパーパオゼに恥をかかせてしまうことになるのだから。

フィールはパーパオゼのアドバイスにしたがって、妙な形になってしまったティーカップに取っ手をつけた。

「おおおぉ、なんという素晴らしい意匠だ！　早速、我が国の産品にもこの形を採用させていただきたいと思います！」

「ええ、ぜひともそうしましょう！」

フィールの失敗作を頭上に掲げながら、パーパオゼと大臣がきらきらした顔で頷きあう。

「まあ、出来たらすぐに買わせていただきますわ！」

「僕にも譲ってくれ！」

失敗作が量産されると聞いてさすがに恥ずかしくなったフィールは、みんなに困った顔を悟られないように俯いた。

すると、フィールは一人の青年がしゃがみこんでいることに気づく。

その青年はお腹を押さえて、その場で何か苦しそうに痙攣していた。

（気分が悪いのかな……!?　大丈夫ですかー！）

フィールは慌てて、その青年へと駆け寄ろうとした。

しかし、フィールが立ち上がる前に青年の口から「ぷぷっ」と声がもれる。

そのときようやくフィールは気づいた。青年は痙攣しているのではない。

(もしかして笑ってる!?)

漏れ出た声はだんだんと大きくなり、やがて辺り一体に聞こえるようになる。

「ぷっ……くすくす……あはっあはははは！」

青年は遂にお腹を抱えて大声で笑い出してしまった。とても可笑しなものを見たようで、目には涙まで溜めて楽しそうに。ただ一人、この場所で大笑いしている。

当然、その場の視線が一気に青年に集まってしまう。

「急に笑い出して、なんなんだね君は！」

フィールを追いかけてこの国までやってきたアトリア国の王子が、顔をしかめ不快そうに青年を咎める。

すると大笑いしていた青年は、すっと華麗な仕草で立ち上がり一礼すると、アトリア国の王子ににっこりと微笑みながら挨拶する。

「これは失礼しました、サンガ王子。私はフォルラントの王子トマシュです。お初にお目にかかります」

その動きは都会的で、どことなく洗練されて見えて、彼の言うとおり王族の風格を漂わせている。

なのに青年の格好は、作業衣にエプロン姿、どう見ても王子という風体ではなく、この工房の作業員にしか見えなかった。

「フォルラント……？」

「フォルラントといえば、デーマンの隣にある小国ではありませんか？」

他のみんなも同じようで、このエプロン姿の青年が王子と名乗ったことに驚く。

サンガ王子は一瞬面食らった顔をしたが、顔つきを厳しくして青年に叫ぶ。

「そのフォルラントの王子がなんでこんなところにいるんだ！　フィールさまから呼ばれてもいないだろう！」

（あなたも呼んでないんですけど……）

サンガ王子の言葉に、フィールは心の中で突っ込んだ。

フォルラントといえばデーマンの隣にある小国のひとつだ。デーマンよりもちょっと小さな国で、特に有名な産業もなく、デーマンのように歴史に取り得があるわけでもない。他国からはあまり重要視されているとはいえない国だった。

隣国とはいえ、外交では有名な国や歴史のある国とばかり繋がりたがるデーマンとは、あまり交流がない。

ただ領土でいえばデーマンも五十歩百歩の関係だ。あからさまに小国と貶すのは、フィールたちの母国デーマンも小国であるという事実を棚上げしてることになる。

そんなフォルラントの王子を名乗ったトマシュは、銀色の髪に緑の瞳を持つ、線の細い優しそうな青年だった。その顔立ちは整っていて、フィールはひと目見てかっこいい人だなぁと思ったが、彼の浮かべるちょっとぼんやりとした表情のせいか、他の女性が彼に見惚れる気配はあまりなかった。

「私は陶芸を学ぶためにパーパオゼさまに弟子入りさせていただいてまして。今日もパーパオゼさまの弟子としてこの場に同席させていただいております。ご無礼したのなら申し訳ありませんでした、サンガ王子」

「お、王子が陶芸家に弟子入り……？」

周りの人間たちは何を聞いたのか分からないという顔をしたが、フィールは、だからエプロン姿だったのかと納得した。

彼に噛み付いたサンガ王子も、トマシュ王子のにへらとした笑顔と、よく分からない状況に戸惑いが大きく、次の言葉が続かない。

「申し訳ありませんでしたな、サンガ殿下。トマシュはこの通り変わり者でして、ときどき突拍子もない行動を取るのですよ。それでは私たちはフィールさまのお作りになった素晴らしい作品を焼成する準備をしなければならないので、これにて失礼します。それでは行こう、トマシュ」

「はい、先生」

そう言うとパーパオゼとトマシュは、戸惑うこの場の人たちを置いて扉から出て行ってしまった。

＊＊＊

その後、フィールは工房の一室でリネットとの時間を過ごしていた。

無骨な工房の中で、その部屋だけ不似合いな高級なソファやテーブルが置かれていて、自分のためにわざわざ用意してくれたのかと、フィールはちょっと申し訳ない気分になっていた。

「もうすぐ移動の馬車が参りますので、フィールさまはそれまでゆっくりしていてください」

リネットがそう言いながらお茶を淹れてくれる。

今日のフィールの予定は、カサンドラ王国の名産である陶芸品を見学したあと、新しく建設された美術館のセレモニーに参加、教会の孤児院を慰問し寄付金を渡したり仕事を手伝ったりし、その後は、王宮に招かれてパーティーに参加することになっている。

人に囲まれてフィールが疲れていることを察してくれたのだろう。リネットが他の侍女に仕事を申し付けて、それとなく人払いしてくれた。

淹れてくれたお茶を飲みながら一息つく。

パーパオゼとトマシュ王子が去ったあとも、残った大臣や王子から話しかけられて、応対しなければならなくなってしまった。実のところ、フィールは人付き合いはあんまり得意じゃなかった。仲が良い人とだけ一緒にいたいタイプだ。

こんなに向いてないことばかりしないといけないなんて、本当は王女になんか生まれなければ良かったのかも。たまにそう思う。

しばらく休んでいると、ノックの音が聞こえ、女官らしき人物が顔をのぞかせた。

リネットが取り次いでくれて、女官は何か話したあと慌てたように去っていく。話を終えたリネットがフィールに伝えた。

「どうにも迎えの馬車が故障してしまったみたいです。私もちょっと様子を見てきますね」

そういうとリネットは駆け足で部屋から出て行ってしまった。

フィールはぽつんと部屋に取り残される。

しばらく部屋でじっとしていたフィールだが、リネットが淹れてくれたお茶も飲み終わり、一人ぼっちで部屋にいるのはなんとなく居心地が悪くて、リネットが戻ってたりしないか——もちろん本心では戻ってないのは分かってるけど——確認するために部屋を出た。

外に出ると、みんな馬車のトラブルの対処に行ってしまったのか人気がない。リネットも戻ってなそうだ。

部屋に戻る気もしなかったフィールは、なんとなく工房を歩き回ってみることにした。フィールにとってはあまりない経験かもしれない。いつも周りに人がいたし、いつも行き先は周りから決められてた。

石畳の廊下をてくてく歩いていると、扉が少し開いた部屋を見つけた。

覗いてみると、窓から入ってくる光でほんのり明るく、人の気配もなく静かだった。

フィールはその部屋に入ってみる。特に理由はない。そもそも今歩き回ってるのだって、何の理由もないのだから。ただ居心地が悪いから動き回ってるだけ。

フィールは思う。自分の人生そのものだって同じだ。周りの期待を裏切るのが怖いから、それに逆らわないように言われた場所をうろついてるだけ。

部屋の中には、たくさんの棚が並んでいた。棚の上にはいろんな形の陶磁器が並んでいる。白い綺麗な花瓶や絵の描かれた皿や壺。そこはどうやら完成した作品を置く場所みたいだった。確かに名人というだけあって、とても見事な出来に見える。

置いてある作品を見ながら、フィールは部屋の中をさ迷う。

するといきなり背中から声がかかった。

「ふふ、気に入った作品はあったかい？」

（ぴゃあぁっ！）

誰もいないと思っていたのに――。すごくびっくりしたフィールは、心の中で大声をあげた。

「ごめんね、びっくりさせちゃったかな」

振り返ると、そこにいたのはトマシュ王子だった。あのエプロン姿で、こちらを笑いながら見ている。くすくすと漏れ聞こえてくる笑い声に、全然悪いと思ってないと、フィールは珍しく内心むっとした。

でも、怒るのはフィールらしくない行動だと思った。少なくとも、周りの人間が考えるフィール像としては――。

だからフィールは落ち着いた表情を作って、トマシュ王子からの最初の質問に答えた。

「は、はい。とても美しい作品ばかりで、パーパオゼさまが素晴らしい職人でいらっしゃることが実感できました」

それは百点満点の回答のはずだった。

なのにトマシュ王子は、また面白くて仕方ないというように、今度は声をあげて笑い出す。周りの期待に応える回答をしたはずなのに笑われてしまって、フィールとしてはもうわけが分からない。目を点にして、その場に棒立ちになる。

目じりに涙を溜めるほどに笑っているトマシュ王子。何がそんなにおかしかったんだろう。そう思っていると、トマシュ王子が謝りながら楽しそうに言った。

「あははは、君の顔見てると、どうしてもあのやり取りのこと思い出しちゃって。ごめんね、パーパオゼ師匠は実力は確かなんだけど、権威に弱いところがあってね。身分の高い人相手だとあんな風になっちゃうんだよねぇ」

フィールにだって分かった。

あの作品を笑ってるのだ。フィールが一生懸命作ったのに失敗して世紀の珍品になってしまったあの作品を。

そのことをやっと理解すると、フィールだってはっきりとムカっときた。顔には出さなかったけど怒った。

小さな抗議として黙りこくると、そんなフィールは放置され、トマシュ王子は何か作業をはじめた。少し意地をはって気にしないようにしようとしたフィールだったけど、すぐに気になってちらっと見ると、どこからか土をもってきてこねはじめる。

それはやがて、フィールが陶器を作るときにもらったような粘土になっていた。

「何をしてるんですか……？」

がまんできずに尋ねると、トマシュ王子はその粘土をこの部屋にも置いてあったろくろの上にどんと置く。そしてフィールににこっと微笑みかけた。

「癒しの巫女さまは自分の作品の出来にご不満だったようだからね。良かったらもう一度作ってみない？　今度はちゃんと僕が教えてあげるよ」

「ええっ……」

フィールは戸惑った。

だってこれは役目でも仕事でもないことなのだ。周りから期待されてることでもない。フィールがどうしたいかを尋ねる質問。そんなの選んだことない……。

（どうしよう……）

困惑するフィール。思いついたのは、ドレスが汚れたらリネットに迷惑をかけてしまうということ。だから、いつものフィールの考え方なら断るのが正しいのだけど。

でもフィールには少し不満な気持ちがあった。この工房で陶芸を習ったとき、パーパオゼはフィールに遠慮したのかあまり詳しいやり方を教えてくれなかったのだ。『癒しの巫女さまなら私が教えずとも素晴らしい作品を作ることができるでしょう』なんて言って……。

だから、フィールは見よう見まねでやることになってしまった。あれさえなければ、ちゃんと教えてくれていたら、フィールの器だってあんな不恰好な出来にならなかったかもしれない。

人のせいにするのはいけないことだけど――でも……。

でも……だから……ドレスを汚したら夜から出席するパーティーでリネットたちに迷惑をかける

ことになるし……もうちょっとうまく作りたかったっていうのはフィールのわがままなわけだし……みんなあの不恰好なカップに納得してしまってるんだし……。

なんて答えたらいいのか分からず固まってしまったフィールに、ぱさっと何かがかけられた。

「えっ……？」

それはエプロンと作業衣を合わせたような服だった。前から袖を通して、後ろで結ぶようになっている。フィールの着ているドレスの前面を覆うようになっていて、これなら汚さずに済む。

「大丈夫、これさえ着ておけばドレスは汚れないよ」

まるでフィールの考えを読んだようにトマシュはそう言うと、もうフィールがやることが確定しているかのように、自然な動作でフィールを準備が済んだろくろの前に座らせる。

それでようやく、フィールの心も前向きになった。

「じゃ、じゃあ、ちょっとだけ……」

何がちょっとだけなのか分からないけど、フィールはそう言って陶芸にもう一度挑戦することにした。たぶん、リネットたちが帰ってくることを考えると、これが最後のチャンスだ。

なんだか緊張してくる。

「まずはリラックスしてみようか。気を張らずに肩の力を抜いて、ゆったりした心を持てば作るのもゆったりしてくるよ。まずは深呼吸してみよう」

「は、はい……」

フィールは深呼吸してみる。すると、少しだけ肩の力が抜けた。

　それからフィールはトマシュに教わりながら、もう一度、陶器作りに挑む。

「そうそう、やさしい手つきで触ってあげて。力はいらないよ。回す速度はもうちょっと速くていいね。怖がらなくて大丈夫だよ」

「はい……」

　フィールは真剣な表情で、ろくろを回しながら粘土の形を整えていく。

「姿勢に気をつけて、ちょっと曲がってきてるから」

「はい！」

　トマシュの教え方は丁寧で、フィールが失敗しそうなときはうまく導いてくれて分かりやすかった。

　教わりながら作ること二十分、フィールの前には綺麗なカップの形ができあがっていた。

「できたぁ！」

　フィールは頬を紅潮させ珍しく上ずった声をあげたけど、フィール自身は興奮していてそのことに気づかなかった。

　できたカップは何の変哲もないモノだけど、でもしっかりとカップの形をしていて、フィールにとっては満足のできだった。これを自分が作れたなんて信じられない。

　しばらくフィールは完成したカップをじっと眺めながら、口元を綻ばせてにまにまする。そんなフィールをトマシュ王子が優しい瞳で見てることに気づかずに。

「癒しの巫女さまにご満足いただけたかな？」

もう聞きなれてしまったトマシュ王子の笑いを含んだ声に、フィールは俯いて少し不満を述べる。

「あの……」

「ん？　どうかした？」

「癒しの巫女じゃないです。フィールです……」

そう言ってから、フィールは自分で何を言ってるんだろう……と思った。

でも、トマシュは少しきょとんとしたあと、にこっと笑って言う。

「ああ、ごめんよ、フィール」

トマシュが自分を名前で呼ぶのを聞いた瞬間、フィールの胸には今までに覚えのない、でもじんわりと温かい不思議な感情が浮かび上がってきた。

それを何だろうと思う前に、廊下の方からリネットの声が聞こえてくる。

「フィールさま！　どこにいらっしゃるんですかー！」

しまった、リネットには部屋にいると言っていたのだ。心配させてしまった。

行かなきゃ、そう思ったフィールだが、あっと立ち止まる。

カップの形はできたけど、まだ窯で焼く作業が済んでいない。まだ未完成なのだ。

物欲しげに作りかけのカップを見たフィールの視線の先で、大きな手がそのカップを大切そうに持ち上げる。

「大丈夫、これは僕が焼いて君のもとにちゃんと届けるよ。せっかくフィールががんばって完成させた作品だからね。それより手を洗って、はやく行ってあげないと、侍女の子が心配するよ」

「は、はい！」

フィールは水場で手を洗い廊下に出た。そして自分を捜しているリネットのもとに駆け寄った。

「ごめんなさい、リネット。ちょっと、その散歩を……」

「そうですか、何かあったわけじゃなくて良かったです。新しい馬車の準備ができたので、教会が経営する孤児院に向かいましょう」

「はい」

用意してくれた馬車に向かいながらフィールが一度振り返ると、エプロンを着けた変わり者の王子が大事そうにカップを胸に抱えながらにこっと笑って手を振ってくれていた。


二週間後、フィールはデーマンの自室にいた。

癒しの力を持つ王女として名高いフィールのもとには、毎日と言っていいほど、たくさんのプレゼントが送られてくる。貴族や隣国の王族たちから、それはもうひっきりなしに。

その中身は貴重な宝石だったり、綺麗なドレスだったりするけど、実を言うとフィールにとってあまり嬉しいものではなく、お礼の手紙を書いたり、パーティーのときに品目と名前を暗記したりしなければならず、むしろ憂鬱にさせるものだったりした。

その日も、大量のプレゼントが届き、侍女たちがその送り主をチェックしていく。

そんな中、お付きの侍女の一人が、小さな白い箱を手に持ち、送り主をフィールに伝えた。

「フォルラント王国のトマシュ王子殿下からの贈り物です」

「フォルラント王国？　デーマンとはほとんど付き合いのない国ではないですか」

「そこの王子がなぜいきなり贈り物を。フィールさまに取り入ろうとしてるのかしら」

「箱も小さいですね。歴史の浅い小国ですし、あまり期待も持てそうにないですわ」

箱を持ちながら口々にそんな会話を交わした侍女たちは、箱から顔を離した瞬間、飛び上がりそうになった。

なぜかフィールさまが自分たちの前に来ていたのだ。

日々お仕えしてはいるものの、その高貴な姿をいきなり間近で見て、侍女たちは心臓が止まりそうになる。

「あの……それ……くださいっ……！」

フィールは普段の流暢なしゃべり方ではなく、興奮した少女のような途切れ途切れの口調で、侍女たちに手を差し出す。数秒経ってようやく、侍女たちは自分たちの持ってる箱を渡して欲しいのだと気づいた。

「あ、あの……どうぞ……」

つられるようにたどたどしい口調でそれを渡すと、フィールは彼女にしては足早に椅子にもどり、すぐに箱を開けだした。

その手つきは箱を開ける簡単な作業すらもどかしそうだった。

その姿にリネットも驚く。フィールがこんな風にプレゼントに興味を示すことは今まで一度もなかったのだ。ましてや自分から箱を開けることなんて……。

一体何が出てくるのか、フィールに仕える者たちが、ごくりと唾を飲み込みながらその姿を見つめる。

しかし、フィールがもどかしげに箱を開け、中から取り出したのは一客のティーカップだった。

そう、何の変哲もない普通のティーカップ。

それを見て、口さがない侍女たちはひそひそと話しはじめる。

「ただのティーカップですよね」

「全然高価じゃなさそうですわ」

「まさかそんな粗末なものをフィールさまに贈るなんて、トマシュ王子というお方は無礼だと思わなかったのでしょうか」

きっとフィールもその中身に期待を裏切られたと思ったのだ。

そんな彼女たちの目の前で、フィールはティーカップを掲げるように見ると、なんといきなりベッドに背中から飛び込んだ。そして美人でたおやかといわれる彼女が、足をじたばたさせてベッドの上で転がりはじめた。

「フィールさま!?」

「ど、どうなさったのですか、フィールさま！」

「いったい何が！」

今までフィールが取ったことのない行動に、お付きの侍女たちは大混乱に陥る。ただ一人、リネットだけが、フィールがとても喜んでることだけは理解できていた。それでもびっくりして、目を丸くしている。

そんな周りのことも気にせず年相応の少女になって喜ぶフィールの胸には、大切そうに白い綺麗なティーカップが抱きかかえられていた。

＊＊＊

カサンドラ王国での出来事から三ヶ月が経った。

フィールはまた別の国のパーティーに招待され出席していた。

癒しの巫女として評判が高いといっても、所詮、フィールは田舎の小国の王女であって、パーティーに招かれるのも、デーマンが属する西方の地域の国々からだけで済んでいたのだけれど。

今回は、そこからちょっとだけはみ出た、大陸の中央寄りにある国からの招待だった。いつもより遠い、大国とも繋がりがある国からの招待にフィールは行きたくなかったのだけど、その前に両親が快諾してしまっていた。

そんなわけで渋々参加したパーティーだけど、会場にはいつも以上に人がいた。

その国の王族や貴族たちだけでなく、周りの国からたくさんの人が賓客として来ていたのだった。

もちろん、理由は絶世の美少女であり奇跡の力を持つと言われるフィールを見るためだ。

普段は西の田舎の国で開かれるパーティーにしか現れないフィールが、ちょっと都会に出てきたことによって、近隣の国や東の遠方からも王族や貴族たちが集まってきたのだ。

そういうわけで、フィールは会場中の視線を一身に受けていた。

（やだなぁもう……緊張するし……）

この状況にフィールの内心はすっかり曇り模様だったけど、それでも傍《はた》から見ると、小国の王女ながら大国の王族たちも含む視線の中で凛として立っているように見えるのは、彼女にとっては不幸なことなのかもしれない。

たくさんの人に囲まれながら、彼らが自由に話すのに任せて適度に相槌をうつだけのフィールだったが、ふと会場に集まる数多の人の中からある人物をその目が見つける。

（あっ……トマシュさまだ……！）

こんなところで会えるとは思わず、びっくりする。

あのときのエプロン姿とは違い、きちんと王子さまらしい正装をしているトマシュ王子。当たり前だけど、そういう服装もよく似合っていた。

遠目でしばらく、フィールはトマシュ王子を見つめる。

視線の先で、トマシュ王子は参加者たちと楽しそうに話していた。

（やっぱり人気あるんだ……）

フィールはその姿を見ながら思う。

フィール自身もパーティーの人気者ではある。周りに集まる人数で比較すればトマシュ王子よりずっと多く、パーティーの中心になってしまう。

けれど、その人たちは癒しの巫女の傍にいればなんらかの益にありつけるだろうと集まってくる人ばかりなのだ。それぞれが思惑を腹に抱えて、表面だけ笑顔をはりつけて空虚な会話を続ける。彼らが興味があるのは別にフィール本人じゃない。癒しの巫女という名声や、それに纏《まつ》わる権益だけ。

それに比べると、トマシュ王子の周りにいる人たちは――。

彼の立っている位置は、パーティー会場の壁際、中心から外れた位置だ。

そこで小さなグループを作って歓談しているだけ。

なのに人が途切れないのだ。

誰かと楽しそうに話して、しばらくして別れると、すぐに自然と誰かがトマシュ王子に話しかける。みんな生き生きとした表情で、トマシュ王子と話をしていた。

本当にみんなから好かれてるから、あんな風に話せるのだと思う。

それだけでなく、トマシュ王子は一人でいる人を見つけると、積極的に話しかけにいく。最初は戸惑う人が多いけど、話してるうちに段々と楽しそうな笑顔になっていき、そこにトマシュ王子の知り合いも交ざってきて、いつの間にか会話の輪が出来ていく。

（いいなぁ……）

フィールはトマシュ王子と話す人たちをじっと見つめていた。

出会えたと一瞬喜んだけれど、自分はたくさんの人に囲まれてトマシュ王子の傍に行くことすらできない。つまり本当は会えてすらいない……。それに比べて……。

フィールはどちらかというと、パーティーでうまく立ち回るトマシュ王子本人より、彼に話しかけられた幸運な人のことを羨んでいた。

そんなフィールは、傍らにいる貴婦人から話しかけられていることに気づいていなかった。

「フィールさま、そのドレスとても素敵ですわ。純白の布はまさにフィールさまの……フィールさま……？」

名前を数度呼ばれて、ようやく我に返ったフィールは、慌てて取り繕うように笑顔を作り、相手の名前をパーティー名簿の中から思い出しながら返答した。

「はい、ありがとうございます。マルシーさまのドレスもとてもよくお似合いですよ。深い海のような藍色の布が、マルシーさまの美しい黒髪を引き立てています」

「うふふ、そうなのよ。一年以上前から、この国で人気のドレス職人に頼んでおいたの」

何を見ていたのか、気づかれることはなかったみたいだ。フィールはほっとした。

マルシー婦人はパーティーのホスト国の国王さまの妹だ。きちんと応対しなければいけない。フィールはそう思って気を引き締める。

トマシュ王子が気になる気持ちを振り払って、婦人との歓談をこなしていくフィール。

マルシー婦人も満足してくれて、笑顔で一旦離れたあと、視線をトマシュ王子の方に戻した瞬間、フィールの心臓は止まりそうになった。

トマシュ王子が女性と楽しそうに話している。

美しく長い黒髪に、妖艶な真紅のルージュ、夜空のように深い藍色の瞳。ちょうどトマシュ王子とお似合いの背丈の、大人の魅力溢れるその美女のことをフィールは知っていた。

この地方一帯で浮名を流すレネーザ嬢。

フィールよりも五歳年上で、いろんな国の王子や貴族と付き合ったという噂があり、一時期は五人の男性と同時に付き合っていたという話まであった。

そのレネーザ嬢がトマシュとなにやら楽しげに話している。

（まさか、こ、恋人同士なの……？）

気になる。どうしてそんな人と知り合ったのか、どんな風に？　どんな関係なのか。

（ううぅ……）

フィールは周りに悟られないようにしながらも、パーティー中ずっとそこから目を離せなくなってしまった。


休憩時間、フィールは与えられた一室で休息を取っていた。

ちょっと気疲れしてしまった。たくさんの人と接するパーティーではよくあることだけど、今日はいつも以上に……。

というのも、パーティーの間中、トマシュ王子とレネーザ嬢の関係が気になって仕方なかったのだ。必死に周りには悟られないようにしながら、フィールはほとんどの時間、トマシュ王子とレネーザ嬢の方に注意を向けていた。

周りの人たちは、フィールのトマシュ王子に気を取られながらもそつのない対応に気づいていなかったけど、さすがに長い付き合いのリネットは、その様子がおかしいことに気づいていた。

「何かあったのですか？　フィールさま」

リネットが側仕えになって、もう四年ほどになる。

フィールにとってリネットは、ねえさまと同じぐらい信頼できる相手だ。

そんなリネットに、フィールは今の自分のワケの分からない気持ちも、今の状況も話してみようと思った。フィールからトマシュ王子の話や、近頃のフィール自身が感じる変な気持ちの話を聞かされたリネットは驚いた顔をしながらも言った。

「それは恋ではないでしょうか……」

リネットはそう思った。リネット自身はそういう経験はまだないけれど、書物で得た知識などを合わせればそういうことなのだと思う。

「こ、こい……!?」

そう言った瞬間、フィールの顔が真っ赤に染まっていく。そこまで感情を露にするフィールを、リネットは今まで見たことがなかった。

それでリネットは確信する。

「私が……トマシュさまに……」

フィールもそう言われて、ようやくトマシュへの自分の気持ちがそういうものかもしれないと、初めて自覚した。でも、にわかには信じられない……。自分がトマシュさまに恋している？

そんな風に考えると、あらためて心臓がばくばく鳴って、顔が真っ赤になる。

（わわわ、私がトマシュさまに…!?）

なんだか、自分みたいなダメな子が、トマシュさまみたいな素敵な人にそんな気持ちを抱いていいのかと、申し訳ない気持ちになり、けれど胸がドキドキするのが抑えられない。

こうしてる間にも、ついついトマシュさまのことを考えてしまう……。

そんなフィールの姿を見て、リネットは決心した。

たぶん、フィールの親である国王夫妻は、フィールさまがトマシュ王子に懸想することを反対するだろう。トマシュ王子の母国はデーマンから見ると、経済力も歴史もなく魅力がないからだ。

フィールの両親は、国王の地位は最悪、弟の息子に継がせればいいと考え、それより各国の王や王子から求婚されるフィールを、より良い条件でより良い相手に売りつけることに腐心していた。

そんな状況だけれど、リネット自身はフィールの初恋を応援すると決心したのだ。

「分かりました。私が何とかしてみます！」

そう言って部屋を出てから、二十分後。

リネットがもどってきて、フィールをある部屋の前に案内する。

遠慮がちにノックすると、中から「はい」と男性の声が聞こえてきた。トマシュ王子の声だ。

フィールの胸がどきっと鳴る。

たぶんトマシュ王子の部屋だと分かっていたけど、いざ声を聞くと緊張する。

「あの……フィールです……」

「ああ、フィール。ひさしぶりだね」

緊張して掠れた声を、必死に平静に保って名前を告げると、あっさりと扉が開いてトマシュ王子の顔が覗いた。お付きの人はいなくて、彼が直接扉を開けたらしい。

予想よりワンテンポ早い対面に、フィールは内心、飛び上がりそうになってしまった。

でも、なんとか飛び上がらずに済んだ。

それはフィールの運動神経の鈍さのおかげだ。周りからはなんでもできると思われてるフィールだけど、そんなことはまったくないとフィール自身は知っていた。その中で、本気でダメなのが運動だ。早足で歩くだけでこけそうになることがたまにある。走ると目も当てられない。

箱入りで育てられてしまったせいだとフィールは思っている。

そんなフィールのダメな部分が幸いして、トマシュ王子を前に、挙動不審な動きをさらしてしまうことを回避できた。フィールはほっとする。

それから今が一人でほっとしてるときではなく、トマシュ王子の目の前なのだと気づいた。何か話さなければ……。

「あのっ……あのっ……」

結局、取り乱してしまうフィールだった。

「とりあえず、立ち話もなんだから、中で話そうか？」

そんなフィールにもトマシュはやさしげな笑みを向けてくれる。

そうしてフィールはトマシュ王子の休憩室に招かれた。リネットは気を利かせて外で待ってくれている。

お茶もトマシュ王子が淹れてくれる。

（トマシュさまが淹れてくれたお茶……）

フィールはソファに座りながら、なんだかそわそわした。

「それで今日はどうしたんだい？」

フィールの前にお茶を置いてくれて、反対側に座ったトマシュにそう聞かれて、フィールの頭は真っ白になる。いつもの貴族同士のパーティーなら、意識しなくても必要な受け答えや適切な話題がすらすらと出てくるのに何も出てこない。

「あの……レ、レネーザさまとは……」

そう自分が口にしたのに気づいて、フィールは焦る。

（わたし何言ってるの!?　いきなりこんなこと聞いて怪しすぎるよぉ！　どうしようどうしよう！）

もう頭の中は大混乱だった。

よりによって一番おかしな話題を選んでしまったし、いつもならすらすら話せるのに、全然うまく話せない。トマシュ王子に変な子だと思われたらどうしよう、そう思ったフィールだったが、トマシュ王子はくすりと笑ったあと、フィールを落ち着かせるようなゆっくりとした口調で、フィールの質問に答える。

「ああ、レネーザかぁ。あの子、いま大変らしいんだよねぇ。どうも言い寄ってきた王子を振ったら、悪い噂を流されちゃったらしくて、それを嫉んだ友達からも仲間はずれにされちゃってさ。周りから変な目で見られるし、パーティーでもなかなか話し相手ができないんだって。だからパーティーで見かけたら、積極的に話しかけるようにしてるんだ。確かに人への当たりはちょっと強いけど、すごくいい子だよ」

その話を聞いた瞬間、フィールは頭にズガーンと大きな衝撃を受けた。

（わたし……最低だ……！　人を勝手な噂だけで判断して……。変な疑いを抱いて……なんて嫌な人間なんだろう……）

パーティー中、トマシュ王子と一緒にいて羨ましいという気持ちから、男を騙すような悪い女でトマシュ王子も騙されてるのでは、そんな考えが一瞬でも浮かんできていたのだ。でも違った。性根が曲がった、悪い女なのは自分の方だった。

あっという間に涙目になる。

いたたまれない気持ち、この場にいるのが申し訳ない気持ち。トマシュ王子も、きっとレネーザ嬢もいい人なのに、こんなに醜い自分がその前に立っているのが恥ずかしかった。

「あのっ……わたっ……わたっ……わたしかえります……」

赤面し涙目になりながら、フィールは帰ることを告げた。

一刻も早く、トマシュ王子の前から空気のように消え去りたかった。でも、トマシュ王子とせっかく話せたのに、帰らなきゃいけないのが悲しかった。

そもそも、唐突にやってきて帰りますって何なのだろう。

きっとすごく変な子として、トマシュ王子の記憶には残るだろう。

でも仕方ない。それでもいい。こんな自分、早く消してしまいたい。

フィールはそのまま扉の方に駆け出そうとしたが、例のごとく、ドジな自分が鎌首をもたげ、足を何もない地面に引っ掛ける。休憩室の床が近づいてくる。

こける。フィールは確信した。

そしてフィールの役立たずの癖に無意味に回転だけ速い頭脳は、その後のことをシミュレートする。きっとトマシュ王子の脳にフィールは、いきなり会いに来て、いきなり帰ると言い出して、いきなりこけた変な女として刻まれることだろうと。

しかし、傾いたフィールの体は、そこで止まる。

気づくとトマシュ王子の手がその体を支えていた。

「君ってほんとにもう……」

少しため息を吐くような声が聞こえたあと、体が持ち上げられる。フィールは女性にしては背が高いのだけど、軽々と持ち上げていた。

そして子供みたいに脇を抱えられて、トマシュ王子と目を合わす。

その顔は呆れるでもなく、笑うでもなく、優しい表情で自分を見ていた。

「君は本当に言いたいことは飲み込んじゃう癖があるみたいだね。だめだよ、それじゃあ。ちゃんと言わないと伝えたいことは伝わらない」

その言葉にフィールは息を呑む。

だって、それは魔法みたいな言葉だった。伝えたいことは伝わらないと言ってるのに、フィール

のうまく伝えられない気持ちはちゃんと伝わっているのだ。

トマシュ王子は優しい笑みを浮かべて、子供に言い聞かせるようにフィールに言った。

「大丈夫。ほら言ってごらん。案外、言ってしまえばなんとかなるもんだよ」

その柔らかい言葉につられるように、フィールの口がたどたどしく、言葉を紡いでいく。いつもの周りのために話す言葉じゃなく、フィール自身の言葉を。

「あのっ……わたし……」

うまく口から出てこない、自分のための言葉。トマシュ王子が近くにいて、心臓はどきどきして破裂しそう。けれど……。

「わたしっ……」

それでもトマシュはフィールの言葉を待ってくれていた。あの優しい笑顔で。

フィールはぎゅっと目を瞑って、うまく纏められないままに、自分の言葉を紡ぎだした。

「トマシュさまの……お友達になりたいです……！」

その言葉を真っ赤な顔で言い切ったフィール。

口に出してから息を切らし、ぜぇぜぇと相手の反応を待つ。ちょっと返事が怖くて怯えている。

そんなフィールに、トマシュはそれまで以上に優しい笑みを浮かべ言ってくれた。

「そっか、じゃあこれからは友達だね。よろしく、フィール」

それからフィールとトマシュはたびたび二人っきりで会うようになった。

二人っきりじゃないとフィールを取り囲む人たちに邪魔をされるというのを理由にしているけど、実のところ、フィールが二人っきりで会いたいからだった。それに、一度パーティー中に話しかけようとしたことがあるけれど、フィールが足を一歩進めると、パーティー最大の集団がずいっと動き、トマシュ王子と話していた人がびくっとなってしまった。

それを見た瞬間から、フィールは人がいるところでトマシュと話すのを諦めた。

かわりにトマシュも自分と会いたがるフィールために、できるだけ時間を都合してくれるようになっていた。その関係を知っているのは、リネットとフィール、そしてトマシュだけ。

トマシュはフィールにいろんな話を聞かせてくれた。家庭教師から歴史や地理の授業でいつも褒められてるフィールでも、ぜんぜん知らない話を。

遥か南東の大陸にある石でできた遺跡の話。遥か南の島国に生きている動物や植物の話。氷に閉ざされた地方に住む、変わった人々の話も。全部、トマシュが自分の目で見てきたらしい。

なんでそんなにいろんな場所に行ったのかと聞いたら、今は小国のフォルラントだけど、いつか自分の力で産業に優れた豊かな国にしていきたいと言っていた。そのために見聞を広めているのだと。陶芸家に弟子入りしたのもそのためらしい。

周りの期待に沿うがままに生きている自分と違って、ちゃんと目的意識をもっていてすごいなぁっとフィールは思った。

トマシュ王子は交友関係も広い。

いろんな国の王族や貴族に大臣、それから商人や船乗り、料理人に音楽家まで、どうしてそんなばらばらな、と思ってしまうような多彩な交友関係をトマシュはもっていた。

中でも、その一人についてはこう語っていた。

「面白い奴でね。男友達にはとてもいい奴なんだけど、女の子の扱いがめちゃくちゃでさ。いつか女性関係で大きな問題を起こさないか心配なんだ」

そう語るのは、大陸中央でも一番の大国オーストルの国王陛下のことだった。そんな偉い人を、そんな風に語ってしまうトマシュ王子に、少し呆気にとられてしまった。

フィールはトマシュ王子への恋心をはっきりと自覚するようになっていた。

その間にいろんな国の王子や国王から求婚を受けたけど、全部断ってきた。

一国の王女という立場から好きな相手と結婚できるとは限らないけれど、できればトマシュと結婚したい。フィール自身はそう思っていた。

そんな思いを、フィールはある日思い切って告げて、恋人同士という関係になれた。

緊張して死にそうになるほどの思いで好意を告げたフィールに、「僕も好きだよ、フィール」といつもの調子で返されたときは、ちょっと不条理な気持ちを覚えて、一瞬相手の気持ちを疑ってしまったけれど、トマシュがそんな嘘をつく人ではないことは分かっていた。

フィールの中の気持ちも、嬉しいものに変わっていって、人生で一番幸せな日になった。

けれど両思いになっても、トマシュと結婚するのには大きな壁があった。フィールも、自分の両親がフォルラントの王子と結婚するのを反対するだろうと分かっていた。

だからフィールは、相変わらずトマシュとの関係は秘密にしていた。他に知っているのはリネットだけ。

姉であるフィーねえさまにも教えたかったけど、この頃のフィーねえさまは父になんとかして結婚相手を見つけろと、無理やりパーティーに出席させられては暗い顔をして帰ってきていたので、自分の一応うまくいっている恋の話をしにくかった。

それでもいつか、周りに認めてもらって、いや周りに認めてもらえなくてもいい、トマシュと結婚することがフィールが初めて自分の思いで抱いた将来の夢だった。

でも、フィールは自覚できていなかったかもしれない。

周りの人が自分に抱く癒しの巫女という幻想が、どれだけ自分にとって望まぬ価値を与えているかということを。トマシュが「僕も好きだよ」と答えてくれた、そのときの言葉の重さも。

フィールはまだ子供で、周りから大切にされてきた箱入りの少女だった。

だから分からなかった。

一年後、トマシュ王子の乗った馬車が崖から転落し王子が死亡したと、デーマンなど周辺諸国に小さなニュースとして伝えられた。

＊＊＊

フィールの話を聞いていたフィーは、そこでとてもびっくりしてしまった。

フィールに好きな人ができたと聞いて、本当に良かったと思っていた。幸せそうにトマシュとのことを話すフィールを見て、自分のことのように嬉しく感じた。

だからついつい、忘れてしまっていた。これがハッピーエンドで終わるなら、今のこんな複雑な状況になっていないということを。

「交流はなかったけどデーマンにもニュースは伝わってきて、それを聞いた私は寝込んでしまいました……」

フィーは言葉に迷う。なんて声をかけたらいいんだろう。

好きな人の訃報を聞くなんて、本当にショックなことだと思う。まだ好きって気持ちも分からない自分が、そのショックを想像するのは、おこがましいのかもしれないけれど。

心配そうに見つめるフィーに、フィールは笑顔になって言った。

「あ、大丈夫です。ねえさま、トマシュさまは生きてました！」

「そっか、良かった」

フィーもそれを聞いて胸を撫で下ろす。

「そのあと、しばらくショックで落ち込んでいたんですけど、ロイ陛下から婚姻の申し込みがあって、会いたくなくて病気だからって断ろうとしたんですけど、お父さまとお母さまが無理にでも会いなさいって二人の顔合わせの場を作っちゃって、それで会ってみたら『トマシュは生きている』って教えてくれて――」

「そのあとは『こちらに話を合わせてくれ』と大分めちゃくちゃでしたけどね」

リネットがそのときのことを思い出して呆れた目つきで言った。

「それでまた後日、ロイ陛下からいろいろ教えてもらったんです」

フィールがその後説明してくれたところによると、事情はこうだった。

どうもフィールは厄介な大国の王に目をつけられてしまっていたらしい。大国の王はフィールの身辺を調査するうちに、トマシュ王子とフィールが秘密の恋人関係だと知った。そしてトマシュ王子に脅しをかけた。

身の危険を感じたトマシュ王子は、友人であるロイにもしも何かあったらフィールを頼むと手紙を送ったらしい。そして案の定、それからすぐに不審な馬車の事故が起きた。

トマシュ王子は一命を取り留めたが意識不明になり、手紙を受け取りフォルラントに急いでいたロイは、その身柄を守るためにトマシュ王子の父王と相談し死亡したと発表した。

そしてフィールについても、大国の王が婚姻を申し出れば、フィールはともかく両親が同意すると予想し、先手を打って偽装結婚することにしたのだ。

ある意味、ロイにしかできない頭の飛んだ発想だった。女性の扱いの雑さが、ここでも出ている。

ただ今回はそのおかげで助かったのか、あんまり助かってないのか……。

「あれ、じゃあ僕も結婚してないってことかなぁ？」

フィーたちの地方だと、結婚は神教が担当する分野だ。いろいろ付属する儀式はあるけれど、根幹的なところは二人の名前を記した品物に司祭が祝福を与えるというものだ。そして、その品物は教会側でずっと保管され、しっかり結婚の記録として残される。

つまり、教会の人間を抱き込めば、周りに結婚してるように見せかけることができてしまうわけだ。

逆に悪用しようと思えば、教会の人間を従わせて、誰かと無理やり結婚するなんてこともできる。

ただ、そういうのはよっぽどのことがない限りありえないけど。教会だってそんな不正が発覚すれば、信徒からの支持を失ってしまう。

でも、じゃあ絶対にありえないかというとそうではなく、フィールに横恋慕している、どこぞの国の王なんかはそれを狙っているのかもしれない。

まあ、その話は置いといて、フィーなんて結婚式をあげた記憶すらなく、フィールが結婚していないなら自分もきっと同じような状態になってると思った。

フィールも笑顔でこくこく頷いて――。

「はい、きっとそうなってると思います」

と言ってくれた。

たいちょーにあとで確認してみよう、そう思ったフィーだが、もうすでに胸のつかえが取れた気分だった。

第29章　奇妙な側妃

次の日、王宮を散歩していたフィーは、たいちょーが資料庫に入っていくのを見つけて、あとからついていくことにした。暇つぶしのために、ことあるごとに散歩しているせいか、おさんぽ側妃という新たなあだ名が付きつつある。

いつもならお付きの侍女たちもついてくるところだけど、王宮の上階までしか行かないという約束で、一人で歩かせてもらっていた。見習い騎士として、つい最近まではいつでもどこへでも行けたフィーとしては、ちょっと不便だ。

下の階に行きたい場合、一度部屋にもどって侍女たちに連絡しなきゃいけない。

一方、たいちょーはいつでもどこでも一人でずんずん歩き回っている。ちょっとずるいと思いながら、たいちょーはすごく強いし、その点は納得しているフィーだった。

そもそもたいちょーはフィーと違って、お仕事しているわけだし。

今日もこうやって自分で資料を取りに行ってるんだし、そういうところが偉いなぁっとフィーは尊敬していた。

もし、手伝えることがあるなら手伝おう。

そう思いながら、フィーは資料室の扉からするりと入っていく。

すると、すぐこちらの気配を察したロイがフィーの方を向いた。

「ヒース……フィーか……」

「はいっ！」

一応、音を消したんだけど、すぐに察知されてしまった。

やっぱりたいちょーはすごいとフィーは思う。暗殺者もかたなしだ。フィーなんてダメージを与えることすら叶わないと思う。

「どうした」

「何か手伝えることはありますか？」

「いや……ないな。少しポール地方の人口統計を見たかっただけなんだ。すまない」

フィーの親切を無碍にしてしまい、ロイは申し訳なさそうに謝る。

それにフィーは首を振ると、もう一つの用件を聞いてみることにした。

「あの、あともうひとつお聞きしたいことがありまして」

「ああ、なんでも聞いてくれ」

フィーからの要望にロイは若干気合を入れて答える。

「結婚の話なんですけど。フィールの結婚は偽装にしてくださったって聞いたんですけど、僕の結婚ってどうなってますか？」

「うっ……！」

その瞬間、ロイはいきなりダメージを受けたように前に少しのめった。

資料室が暗かったせいで気づかなかったフィーは、両手を胸で合わせて、たいちょーをすっかり信頼している目で、ロイに尋ねる。

「たぶんたいちょーのことですから偽装結婚にしてくださってると思うんですけど、一応確認しておかないといけないと思って」

「ぐっ……！」

フィーのすっかりたいちょーを信頼している言葉に、ロイはとうとうしゃがみこむ。

何か大ダメージを受けたような様子のロイに、フィーは駆け寄った。

「ど、どうしました!?　たいちょー！」

「………すまない」

そんなフィーに向けてしゃがみこんだロイから、絞り出すように謝罪の言葉が漏れてきた。

「へっ？」

フィーはいきなり謝られて首をかしげる。

そんなフィーにロイは、汗をだらだらと垂らしながら、しかし逃げることは許されないといった顔で告げる。

「すまない……偽装工作をしたのはフィール王女の方だけなんだ……」

そう、ロイが偽装結婚の工作をしたのは、フィールの件のみだった。

なぜそんな風にしてしまったか。

理由は明快だった。今でもその心境をパッと思い出せる。

『どうでもよかったから』だ、フィーのことは。あと『めんどくさかった』から。

教会の人間で、王族の結婚を担当できるぐらいの格があり、口が固く、偽装工作に協力してくれる。そんな人物を探すのは、とにかく骨が折れた。さらに、オーストルの国王と癒しの巫女の結婚ともなれば他の司祭たちもこぞって仕事を引き受けたがる。なので、それらの申し出をもっともらしい理由を作って断り、それでも障害になりそうな人物にはうまく工作して出張してもらって、その司祭まで仕事を回すのにいつもの二倍ほどの労力を使った。

フィール王女を保護する上で一番苦労したのが、偽装結婚の工作かもしれない。

そんな苦労をわざわざロイが、おまけでくっついてきた――ロイから見れば厄介者だった――フィーのためにもう一度やるわけがなかった。婚姻の偽装についても、関わる人間が少ないほど秘密は守りやすくて都合がいい。

結果、デーマン国王夫妻のフィー王女は出立が遅れるので、本人不在の略式で式を挙げておいて欲しいという話を真に受けて、フィーとの結婚はさっさと事務的に処理してしまった。

ロイとしてはそれで十分な仕事をしたつもりだった、当時は。むしろその時は、フィール王女の保護のために余計な出費をし、婚姻関係までこっちが泥をかぶってやったのだから感謝しろ、ぐらいの勢いだった。

しかし、ヒースがフィーだったと知り、そのフィーの事情も知った今のロイの立場から改めてこの出来事を振り返ってみると、『自分はなんてひどいことをしたのだろう』そう思うしかなかった。

むしろ、それしかない。それ以外の何ものでもない。

親からお金のために不本意な婚姻を強いられたフィーに対し、本人の意思をろくに確認もせず婚姻関係を結び、あまつさえその婚姻関係すら無視する形で後宮に閉じ込めた。ひとりの女の子にするには、あまりにもあんまりすぎる振る舞いだった。その後も、いろいろ自分のせいでひどい目に遭わせた。ロイにも自覚はあった。

なぜ、こんなことになってしまったのだろう。その理由は、明白だった。

ロイは初めて自分の人生を振り返ったかもしれない。今までこの国の未来を見て、ひたすらまっすぐ歩いてきたから。そんなロイがようやく反省しなければならないと心底後悔した自分の欠点。女の子をすぐ偏見の目で見て、冷たく接しすぎていた。

今まで周囲から散々指摘されていた欠点を、別にそんなものどうでもいいとどこ吹く風で聞き流してきたその短所を、ようやくロイが自分の大きな反省点として認識するべきときが来ていた。わりとえぐい量の後悔と罪悪感とともに……。

ある意味、ロイの今までの人生は順風満帆すぎたのかもしれない。苦労もあった。苦難もあった。しかし、この国のため、そして友人や国民のためと、悪かったところがあれば反省し、足りないところがあれば学び、障害があれば努力し、ひたすら一本の道を進めばよかった。

しかし、ロイははじめてそれでは解決できないことに出会ったのだ。自分の傲慢さと偏見が傷つけてしまった、一人の少女の存在。反省しても、学んでも、努力しても、それはすでに取り返しが付かない。

それにどう向き合えばいいのか分からないロイの前で、その女の子は少し寂しそうな表情で、

「そうですか……」

と呟くと――。

「仕方ないですよね。たいちょーはフィールのために一生懸命がんばってくださったんですし。その、だから、あんまり気にしないでくださいね、たいちょー」

そう言って目に見えて罪悪感に苦しむたいちょーに、少し困ったような笑みと汗を浮かべて、むしろ励ましの言葉までかけてくれるフィーだった。その笑顔にはどこか、自分がぞんざいに扱われることへの諦めと慣れみたいなものが感じられた。

ぐっさり……。

ロイの背中にまた一本、見えない大きな刃《は》が突き刺さる。それはここ数日、ロイの体に突き刺さりまくっている罪悪感という名の刃《やいば》。

＊＊＊

ロイの人生は生まれながらにして、王として歩むことが決まっていた。

オーストルという国の嫡子として生まれ、母は物心つかないうちに亡くなった。父は愛人を作っていたが、貴族相手ではなく、気軽な平民の女相手の遊びを好んでいた。

しかし、それで子供ができたという話もなく、もし生まれたとしても、どっちにしろ一番正統な

血筋をもつのはロイだった。

周りからは王になるのが当然だと思われていたし、ロイも物心つく頃にはそれを自覚していた。

まだ五歳になったばかりのころ。多くの家来に付き従われ、王都の外縁を馬車で通りかかったとき、ふとあるものが目についた。

周囲に並ぶ立派な建物とは違うぼろぼろの家屋と、やせ細った人たちがいる区画。

「あれはなんだ？」

ロイは家来にそう尋ねた。

「あれは貧民街です。殿下は近づいてはいけません。病気などもらう可能性があります故に」

ロイは家来の忠告を聞かず、まだ動いている馬車から降りた。

そして貧しい者たちがいる区画に近づいて行った。

家来たちも慌てて馬車を止め、そのあとを追う。

ロイが辿り着いたその場所は、確かに王都の一部であり、すぐ傍に普通に暮らす人たちの家屋があるというのに、そこには飢えの苦しみが広がっていた。暮らす人たちの目には気力がなく、どんよりとした暗い悲しみに満ちている。

それは馬車で通りかかった道を歩く、市民たちの目とはあまりにも違っていた。

「殿下、どうされたのですか。危のうございます。こんな不潔な場所は早く立ち去るべきです」

顔をしかめてそう言った家来にロイは言った。

「父上から誕生日に貰った宝石があったはずだ。あれを売って、この者たちに食料を与えてやれ」

「は、はあ……？」

「すぐにだ」

「は、はい!!」


それからすぐに調べて、知った。

父の浪費癖のせいで、国の資金がどんどん減りつつあることを。

父である国王は、平民相手にも気前よく金を配り、頻繁にパーティーを開き、その評判は決して悪くはなかった。むしろ、人気でいえば歴代の王でも良い方かもしれない。

だが、遊びに明け暮れ、政務に真面目に取り組まないそんな父の振る舞いは、国を徐々に腐敗させていった。

国の蓄えは着実に減っていき、必要なところにお金が行き渡らなくなりつつあった。

王都にできた貧民街はその象徴だった。一部の商人が王の贔屓を受けて儲ける一方、必要な支援を受けられず職にあぶれる者がいて、貧民街はロイが見つけたところ以外にも数箇所あり、だんだんとその範囲を広げつつあった。

王子の権限ではそれらすべてを救うには足りない。

ロイは父である王にまず進言することにした。

「おお、このような優秀な息子がいるなら、オーストルの未来も安泰だ！」

父の遊びはさらに酷くなった。

ロイはその後も何度か同じ進言を繰り返したあと説得を諦め、自分が扱える金をやりくりして困窮する者を救いながら、将来王位を継いだときのために勉強に明け暮れることになった。

ロイの母は彼が生まれてすぐ亡くなっていたが、母の代わりのように世話をしてくれた乳母がいた。

『殿下、貴方様は立派な王におなりくださいませ』

乳母の言葉はロイの人生の目標になっていった。

（私は立派な王にならなければならない。国民すべてを幸せにできるような）


八歳のときに初めて参加したパーティー。

勉強がいそがしいと、ロイはパーティーの参加を断ってきた。

「おまえが参加するなんて珍しーな」

公爵家の三男で歳も近く、幼い頃からの友人のクロウはそんなロイに素直に驚いた。

理由はあった。そのパーティーにはたまたま他国からオーストルを訪れていた高名な経済学者が招待されていたのだ。

（是非、話をしてみたい。言葉を交わし、私の疑問を伝え、意見を聞きたい）

パーティーがはじまると早速、その経済学者を見つけ、喜び勇んで、そちらへ足を運ぼうとしたロイは、女の子の集団に囲まれた。

「きゃー、ロイ殿下ですよね。お初にお目にかかります。シレーヌ伯爵の娘マルシィです」

「私はテベス侯爵の娘、セレナです。ずっと前にお会いしたことがありますよね。覚えておいでですか？」

「ああっ、噂通り素敵です！」

「殿下！　私ともお話ししてください！」

あっという間に少女たちにより、学者へのルートが塞がれる。

（なんだ、この者たちは!?　なぜ私の邪魔をする!?）

ロイはわけが分からなかった。

その横では、八歳にして社交慣れしていたクロウが、まあ王子が初参加となればそりゃこうなるよな、という顔で見ていた。

「どいてくれ。私はあの者と経済について意見を交わしたいのだ」

「まあ、経済!?　殿下はとても頭が良くていらっしゃるのですね」

「私にもその経済について教えてください、殿下！」

少女たちは引かなかった。

ロイが女あしらいに慣れてなかったのもある。しかし、父である国王は放蕩三昧で、本人は勉強と父の政務の出来る限りのフォローをしていた。そのせいで、ロイには決まった相手がいなかったのである。

その隙が、身分の低い者まで無礼覚悟で突撃させたのである。

どうやったらこの少女たちをどかすことができるのか、戸惑っている間に――。

「それでは申し訳ありません。そろそろ帰国の馬車に乗らなければならないので辞させていただきます。まさか王子殿下も参加されるパーティーに招いていただけるとは光栄でした」

「ははは、お気をつけて」

ロイの目当ての学者は、知り合いの貴族たちだけに挨拶して去って行ってしまった。

（ああっ……!?）

ロイにとっては大きなショックだった。

黄色い声をかけてくる少女たちの言葉にまったく反応せずに、胸の中で暗澹たる思いで呟く。

（なんて邪魔な存在なのだろう。私を囲み、この甲高い声でくだらない話題ばかり投げかけてくる者たちは。私は王として立派にならなければいけないのに。それがこの者たちの幸せにも繋がるというのに……）

その日から、ロイの中で若い女の子の存在が、『邪魔』というカテゴリに移された。

誤解のないように言っておくと、あくまで邪魔なだけで、いじめたり悪意を向けたり排除しようとしたりする対象ではなかった。彼女たちもまた国民であり、守るべき対象だった。

ただ個人的に邪魔だっただけである。話したり、個人的な優しさを向けたりしようとは思わなかった。

次のパーティーから、ロイは完全に女性を無視しはじめた。

それはもう隣国の王女を泣かせ、家来からも苦言がくるほどに。

しかし、ロイの態度があらたまることはなかった。

尊敬し、導いてくれる存在がいなかったことがロイにとっての不幸だったかもしれない。

数年に一度会う叔父がそんな存在に近かったかもしれない。でも、諸国を遊説するように先代の王であるロイの祖父に命じられ、父からもその命令を解かれなかった叔父とロイの接触は少なすぎた。

父の浪費癖は続き、最初はよかった評判も不安が囁かれるようになっていた。

大国オーストルの国庫は火の車になり、その悪い部分がだんだんと、王の悪癖を歓迎していた市民にも忍び寄るようになってきていたのだ。

さらにあらゆるところで汚職がはびこり、王都に住む市民ですら犯罪に巻き込まれるようになっていった。

犯罪率の増加はロイの頭を悩ませた。

(勉強だけをしていてもいけない。私が王になったら率先して犯罪を取り締まらなければ)

そう思ったロイは、剣の腕を磨くために、国一番の剣士だった老人に弟子入りした。

門下生に多数の騎士を輩出している名門だ。

老人は王子ではなく一人の弟子として入門するなら受けると言い、ロイはそれを了承した。

そこで初めて、ロイは普通の生活というものを経験し、兄貴分として尊敬できる存在を得た。

当事は出世頭の若手騎士であり、現在は第1騎士隊の隊長と騎士団長を務めているゼファスがそれである。

そんなゼファスもロイのすでに固まりきった女嫌いを治すのは無理だった。

年齢の離れた女性にはそれほどではないのだ。年上の女性には礼儀正しいし、幼い子には優しい。ただ相手から恋愛関係を期待されるような年齢だと、途端に冷たくなる。

ゼファスと彼の幼馴染でもある恋人はロイの悪癖に頭を悩ませた。


十三歳のときにロイの父が亡くなった。

酒と享楽に溺れ、平民の女のところへお忍びで遊びに行っていた際に亡くなった。

別に毒殺や暗殺などの陰謀はなく、爛《ただ》れた生活での不摂生が祟ったことは明白だった。

ロイが覚えたのは、ほっとした感情だった。

そろそろ、国がもたないところまできていた。

もし、あと数年長生きされたら、父親殺しに手を染めなければならなかったかもしれない。良い王となるためだけに人生を歩んできたロイにも、それはさすがに躊躇《ためら》いがあった。

ロイはすぐに王位を継ぐと、改革に乗り出した。

腐敗はなんと騎士たちにまで及んでいた。当時、騎士団でナンバー2だった者が犯罪組織と手を組み、犯罪を見逃し、人身売買組織の支援までやってたのだ。

幸いにして、ロイが弟子入りした剣士の弟子たちは、みんな不正に手を染めない、清い者ばかりだった。

ナンバー2だった男と一緒に不正に手を染めた者たちを国外追放にし、ゼファスを中心とした騎士団の再編を行った。そして騎士団を中心として、国の犯罪者の取り締まりと、財政の建て直しを行った。

これらはロイの成果だと思われてるが、ロイ自身は兄弟子たちのおかげだと思っている。

見習い騎士の制度も、このときに少し変わった。

以前から、才能のある平民を登用する制度はあった。

しかし、狭き門だった。

ロイは増えた貧しい子供たちを、良い方向に向かわせるために、見習い騎士を広く募集することにした。平民貧民平等に、才能のある者が騎士となれる制度だ。

育成の仕方も、学校じみたものになった。平民の子の割合が増えたためでもあるし、旧来の騎士の小間使いみたいな扱いは、良い影響がないと思ったからでもある。

騎士からはじまった国の改革はうまくいき、ロイと騎士団は国民にとっての英雄になった。

国では騎士は人気者である。そして騎士には平民もなれることから、国をどんどん良い方向に向かわせてくれた。

なんとかオーストルは安定を取り戻し、ロイと一緒に活躍した騎士たちは引退を申し出た。

騎士がこのまま国を治めつづけるのはよくないと言ったのだ。

文官がきちんと政治を統制し、騎士は治安を守ること。本来の形に戻さなければいけない。

正しい、と思ったロイはゼファスにだけ騎士団長として残ってもらい、兄弟子たちがやっていたことを文官と一緒にやり始めた。

これはなかなかうまくいかなかった。兄弟子たちが才能に優れ、政務もできてしまったせいで、文官が今までそれに頼りきりだったのだ。

ロイは今まで以上に忙しくなった。そして少しワンマンにもなってしまった。

幸運だったのは、政務を手伝ってもらいたいと、前々から帰還をお願いしていた叔父が、ついに折れて戻ってきてくれたことだ。本人は何度も断っていたが、無理を言って宰相の地位についてもらった。

オーストルは他国からは大国だという評価を受けていたが、実際のところ、先王の浪費で財政的にはかなり危ない状況にあった。

ロイは国のあらゆる仕事に関わり指示を出し、財政を立て直し、騎士としてまだ国の根深いところに隠れている犯罪者たちを取り締まっていった。

そのおかげで国はかつての姿を取り戻しつつあった。

ただひとつ、父の負の遺産の中で最も大きな問題が残っていた。

遊ぶ金がだんだんと減っていったロイの父は、貴族たちからも金を借りていたのだ。

そしてロイの父は莫大な借金を返す代わりに大変なものを譲り渡してしまった。ザルネイード公爵とその傘下の貴族たちが管理する領地に対して、王国で定めた法律を適用するという権利を放棄してしまった。ほぼ貴族たちにより独占的に統治する権利を認めてしまったのだ。

そこでは違法な薬物や人身の売買が公然と行われるようになり、犯罪者の隠れ家になってしまった。今でも国民からは暗黒領と呼ばれている。

国が調査隊を派遣しても、それには調査の通告というワンクッションを置く必要があった。

暗黒領で働くのは公爵の手の者ばかり。すぐに証拠を隠してしまう。

間者を送れば情報は摑めるが、それで捕まるのは末端の悪党ばかり。犯罪者同士の繫がりで、間者の存在もバレる。

なんとか公式に公爵自身が犯罪に関わっている証拠を摑まなければ、与えた権利を取り上げる正当性がない。

そして正当性がないのに無理に与えた利権を奪おうとすれば、それは国と貴族との信頼関係を崩すことになってしまう。

恐らくそのときには公爵たち貴族と戦争になるが、あちら側に付く貴族が増えるだろう。そうなれば、国を割る戦争になってしまう。

ロイたちはそのときに備えて地道に証拠を集めていた。

父の最後の負の遺産を払拭するため。

ロイの人生はいつも前ばかり向いてきた。

なぜならば、目指すべき未来があったからだ。この国に住まう者たちが安心して幸せに暮らせる国を作る。そのためにひたむきに努力してきた。

それは幸せなことであり、また不幸なことだったかもしれない。

自分の過去を振り返らなくて良かったということであるし、振り返るべき過去を見逃していたということでもあるのだから。

まあ、今のロイが幸せか不幸せかというと――。

もはや、そういう次元ではない。

なんてったって加害者である。自分の幸せなんぞ、気にかけてる暇はない。

そんなロイの前で、被害者のフィーはニコニコとお茶に口を付けていた。

ロイとフィー、二人っきりのお茶会。フィーが王宮にやってきて一週間ほど経ったが、こういったお茶会は既に数度開かれていた。

フィーのことが気にかかるロイと、たいちょーに会えると嬉しいフィー。

利害の一致である。

フィーについて完全に無関心だった最初の頃とはまるで真逆で、何度も親密に逢瀬を重ねる二人の姿は、王宮の人たちにももちろん目撃されていて、いろんな噂が生まれていた。

フィーとしては見習い騎士の仲間たちに会えない、ちょっと寂しい期間の中、数少ない親しい人に会えて嬉しい機会といった感じだったけれど。

「すまなかった……」

会話の内容は、フィールの状況を説明してもらうものが多かった。

ロイはもう癖になってしまったように謝罪の言葉を口にする。

「だからもう気にしないでください、ロイ陛下」

ロイの言葉に、フィーは困ったように笑って許しの言葉を投げかける。

この期間、ロイには謝られ通しだった。フィーとしてはもう許してるので、そんなに謝られても困るのに。

謝る——それでたいちょーの気が済むのなら、フィーもいいのかなって思うけど、どうやらロイは謝るごとに自己嫌悪や後悔を深めているようで、どんどん顔色が悪くなっていく。

フィーから見ても、あんまり良い傾向には見えなかった。

なんとかたいちょーを励ましたいと、罪悪感から解放してあげたいと気にかけてるのだけど、それはうまくいってるとは言いがたかった。

今日もフィーはロイを励ますために言葉を紡ぐ。

「フィールのためにやってくれたことなんですよね。仕方なかったと思います。そもそも故郷でも似たような感じで扱われることが多かったですし、慣れてますから、たいちょーもあんまり気にしないでください」

ざくっと、またたいちょーの胸に刃《やいば》が突き立てられる。

『慣れてる』、そんな言葉で自分の不幸を済ませてしまおうとする目の前の少女に、ロイの胸が痛まないわけがなかった。しかも、その女の子に追い討ちをかけたのは自分だ。

フィーに自覚はないけれど、フィーが良い子に振舞えば振舞うほど、不幸慣れしたフィーの人格の底の部分がロイには見えてしまっていた。

フィーがロイに懐いていて、励まそうとすればするほど、ロイが罪悪感でめった刺しにされる。泥沼である。

二人の間に少しの沈黙が流れ、フィーがことりとティーカップを置く音が響いた。

フィーはロイを見つめて、どうしたらロイをこの状況から解放してあげられるだろうかと考えた。

ロイはフィーに視線を向けられずに、どうやったら償えるだろうか、そればかりをずっと考えていた。

「意地を張らずにちゃんと相談すれば良かったです」そんなフィーの反省点を伝えても、たいちょーは納得してくれなかった。

思えば、フィーの人生で初めてのことかもしれない。

生まれたときから、軽んじられたり、悪く扱われたりすることはあった。この国に来てからは、友として扱われたり、いたずらして怒られたり、好意を抱かれたり、いろんなことがあった。

でも、相手が自分にした行為について罪悪感を抱いていて、フィーが許したいと思っていても、相手は受け入れられずにいる。こんな関係、フィーの経験にはない。

許す許さないの関係を一歩踏み越えた、許しても許されたと思ってもらえない関係、許されても自分を許すことができない関係。お互いに初めて同士だった。

フィーはぎこちなく、少ない人生経験からどうしたらいいのか考える。

ロイやクロウと、クーイヌやゴルムスたちと過ごしてきたこの一年間が、フィーにとっての初めて普通の人間関係を持てた、数少ない人生経験の期間だった。

励ます——ずっとやってるのにロイは沈んでいくばかりだ。怒る——たいちょーを？　それは……なんかいやだ。わがままみたいだし。泣く——ひたすらとんでもないことになりそうな予感がする……。喜ぶ――わたしは変人じゃない、と少なくとも本人は思っている。

この一年間を共に過ごしてきた、クロウやクーイヌやらとのやり取りから答えを探してみるけど、なかなか解答は見つからない。

そんなとき、ふとコンラッドの顔が浮かんで――甘える――そんな言葉が浮かんできた。

なんとなくこれが正解な気がした。コンラッド曰く、ちょろい相手をだまくらかすテクニックだけれど。

フィーはたいちょーに甘えてみようと思って、いざやろうとして、ちょっと恥ずかしくて頬を染めた。

(意図的に甘えるのって恥ずかしいかも……)

でもがんばるしかない。たいちょーに許された気になってもらうには。

「あの……たいちょーにお願いがあるんですけどいいですか……？」

その言葉にロイは強く反応した。

「あ、ああ……！　私にできることならなんでも言ってくれ！」

心なしか、顔や言葉に元気が戻った気がする。

フィーは恥ずかしがりながらも、正解を引いてほっとした。

ただフィーは甘え慣れてないせいか、適度な甘えというものが準備できてなかった。そこから、わりとガチめなお願いをしてしまった。

「あの……クーイヌやゴルムス……あ、見習い騎士の仲間たちに会いたいんですけど……」

できますか？　そう聞こうとして、フィーもあれ、これたいちょーを励ますためのお願いとしては重過ぎたかもと思い始めてきた。

「……すまない……会わせることはできない……少なくとも今は」

ロイも苦しそうな表情でそう答える。状況は振り出しに戻ってしまった。

フィーは反省したけど、それよりも心の底から聞きたいことができてしまった。だってクーイヌやゴルムスに会いたいという願いは、フィーの心の中からぽっと浮かんできてしまった願いなのだ。本心からの願いなのだ。

この場はたいちょーを励まそうとしたフィーだけど、どうしても気持ちがそっちに引っ張られてしまう。

ちょっと不安そうな表情でフィーはロイに尋ねた。

「あの……たいちょー、僕……北の宿舎にはいつ戻れますか？」

その質問は、二人のお茶会に今までにない沈黙をもたらした。

それは重い質問だった。

フィーにとって北の宿舎で過ごしていた期間が人生で一番楽しい時間だった。

はじめてまともに扱われて、はじめて友達ができて、優しい大人に見守られて、怒られ褒められ、人生の目標までもができた。

それはロイも知っていた。

フィーを不幸に追い込んだ元凶でありながら、間抜けにも、フィーを、ヒースを優しく見守りたいと思い、楽しそうな報告を満足そうに聞き、したり顔でアドバイスまでしていた大人の一人なのだから。

だから、フィーの元の生活に戻りたいという願いが、痛いほど分かった。

当然のことだと思った。

しかし、ロイはフィーに悪魔のような返答をしなければいけなかった。というか、ロイの自己認識では自分はフィーにとっての悪魔そのものだった。

「すまない……。不幸な目に遭わせた私が言える立場ではないのだが……。ヒース……いやフィー。君の地位を考えると、見習い騎士に戻すことはできない……。そもそも君が側妃であることは広まってしまっている。見習い騎士の生活に戻ることは……その……不可能だと思う」

個人として散々な不幸な目に遭わせておきながら、王としてそう言うしかない。

ヒースという人間と会ってから、この子が幸せに暮らせるような国にしたいと、より一層政務にも励んでいたのだ。それが、王という立場が彼女のささやかな幸せすら断つのだ。

でも、悪いのは王という立場ではなくロイの個人的な行動の方だった、それは自覚していた。

ただ自覚しようが、何を思おうが、どうにもならない。

無力。不誠実。最悪。

フィーはそれを聞いてもロイを責めることなく、涙をぽろっと流し呟いた。

「そう……ですか……」

ああ……消えてしまいたい……。

ロイは誇り高く生きてきたつもりのその人生で、初めてその感情を味わった。自分の存在ごと、この世から消え去ってしまいたい。いっそ、今すぐそこらへんの壁に頭でも打ち付けて死んでしまえば楽になるだろうか。

しかし、それはできなかった。

とんでもなく勝手な話だが、王の立場からは死ぬことはできない。フィーの妹であるフィールも救わなければならない。これだけやらかしておいて、フィールまで救えませんでしたとなっては、それこそ申し訳が立たない。

そして死んだところで、この子が喜ぶわけがない。むしろ絶対に泣く。

それはこの一週間の間、ロイをむしろ心配そうに見つめてくる目から分かっていた。

死にたいけど、死ねない。慰めることもできない。謝罪するのすら、ロイ自身の罪悪感を軽減したいからで、身勝手な有様に自己嫌悪を感じる。

しかし、もう他に何もできない……。

泥沼。

ただ無力に、自分が泣かせた少女の前で、案山子《かかし》のように佇むことしかできない。

「あの……すみません。少しだけ、泣いてもいいですか？」

フィーはそう断ってから、ロイの前でしばらく泣いた。

そのあと、目元を赤くしながら泣き止んで、笑顔を作ってまでロイにフォローの言葉を投げた。

「ごめんなさい、困らせてしまって。本当は分かってたんです。もう前みたいには戻れないんだって。聞いてくださってありがとうございます」

もし、王の権限で時間を戻せるなら戻したかった。

いつに？

さあ。いつ頃まで戻せば愚かな自分を変えて、この少女を幸せにできたのか。

分からない。

＊＊＊

クロウはロイの顔を見て、冷や汗を垂らしながら声をかけた。

「大丈夫か……？」

ロイの体調は悪そうだった。ここのところ、ずっと顔色が悪い。

友人としても、こんなロイを見るのは初めてだった。

ロイというのはなんというか、マイペースな奴なのだ。そのペースが人の何倍も速いというだけで。どんなに周りから批判を受けても、本人はケロリとして自分の目標にまい進する。

そんな奴だった。

ロイをここまで追い込んだ女性はフィーが初めてだった。

（ある意味、すごいな……）

クロウは、いきなり女の子で王女さまだったと判明した後輩の姿を思い浮かべる。一年前に出会ったときは辛そうな表情をしてたけど、この一年、積み重なった思い出によって、アホ面の割合が圧倒的に多い。

　今も当人はのんきな顔をして、散歩側妃という新たなあだ名に恥じないよう、いろんな場所をうろついてるはずだった。

　まあ、そんな彼女も見た目の振る舞いほど、単純な性格ではないのをクロウは知っているけど。むしろ、今は目の前の単純野郎の方が問題かもしれない。

　目的があればまい進し、関係ないと思えばまったく無視し、悪いことをしたと思えば落ち込む。なんとも分かりにくいけど分かりやすい奴だった。

「しっかりしてくれよ。気持ちは分かるけど、今は大事な時期なんだから」

　これぐらいの励ましの方がロイにはいいかもしれないと思って、クロウは言った。

　フィール王女の暗殺未遂事件が起きてから、一年以上も経ってしまっていた。

　暗殺されかけたのはトマシュ王子だけではない、フィール自身もその命を狙われたことがあるのだ。

　トマシュ王子暗殺事件（実際には暗殺未遂事件）が起きたあと、トマシュ王子から手紙を受け取っていたロイはすぐにフィールの身柄を保護することにした。トマシュ王子とフィール王女の関係はごくわずかな人が知るのみ。

　事件の元凶であるルシアナ聖国の王がフィールに求婚すれば、彼女が断っても彼女の両親が強引に結婚話を進めようとするだろう。それを防ぐために、ロイはフィール王女と偽装結婚するという極めて彼らしい無茶で無神経な手段に出たのだった。

しかし常識破りな分、その手段は有効だった。ルシアナ聖国の王はフィールに手を出すことができなくなった。しかし、元凶となったその王もまた度を超えて愚かだった。

フィールがある日飲もうとしたお茶の中に毒が混入していたのだ。

ロイがフィールにつけた付き人の中に毒物に詳しい者がいて事なきを得たが、危うくフィールまでその手にかかるところだった。手に入らないなら殺してやる、そんな短絡的な考えによるものなのだろう。

かくして彼女の周りは厳戒態勢となり、デーマン側で事件に関わっていそうな人間として、フィールの姉であり、優秀な妹を妬んでいると噂されるフィーの名が挙がった。フィールを妬むあまり、かの王に唆《そそのか》されて手びきしたのだろうと。まあ疑惑の真相は完全無欠の潔白であり、完璧無比なただの無関係な子だったのだが……。

しかし、関わっていたのはデーマン側の人間だけではなかった。調査の結果、毒物はオーストル側から運び込まれたものだった。

そちらに関わっているると目されているのは、暗黒領を治める貴族たちの長であるザルネイード公爵だ。その狙いはフィール王妃を暗殺することで王権の評判を落とし、ルシアナ聖国の後援を取り付け、暗黒領の利権を確実なものにすると共に、自分がオーストルの実権を握ることだと考えられている。

ザルネイード公爵への捜査は地道に進められ、彼が人身売買や密売などの犯罪に関わった証拠が徐々に集められていた。暗黒領に踏み込める日は、そう遠くない。

だが、フィー王女暗殺未遂の件はそれでは解決しない。

もともとルシアナ聖国の王の愚かな横恋慕が原因なのだ。国としてはザルネイード公爵を捕まえれば一応の解決をみるかもしれないが、ロイたちとしてはそこからルシアナ聖国が関わったという証拠を見つけ出したい。これからが正念場だった。

さらに王女暗殺未遂の件には、ザルネイード公爵だけでなく、もっと王宮内部にいる者が関わった形跡がある。その犯人も見つけ出したかった。

実を言えば、その黒幕、王宮内の容疑者と見られているのは宰相のヴォルスだった……。

だからヴォルスにはこれらの捜査の情報を伝えていない。

ヴォルスを尊敬できる叔父として慕っているロイとしては、複雑だろうとクロウは思っていた。

「ああ、分かっている……。これで失敗などすれば、ヒースを……フィー王女を一方的に酷い目に遭わせたあげく、あの子の妹へも何の助けにもなってやれなかったことになってしまうからな……。必ずやり遂げなければならない。いや、やり遂げてみせる……」

クロウに発破をかけられロイは鬼気迫る表情でそう宣言した。クロウは逆に不安になった。

「と、とりあえず昼飯でも食いにいくか」

「いや、仕事もあるし、それに食欲がなくてな」

その言葉でいよいよダメかもしれないと、クロウは思った。食欲がないなどと、ロイの口からは一度も聞いたことがない。

こんなときうまく導いてくれる存在がいないのが、ロイの不幸なのかもしれない。父は暗愚で彼に負債だけ残して亡くなり、母親は顔すら覚えないうちに亡くなってしまった。

騎士団長のゼファスが一番近い存在なのかもしれないが、普通の人とは違い王として歩まなければいけないロイの人生に深く踏み込めるような肉親がいれば――。

そんなロイに、背中から声がかかった。

「食事もせずに、どうやって政務を執り行うつもりですかな」

そこには分厚い書類を抱えたゾォルスがいた。

「王たるもの常に健康に気を遣わなければなりません」

「すみません、その通りです、叔父上。クロウ、食事に行こう」

「ああ」

ゾイの忠言にロイは素直に誤りを認め謝罪した。クロウはちょっとほっとする。

そんなロイにゾォルスはため息を吐いて、その右手にある書類の束を渡した。

「これは……？」

「あなた方が調べているザルネイード公爵の行った不正の資料です。大規模な捜査をされるようなので、私の方からも調べられる限りのものを用意させていただきました」

そう言って渡された書類をぱらぱらとめくって、二人は驚く。

そこにはザルネイード公爵の不正から、フィール王女の暗殺に関わった証拠、その協力者たち、他国の王と共謀して国を乗っ取ろうと計画してたこと、その王が誰かまで、ロイたちの欲しかったものが全て揃っていた。

ロイとクロウは戸惑った表情でゾォルスを見た。

そこにはロイたちの欲しかった情報がすべて書かれている。そう、すべて……。

さらにはロイとクロウがザルネイード公爵の背後にいる王に繋がる証拠まで欲しかったのを知っている。こんなものが用意できるのは、敵対する内通者以外にありえないのだ。

ゾォルスが渡した証拠は、彼の自白に等しかった。

「叔父上、これは……」

「私も目が覚めました……もっとちゃんとあなたの肉親として接すべきだったのかもしれませんね……」

そう呟くゾォルスの目は、王宮の二階のバルコニーに立つ柱を何故か登ろうと挑戦し、お付きの侍女を騒がせているフィーの姿をじっと見ていた。

「その資料は、陛下のお好きになさってください」

ゾォルスはそう言って、王宮のバルコニーに向かって歩き出した。

第30章　小さな悪魔のいない場所で

ヒースの火の輪くぐり宰相に連れ去られ実はフィー側妃だった事件の一週間後。

みんなの話題に乗り遅れて、東の宿舎の自称天才リジルと、その類は友を呼ぶルーカが、北の宿舎にやってきた。

「ゴルムス！　ヒースの奴がフィー側妃だったという噂は本当なのかい!?」

「天才である僕が俗人たちの噂に興味を示してしまうのは非常に癪だが、さすがに気になる。教えてくれたまえ!!」

そんな二人に、何故か質問相手にされたゴルムスは、そっけない声で返答する。

「俺は知らねーよ」

他にも北の宿舎の見習い騎士はいるのに、わざわざ自分のところに来た事実に、ゴルムスは日頃の人付き合いを考えた。

そして現場にいなかったゴルムスは噂を聞いただけで、本当に実際のところは知らなかった。

火の輪をくぐろうとしてたと聞いたときはさすがに呆れて、日に日にバカな行動を増やしていく友人に、お説教のひとつでもくれてやりたいゴルムスだったが。

そんな見習い騎士になった当初からの友人は、今、ゴルムスの隣にはいないのだった……。

それは噂が真実である可能性を補強していた。

「もったいぶらず教えてくれたまえ！」

「まずいだろう、あの小さな悪魔が側妃なのだとしたら、僕の人生のめんどうな障害になる気しかしない！」

騒ぐ二人を完全に無視して、ゴルムスはヒースのことを考えた。

（あいつ……何を思って俺たちといたんだろうな……）

見習い騎士の試験で鬼気迫る必死さだったのは今でも覚えている。その必死さに足をすくわれかけ、ゴルムスは考え方を変えたのだ。

フィー側妃の酷い噂も知っていた。あんな風に言われていたら、少なくともゴルムスは友人があんな風に言われたら、そのことに怒りを覚えるのは確かだった。

火の輪くぐりについても説教してやりたいと思ったけど、でもどこか人に認められることに飢えている部分があることは気づいていた。見習い騎士になって幸せそうに過ごしていたけど、ときどき寂しそうな横顔なんかを見ることがあった。

ヒースとフィー側妃が同一人物で、辛い噂に苦しめられてたとしたら、友人として何か自分にしてやれることはあったんだろうか、近頃のゴルムスは考えたりする。

それに、流れた噂はそれだけじゃなかった。

ヒースがフィー側妃だったことだけじゃなく、クーイヌと付き合っていたという噂も同時に伝わってきたのだ。客観的事実だけ見れば、若い見習い騎士と王妃の不倫はさすがにまずいということで、北の宿舎のみんなは、そちらの噂についてはすぐに口を噤むようになった。

嘘を言えないクーイヌの性格を考えると、それもたぶん真実だろうとゴルムスは思っていた。

そう、ヒースがフィー側妃だということは、女の子だということでもある。

それは改めて言うまでもなく、当たり前の話なのだが……。

実際、ヒースは客観的に見れば可愛い容姿をしていた。癪な話だが、一緒に過ごしていて、たまにどきっとしてしまうこともあった。だから、女の子だと知っても違和感はなかった。

そう、だからだろうか。どちらかというと、女の子であったということよりも、クーイヌと付き合ってたという話に胸のもやもやを感じるのは……。

その感情の正体はゴルムスには分からない。そして分かりたいとも思わなかった。

だって自分とヒースは友達だ。それはあいつが女の子だったり、王女だったり、側妃だったりしても、変わらないことだ。ゴルムスはそう思っていた。

だから――。

「知らん」

「知らないってそんな。ヒースとは友達だったんだろう。それなのに何も知らないのか――グエッ」

しつこく尋ねるリジルにゴルムスの鉄拳が飛んだ。天才リジルはもろにその拳の直撃を受ける。

「知らんつってんだろ」

実際、何も知らない……。知っていても友人のことだ――ゴルムスは少なくともそう思っている――こいつらに教えてやる気はない。

ゴルムスはその噂の渦中にいる友人の顔を思い浮かべた。

そいつはいつも通りのんきに笑っていた。

少し腹が立った。

（いったいどうなってんだよ、お前……。こっちには戻ってこられるのか……？）

ゴルムスは心の中でため息を吐いた。

＊＊＊

ヒースがいなくなっても、北の宿舎では少年たちの日常が流れていく。

あの小さくて騒々しいトラブルメーカーがいなくなったのは、少年たちにとって日常に違和感を覚えさせるものだった。それでも、いろんな思いを抱えながら、見習い騎士としての訓練をこなしていく。

そんな中、クーイヌといえば――。

「ハァ……」

口元から違和感を溢れさせまくっていた。

その外見は、いつもの見た目だけはキリッとしてると周囲から評価されていた猟犬っぽさすらなく、表情もどこか覇気がなく、いつもは整っている髪も少し毛羽立っている。

飼い主が帰ってこないのでひたすらしょぼくれてる駄犬——それがこの二週間ほどの間、見習い騎士たちからクーイヌへ下された評価だった。

「クーイヌ、大丈夫か？　悩みがあるんだったら相談に乗るぞ。ほら、ヒースのこあだっ！」

そんなクーイヌを心配して声をかけたスラッドは、余計なことまで言いかけたので、後ろのギースにゲンコツされた。

「ほうっておいてやれ……」

「でもよー」

スラッドとしては友達が心配だったのだ。

若干、クーイヌとヒースのことに興味があることも否めないけど。でもそれは仕方ないことだと思う。だって少年たちも、恋愛沙汰に興味がある時期だ。そんな中で、クーイヌとヒースという身近な二人が付き合っていたというのだから。

スラッドはレーミエの方に移動して、ひそひそと尋ねる。

「レーミエ、お前は知ってたか？　ヒースとクーイヌが付き合ってたって」

その背後からはギースが鋭い目で、スラッドが何かやらかさないか監視していた。

そんなスラッドに苦笑いしながら、少し頬を染めてレーミエは答える。

「なんとなくは察していたかも。それとなく相談みたいなものを受けたことがあるし。ヒースが側妃さまだったっていうのはさすがにびっくりしたけど」

「まじかよー！」

全然気づいていなかったスラッドは、レーミエの答えに大きな声を出して頭を抱えた。

「こら、スラッド！　訓練中だぞ！　まじめにやれ！」

大きな声を出したスラッドにヒスロから叱責が飛ぶ。

「ううっ、すみません。でも、ヒースのことが気になって」

スラッドは怒られて開き直ったのか、なんとヒスロ教官に直接質問をぶつけた。

「ぶっちゃけ教官は何かヒースのこと知らないんですか!?　一年間一緒にやってきた仲間がもう二週間以上、姿を見せないんですよ!!　心配になるに決まってるじゃないですか!!」

珍しく正論の混じったスラッドの言葉に、ヒスロも若干気まずい表情になった。厳しい教官だと言われる彼だが、生徒思いであるからこそ、そういう態度で接している。

ひそひそ話ぐらいなら見逃してやってるのも、見習い騎士たちの心情を理解してるからだった。

「ヒースについて現状で話せることはない。ただ元気にしているとだけは言っておく」

側妃が見習い騎士として一年間過ごしていた事件の関係者であるヒスロには、王宮からある程度の情報が伝わっていた。逆に情報を聴取された部分もある。

ヒスロの心境も複雑である。何故なら、ヒースことフィー側妃といえば北の宿舎の代表的な問題児だったのだ。説教をしたことは、一回や二回ではない。

それがまさか国王の第二の妻だなんて気づけるはずがない。

ヒスロは事情を聴取されたときに、たびたび王宮の上階を訪れていた。そこで側妃として振る舞うヒース、いやフィーのことを何度か目撃したことがある。なんというか、それらしい格好をさせるとプリンセスらしいと言えないこともない。逆にプリンセスらしくない素行もたびたび目撃した……。

直接、接触せずに済んだのは幸いだっただろう。どう接したらいいものか分からない。

ヒスロとしては妥協案として、そんなフィーの様子を見習い騎士たちに教えてやったのだが、少年たちはそれ以上にずいずいと詰め寄ってくる。さすがは問題児揃いの北の宿舎と呼ばれるだけのことはあった。

はいはい、と我先に手を挙げて質問をはじめる。

「じゃあ、フィー妃に会ったことはありますかー?」

「王宮に移ったらしいですけど、どこらへんに住んでますかぁ?」

「どんな風に暮らしてるんですか?」

「可愛い?」

「あれ、そもそもヒースが側妃さまなら、ヒスロ教官の立場ってやばくね?」

「何度かゲンコツしてたよなぁ。陛下のお妃さまにゲンコツかー」

「これは不敬罪?」

「赦されたとしても、あんまり上層部には覚えめでたくないよなぁ」

「出世街道からは完全におさらばか」

そんな少年たちにヒスロ教官も遂には怒った。

「お前たち、いい加減にしろ！　フィー側妃殿下について答えられることはない！　いい加減にしないとランニングにメニューを切り替えるぞ！」

ランニングという言葉に少年たちも逃げ出し、質問会はお開きになった。

＊＊＊

フィーがいなくなって、見た目だけでもキリッとした猟犬から、しょぼくれた駄犬になってしまったクーイヌ。そんなクーイヌを心配している子もいた。

心優しい少年レーミエである。

「クーイヌ、心配だね」

今も食堂のレーミエたちの横のテーブルで、キノコと豆のスープを半分もお皿に残したまま、気力が抜け切った顔で、ここにはいないフィーの姿を無意識に探してしまっているクーイヌ、それを見て、レーミエはちょっと目を潤ませてしまった。

いろんな意味で悲しすぎる光景だ。

「いやぁ、でもどうしようもないだろうなぁ」

レーミエの対面に座っていたスラッドがため息を吐きながらそう言う。

ヒースが本当にフィー側妃殿下だとしたら、見習い騎士の手に負えることじゃない。ロイ国王陛下のお妃さまなのだ。何かやれば、国王に忠義を捧げるという騎士として目指すべき姿に、反することになるし、実際に何かやろうとしてもできることではない。でも友達は心配。

少年たちの心は複雑だった。

いつもは頼りにしている大人たちも、今回の件では味方にはなってくれないだろう。むしろ、それとなく情報をシャットアウトされてる気がした。当然のことなのかもしれないけど。

結局、少年たちの出す解決策は、現実的なものにならざるを得ない。

ギースが言う。

「とりあえず、何か気晴らしでもあればいいんだが……」

それにスラッドがピコーンと思いついた顔で言った。

「よっしゃ、それならサーカスにでも誘ってみるか！」

スラッドは思いついたら即行動。何も考えはしない。

そのまま、ギースとレーミエが止める間もなく、クーイヌの席へと走って行ってしまう。

「おーい、クーイヌ。サーカス行かないか？　サーカス！　きっと楽しいぞー！」

「サーカスっ」

サーカスという言葉に、クーイヌはピクリと反応する。

そして次の瞬間、灰のように椅子の上で溶けてしまった。

「フィーが楽しみにしてた……」

ゴツンっと迂闊なことをしたスラッドの頭が叩かれる。いつものギースだけじゃなく、レーミエまでもが参加してた。普段穏やかな子が怒ると怖い。

「うう、悪かったよぉ……なんとか励まそうと思って……」

反省の弁を述べるが、もう二度目である。二人の視線もちょっと冷たい。

「うーん、どうしたら僕たちでクーイヌを励ませるのかな。なんとかしてあげたいよぉ」

「とりあえず、もう少し情報が欲しいな……。ヒースが何をしてるのかまったく分からない。それと、今は無理でも、気晴らしを提案するのは悪くないはずだ。サーカスについても時間が経てば、行く気になってくれるかもしれない。あとは……俺とレーミエ、各自で考えてみよう」

「よっし！　がんばるぞ！」

ギースのまとめに、元気そうに気合を入れなおすスラッド。

レーミエが冷たい目をして言った。

「あとスラッドは、しばらくクーイヌに接触禁止ね」

ギースの『各自』はもちろんのこと、レーミエの『僕たち』にもスラッドは入ってなかった。

「え、ええ!?　は、はい……」

まさかの戦力外通告にびっくりしたスラッドだが、レーミエからじ――っと睨まれて、その事実を受け入れた。


（クーイヌを励ますアイディアかぁ……）

レーミエは自室の机で宿題をやりながら、ペンを頬にあて、何か方法はないかと考える。

（北の宿舎のみんなにはもう聞いちゃったし……みんな役立たずだったし……）

北の宿舎の男たちは頼りにならない。それがレーミエの実感だ。

しょうがないよね、バカなんだもん……。心の中でなかなか手酷いことを呟く。普段なら心の中でも人の悪口なんて呟かないレーミエだが、今回ばかりはそう言わざる得ない。

ちなみになんでそうなったかというと、クーイヌを励ますアイディアを少年たちから募集したところ、レーミエの手の中に集まったものの八割が意見書ですらなく屋台で買った骨つき肉だったからだ。

どうやって励まそうというのか。

頼りになるのは、ギースとゴルムスぐらいしかいない。二人は真剣に考えてくれている。

そう考えていたら、ふと、良いアイディアが浮かんできた。

解決策ではないけれど、もう一人相談できる人がいることに気づいたのだ。

（そうだ、ケリオに聞いてみよう！）

ケリオは一年次の東北対抗剣技試合でレーミエと戦った相手だった。

最初はレーミエのことを侮っていたけど、試合はレーミエのがんばりで引き分けになり、それからは一目置いてくれるようになった。お互い別の宿舎だから、なかなか予定は合わないけど、たまに買い物につきあってくれる。

見習い騎士になってすぐ仲良くなったギースやスラッドとはまた違う、普段は会えないけど、レーミエにとっては親友かな、と思えるような相手だった。

次の日、訓練が終わったあと、レーミエはケリオに会いに行った。

「すまない、この後、他の奴と約束があってな」

庭で自主訓練をしていたケリオに相談したいことがあると話しかけたレーミエだったが、そう言われてしまって、少ししょんぼりとなる。

そんなレーミエを見て、ケリオは言った。

「すぐには無理ってだけで、相談にはちゃんと乗るぞ。明日でもいいし、そうだ、今日部屋に泊まりにくるか？　その方が、じっくり聞けるだろう」

「いいの!?」

他の騎士の部屋に泊まることはあまり推奨されてないがバレる可能性もないので、意外と行われていることだった。

宿舎が同じ少年同士なら、遊びが盛り上がったときなどは、一緒の部屋で寝てしまうこともある。ただ、みんな四六時中一緒にいるのだ。特別感はないし、現実的なことを言うとあまりやらない。やらなくなる。

それと比べると、他の宿舎へのお泊まりは少し特別感があった。

宿舎ごとに少し部屋の間取りも違うし、いつもと違うところで寝るのはわくわくする。宿舎を跨いで友人がいる少年などは、たまに別の宿舎に泊まりに行ったりすることがあった。

交友関係の狭いレーミエ――しかも女の子っぽい外見のせいであんまりそういう集まりにも交ぜてもらえないい――は正直、別の宿舎へのお泊まりに憧れていた。

一瞬、クーイヌへの心配も忘れて、目を輝かせてしまったレーミエに、ケリオはあっさりと頷く。

「ああ、いいぞ。部屋あんまりきれいじゃないけどな」

「絶対行く！」

というわけで、レーミエのケリオの部屋へのお泊まりが決定した。

それから北の宿舎に戻って水浴びをし、夕食を済ませて、ケリオの部屋にやってきたレーミエの姿があった。

肩掛けカバンにはお泊まりセットが入っている。両手にはおっきなぬいぐるみを抱きしめて、少し緊張した面持ちで、教えてもらったケリオの部屋の扉をコンコンと叩く。

すると、ケリオが中から姿を見せた。

「よく来てくれたな。入ってくれ」

扉を開けたまま、ケリオはレーミエを部屋にお招きする。

「うんっ、お……お邪魔しまーす」

レーミエは恐る恐るといった感じで、ケリオの部屋に右足だけ入れる。それから、左足もそっと入れて。ようやく全身がケリオの部屋に入ると、表情を背中で隠して嬉しそうに口元を綻ばせた。

「お茶を持ってくる」

「あ、僕も行くよ」

部屋に入ったのにすぐ外に出るレーミエ。

「いや、部屋でゆっくりしててくれ」

ケリオがそう言って、中に入るように促すが——。

「行く！」

初めてのお泊まりで興奮してるのか、レーミエにしては珍しく自己主張をした。

「分かった、じゃあ、一緒に行くか」

「うん」

二人で、東の宿舎の休憩室に行く。

東の宿舎の休憩室は、レーミエには少し静かに感じた。北の宿舎の少年たちと比べて、落ち着いた子が多いからかもしれない。

「あ、ケリオさーん、一緒にボードゲームやらない？」

ケリオが姿を見せると、早速、テーブルで遊んでいた少年たちから誘いがかかる。

（やっぱり他にも友達、多いんだ……）

レーミエはちょっと嫉妬するような、変な気分になった。

「悪い、他の宿舎から友達が遊びに来てるんだ」

「ケリオさんの友達!?」

ケリオを誘った少年たちは驚いた反応をする。

（と、友達……えへへ）

友達と言われて、レーミエは喜ぶ。

一方、東の宿舎の少年たちは、ケリオの後ろに隠れるように立つレーミエを、体を斜めに傾けて覗き見てきた。

少年たちの表情が、おーっというような感心したものになる。

「あーあの子かぁ」

「あの子だな」

「あの子だぁ」

視線から隠れるように、さらにケリオの後ろに入ったあと、レーミエはよく考えると、その反応が妙なことに気づいた。

だって目の前にいるのに「あの子」なのである。

「ねぇ、あの子って何……!?」

レーミエはケリオの耳に顔を寄せて、囁くように尋ねる。

「ああ、たぶんあれのことだろ?」

するとケリオは休憩室の壁の一箇所を指した。

そこには、一枚の肖像画があった。そこに描かれているのは、クーイヌとなんとレーミエ。

しかも……女装しているときのだった。

「ななななな、なんでこんなものがあるんだよぉっ！」

とんでもないものがあることに驚いて、レーミエは側まで駆け寄った。その顔は赤くなったり、青くなったりする。そして無駄というか、すでにそこにあるってことは何度も見られてるということなのに、ケリオから絵画の自分が描かれている部分を隠すように立ったりした。

慌てているレーミエに、ボードゲームをしていた少年の一人が告げる。

「北の宿舎の子が売ってくれたよ。ほら、あのちっこい子」

「ある日、東の宿舎に変装しながら大風呂敷を抱えてやってきて、食い詰めてるからこの絵画を買ってくれないかって言ってきたんだ」

「とりあえず、可哀想だし、悪くない絵だから、みんなでお金を少しずつ出して買ったんだけど」

「ヒ、ヒースぅぅぅ〜〜〜〜〜〜」

今はこの場にいない人物であり、そもそもレーミエが東の宿舎に来たのもそれが元凶だという、その少年、改めて側妃さまの不条理すぎる置き土産に、さすがの温厚なレーミエも怒り顔で、唸り声をあげた。

「これは無許可で描かれた絵なので、持って帰ります！　代金は返却させますけど、ちょっと待ってください！」

なんとかフィー側妃と連絡を取らなければ……。

レーミエの目的に、新たなミッションが加わりかけた。

しかし、怒ったレーミエが絵画の額縁に手をかけると、ボードゲームをしていた少年たちが眉尻を下げてしゅんっと悲しそうな顔をした。

「持って帰っちゃうのか……？」

意外な場所から、意外な反応が返ってきて、レーミエの手が止まる。

「えっ……」

「その絵、実は気に入ってたんだ……」

「最初はクーイヌが描かれてるから面白半分で飾ってたけど、隣りの子見てるとなんか『がんばって』って励まされてる気がして……」

「うん、おかげで毎日訓練をがんばれたんだ……なくなるとさみしい……」

「えぇぇ……」

いつの間にか自分の与《あず》り知らぬところで、ファンができていたレーミエだった。女装だけど。そうなると、お人好しなレーミエは困ってしまう。

恥ずかしいから持って帰りたい、けれど、少年たちの悪意のない悲しい顔を前にすると無理に持って帰ることができない。羞恥との板挟みになったレーミエは、ケリオの方を向いた。

「ケ、ケリオはどう思う!?」

なんでケリオにそう聞くのかは不明だが、とにかくレーミエには助言が必要だった。

ケリオはあんまり状況が分かってなそうだったが、顎に手を当ててふむっと頷いたあと言った。

「俺もその絵は好きだぞ。毎日レーミエに会えてる気がするし」

その一言に、レーミエも額縁から手を離した。

「じゃ、じゃあいいや……もう……」

何がいいのかよく分からないが、そういうことになった。

ボードゲームをしていた少年たちは「わーい」と無邪気に喜んでいる。

休憩室で意外な騒動に巻き込まれた二人は、ようやくお茶を淹れて、ケリオの部屋に戻ってくる。

最初に入った時は緊張して部屋の様子を見る余裕なんてなかったレーミエだけど、戻ってきたらなんとかちょっと落ち着いて部屋を見渡すことができた。

ケリオの部屋は想像通り、きちんと整理されていてあまり飾り気のない男らしい部屋だった。けれど、その部屋にひとつだけ似つかわしくないものが置いてあることにレーミエはすぐに気づいた。

「こ、これって……」

小さな箪笥《ワードローブ》の上に置かれているクマのぬいぐるみ。

女の子が部屋に置くようなそれは、レーミエがケリオと初めて街に買い物に行ったときに買ったもので、レーミエが持ってきたのとお揃いだった。

「飾ってくれてたんだ」

嬉しそうなレーミエに、ケリオも微笑んで返す。

「ああ、オススメしてくれたものだったからな」

オススメしたものでも、正直ケリオはあまり好きじゃないかもなって思ってたので、部屋のかなりいい場所に置いてくれてたのが嬉しかった。

（えへへぇ～）

ケリオのぬいぐるみの隣に、持ってきた自分のぬいぐるみを置く。レーミエの髪と同じクリーム色、ケリオの髪と同じダークブラウン、ちょっと色のちがう二つのぬいぐるみが一緒に並ぶ。

自分でやったそれを眺めて、レーミエは相好《そうごう》を崩した。

「それで何か相談があるって話だったが」

「ひゃあっ……う、うん、そうなんだ！」

そうだった、相談しに来たんだった。思わず目的を忘れていたレーミエだったけど、ニマつく頬を隠して振り返る。

真面目にやらないと、クーイヌのために、そう心に言い聞かせて、癖になっている女の子座りでケリオに向き合う。ケリオはごく普通の表情で、あぐらをかいてレーミエの方を向いている。

レーミエはまず今のクーイヌとヒースの事情を話した。

話は長くなったけど、ケリオは真剣に聞いてくれる。レーミエが好きなぬいぐるみの話をしてるときもそうだった。そういうところが好きだなって、レーミエは思う。

「そんなことになってたのか……。噂には疎いから知らなかったな……」

クーイヌとヒースのことは、本来ならむやみに誰かに話していいことではなかった。ケリオを信頼してるからこそ、レーミエは話したのだ。

「その話が事実なら、やはり見習い騎士だけでは探りを入れるのすら難しいと思うな。他の手を借りるべきだろう」

「うん……でも借りるって言っても騎士の先輩たちは僕たちに味方してくれないだろうし……」

いつもは頼りになる大人が、今回はことごとくレーミエたちの行動の障害になってるのだ。あっちだって憎くてやってるわけではないのだろうけど……。

見習い騎士二年目になって少し大人になれた気がしてたけど、自分たちの力なんてちっぽけで全然子供のまま……。

それを改めて実感し落ち込んでしまったレーミエに、ケリオが言った。

「それなら侍女に協力を仰ぐのはどうだ？」

「侍女!?」

「ああ、侍女なら宮殿の事情には詳しいだろう。何か情報を知ってるかもしれないし、宮殿内にいても俺たちより不自然じゃない。うまくやれば、さらに情報を集めてもらうこともできる。見習い騎士の男なら、若い侍女に伝手《つて》があるだろ。ほら、アレだ」

「あ！　そういえばそうだね！」

ケリオの言うとおりだった。侍女の子は王宮内を調べてもらうのには一番の適任者である。そして協力してもらえる可能性がある相手でもある。確かに見習い騎士と何かと交流がある相手なのだから。

でも……。

レーミエはちょっと頬を赤くして、じーっとケリオを見る。その視線に、ケリオは額から汗を一筋垂らして補足した。

「言っとくが俺はアレには出たことないぞ。だから、悪いけど何もしてやれない」

「う、うん、そうだよね」

アレとは侍女の女の子たちとのお茶会である。一年のころから北の宿舎の少年たちの大望とされていたそのイベントの目的は、お茶が好きだからなんて健全な理由ではもちろんなく、女の子と知り合いになりたい、仲良くなりたい、そんな下心溢れる少年たちの願いが籠っていた。

幾度かの失敗と挫折を乗り越え、遂に実現に至ったそれは、女の子側の要望もあり回を重ねるうちに、東の宿舎の少年も交えて行われるようになっていた。

ただ全員が参加しているかというとそうではない。ケリオは正直言って、あんまり興味がなかったので参加してなかった——毎回、誘われはするのだけど。

逆にリジルやルーカなんかは誘われない——誘ったら面倒くさいことになりそうだという理由で。

「えへへ、実は僕もそうなんだ」

レーミエは誘われない側の人間だった。なんでだろうと不思議に思うけど、そういう集まりのときはそれとなくメンバーから漏れてしまう感じだった。レーミエ自身、行きたいと思ってるわけじゃないから、仕方ないとは思うけど、ただ寂しかったのも事実だ。

ケリオが一緒でなんだか嬉しい気持ちになる。

ただ今回は困った話でもあった。

レーミエもケリオも肝心の侍女への伝手がまったくないからだ。

そして運が悪いことに、ゴルムス、スラッド、ギースもそういうのに参加しない側の少年だった。

唯一、近しい人間で参加したことがあるのは、好奇心の猫というべきヒースと、それに犬のようについて行ったクーイヌだけである。よりにもよっての二人である。

一人は不在かつ元凶で、もう一人は励ます対象、頼れるわけがなかった。

困った表情のレーミエにケリオが言った。

「俺の方で伝手がありそうな人間に当たってみるか」

「あ、大丈夫。相談に乗ってもらったし、いいアイディアもちゃんともらったし、あとは僕一人でやってみるよ。親しい人にはいないけど、もうちょっと手を広げれば大丈夫そうだし」

ちゃんと話を聞いてくれるし、真面目にアドバイスもくれる。やっぱりケリオのことが大好きだなぁ、とレーミエは思った。ケリオの友達と言ってもらえる自分もがんばらなきゃと少し気合を入れる。

「そうか、困ったことがあったら頼ってくれ」

「うん、ありがとう」

その後は、普通に別のことを話して二人は就寝した。

そして朝――。

パジャマから見習い騎士の制服に着替えるレーミエの横でケリオは本を読んでいた。レーミエの方は朝の早いうちに北の宿舎に戻らなければいけないので、早めに起きる必要があったのだけど、ケリオはいつも通り起きれば大丈夫だった。

なのにわざわざ一緒に起きて、お茶まで淹れてくれた。

着替えているうちに適温になったティーカップを両手で支えて飲むと、レーミエはケリオに口を開く。

「あの……その……」

なんかこんなに早くにじゃあねって言うのも変な気がした。

「ん？」

「行ってきま……すぅ……」

なんだかわけの分からない挨拶になってしまった。気恥ずかしくて、レーミエの頬は赤く染まり、最後の方の声は小さくなる。

でも、ケリオは笑顔でレーミエに返した。

「ああ、行ってらっしゃい。またな」

「うん」

それにレーミエも笑顔になって部屋を出た。

その後、レーミエは勇気を出して、普段はあまり話しかけないタイプの少年に声をかけて、侍女と会う約束を取り付けてもらった。

少年たちも最初は驚いた顔をしていたものの、なんとなくレーミエの意図を察したのか、快く協力してくれた――少し見直した。これもケリオのおかげだと、レーミエは思う。

そうして実際に侍女と会い、話をしてみた結果――。

「うーん、側妃さまの様子が知りたいって言われてもねぇ……。あたしたちみたいな、まだまだ新入りは会わせてもらえないし、侵入するにしても、まさに最近決まりごとを破っちゃった侍女たちがいて今先輩たちの目がすごく厳しくなってるのよ……」

「そっか、無理なことをお願いしてしまってすみません……」

期待したような答えは返ってこなかった。また振り出しに戻ってしまい落ち込む。

そんなレーミエを見て、侍女の少女たちは焦った表情をした。レーミエは可愛い顔立ちをしてるので、何気に隠れファンが多い。恋人にしたいというよりは、仲良くなりたいとか、ひと目見たいという需要だけど。

「と、遠目で見たことぐらいはあるかな！　遠くてちょっと分からなかったけど、顔立ちは可愛かった気がする！」

「小柄な人だったかも！　私たちよりも小さい感じ？」

レーミエの落ち込んだ姿に侍女たちも、せめて自分たちの知っている目撃情報だけでも提供しようと、精一杯話す。

情報はそれぐらいしかなかった。

「ありがとう」

それでも侍女たちの精一杯の気持ちはレーミエに伝わり、レーミエは微笑みを浮かべてお礼を言う。

しかし、その中に一人喋らない子がいた。グループで一番若い子で、ずっと迷っているようにレーミエの方を覗っていた。そして何かを決心したように口を開く。

「あの……ヒースくんを捜してるんだよね！」

その言葉にレーミエは驚いた。

レーミエは、王宮に新しく現れたというフィー側妃の話しかしてない。なのに、その子はレーミエが友人であるヒースを捜してることを言い当ててしまった。

レーミエは知らないけど、その少女は以前、先輩の侍女たちにいじめられていた時期に、ヒース
に助けてもらった子だった。

「アルシア、急にどうしたの!?」

レーミエが声を掛けたグループは、そのときアルシアをいじめていた子たちだった。でも、もう
あれから一年以上経ったのだ。いつもとは違う様子でそう言うアルシアに、先輩の侍女たちが向け
た目は、純粋に彼女を心配するものだった。

レーミエは驚いて、アルシアをまじまじと見る。

一瞬、どうしようかと迷う。でも、アルシアの真剣な表情にレーミエも覚悟を決めて頷いた。

「う、うん……実はそうなんだ……」

その言葉に、アルシアは俯いて少し沈黙する。

「……王宮でフィー側妃って呼ばれてた人、あれはヒースくんだった」

沈黙のあと出したその声は確信に満ちていた。

「えっ、え、どういうこと!?」

「ヒースくんってあの北の宿舎の可愛い子よね。ちょっといたずら好きの」

「そ、それが側妃さま……?」

アルシアの言うことに戸惑う侍女たち。

「本気で言ってるの、アルシア!?　だって私たち遠目で見ただけだったじゃない。分かるわけ
――」

「ううん、分かるもん。あれはヒースくんだった……。どうしてあんな場所にいるのか、なんでフィー側妃さまとして扱われてるのかは分からないけど、絶対にヒースくんだった。間違えるわけがない」

「…………」

アルシアの言うことに疑問を呈していた侍女たちも、その鬼気迫る表情を見て静かになる。

レーミエもそれを見て、侍女たちに正直に話すことにした。

「実はそのいろいろあって……フィー側妃、ううん、ヒースと連絡を取りたい仲間がいるんだ。だから、なんとか接触できないかな……」

レーミエたちでは無理だけど、侍女ならヒースに接触できるかもしれない。

何ができるかも分からず、クーイヌを励ましたいと思って始めた行動だけど、それならクーイヌを元気付けてあげられると思った。

「それはちょっと……」

「あたしたちには無理よ……」

「見つかったら大問題になるし……」

侍女たちがそんな反応を示す中、アルシアだけがレーミエのことをまっすぐ見つめる。

レーミエはその視線にちょっと気圧《けお》され、ごくりと唾を飲み込んだけど、目を逸らさずにできるだけまっすぐに見つめ返した。

アルシアがレーミエに尋ねる。

「その困ってる人にとって、ヒースくんは大切な人だったんですか……？」

その問いに、レーミエは返事をしていいのか迷った。けど頷く。

「うん……すごく……。きっと誰よりも大切に思ってるんだ……」

あれだけ落ち込んでしまったのは、クーイヌにとってヒースが大切な存在だからだ。二人をそれとなく見守ってきたレーミエは知っている。そしてレーミエ自身、仲の良い二人が大切だったのだと思った。

それを聞いて、アルシアは数秒沈黙したあと、こくりと頷いた。

「分かりました。私がやってみます」

「アルシア!?」

「あ、危ないわよ……！」

先輩の侍女たちが口々に心配するが、アルシアの決心は揺らがなかった。

「その人の気持ち、すごく分かるからやりたいです」

その表情に侍女たちは何も言えなくなる。

「その人に伝えてください。手紙なら、なんとか渡せるようにがんばってみようと思います」

「ありがとう、アルシアさん」

レーミエはアルシアに深々と頭を下げた。

＊＊＊

相変わらず落ち込んでいるクーイヌ。

休憩室の椅子に座りながら、ぼーっとフィーのことばかり考えている。

思い出してるのは、フィーが部屋で女の子の服を着てくれたときのことだ。自分が女装させられたときから、ずっと見たいと言っていて、遂に念願がかなった形だ。

「ちょっと待っててね……」

ベッドに座り、壁の方をひたすら見ているクーイヌの後ろから衣擦れの音が聞こえる。

フィーが着替えているのだ。女の子の服に。

他のみんながお出かけや先輩の手伝いなんかで、あんまり寮に人がいない休みの日。そこを見計らって、女装……女の子ではあるんだけど女性の服を着た姿をフィーがようやく見せてくれることになった。

でも、問題は着替える場所だ。

対外的に少年として暮らしている以上、女の子の服を着ているところを誰かに見られるのは嫌らしい。そういうわけで、別の場所で着替えてくるには短い距離でもなし。フィーだけ着替えて、クーイヌは外で待っているというのも、なんかトラブルを呼んできそうということでなしらしい。

つまりフィーの女の子の格好を見たかったら、一緒の部屋で着替えてもらわなければならない。

どうするか数日かけて散々悩んだあと、フィーの女の子の格好見たさに了承したクーイヌは、ベッドの上で正座して、ひたすら壁の方を向きステイさせられることになっていた。

敏感な耳に聞こえてくる好きな子が着替えている音。

クーイヌも思春期の男子だ。背後が気にならないわけがない。

ともすれば、今振り向いたら、なんて邪《よこしま》だけど、ある意味健全な妄想が頭に差し込まれる。

それでも忠犬根性――と本人は思ってないけれど、そんな感じの従順さで『絶対に見ない！』と壁をひたすらじっと見つめているクーイヌだった。ただ白い壁を見つめてるだけなのに、その頬は真っ赤だ。

なのにフィーの方はといえば。

「ねぇクーイヌ、その姿勢疲れない？」

「疲れません」

とか……。

「ほら、ここ留めるの難しいんだよね～」

「見られません」

などと……。割と気軽に話しかけながら、ゆったり着替えているのだった。

そんなクーイヌ向けの試練も終わり。

「クーイヌ、着替え終わったよ～」

その声から瞬くほどの間で振り返ったクーイヌが見たのは女の子の格好をしたフィーだった。青いドレスを着ていて、髪も梳かしてちょっと女の子っぽくしてくれている。

（か、かわいい……）

クーイヌの心臓がドクンと鳴った。

そんなドレスを着たフィーは、いつも通りのリラックスした様子で、腕をあげたり、ターンしたりしておかしいところがないか再度確認したあと、クーイヌを見上げて微笑んで言った。

「なんか慣れてないからへんな感じ。五ヶ月ぶりだし」

そっかー、とフィーの笑顔に見惚れながら、フィーのかわいい声を頭で反芻したクーイヌは、ん？　と違和感に気づく。

「五ヶ月ぶり……？」

自分の前では女装してくれたことがないのに、フィーは女装する機会が他にあったんだろうか。

「うん、クロウさんと町に出かけたときに、この服を着たんだよ」

（クロウさんと……町で……）

自分より先にフィーの女の子の格好を見たというクロウ。しかも町に出かけていたっぽい。

イオール隊長の次ぐらいに尊敬する人だけど、ごおっと嫉妬の炎を燃やしてしまったクーイヌだった。そんなできごと。

思い出したときの嫉妬の感情で、意識が現実にもどったクーイヌ。

そんなクーイヌの前に、レーミエがいた。

「クーイヌ、大丈夫？」

「う、うん、ごめん。話しかけてた？」

「うん、三回ぐらい……」

どうやら思い出に浸りすぎて、外の声すら遮断していたらしかった。

ものすごいフィー好《ず》きだ。

「そっか、悪かった。何かあったのか?」

尋ねるクーイヌに、レーミエは周囲を窺う仕草をしたあと、小声で言った。

「何かあったとかじゃないんだけど、ここじゃ少し話しにくいことで、ちょっと来てくれるかな?」

どうやら人目を避けたいらしい。

「分かった」

なんなんだろうと思いながら、クーイヌは頷いてレーミエについて行く。

到着したのはレーミエの部屋だった。中にはスラッドとギースもいる。

もしかして心配させてしまったかな、そう思ったクーイヌに、レーミエが侍女たちと話し合ったことを説明した。侍女たちに事情を話して協力を仰いだこと。そしたら一人の侍女が、がんばって連絡を取り持つと約束してくれたこと。それが成功したら、ヒースと連絡が取れるかもしれないこと。

そのために、クーイヌにはフィーに伝えたいことを手紙に書いてほしいことを。

(フィーと連絡を……!)

その話を聞いて、クーイヌは目を見開いた。

その胸に、一番大好きな女の子の姿が浮かぶ。

クーイヌはごくりと唾を飲み込んだ。

でも、クーイヌは言った。

「ごめん、気持ちは嬉しいけど、断らせてもらっていいかな……」

「ええ!?」

スラッドは驚いた顔をしたが、レーミエとギースは少しその返事を察していたという顔をした。

「その侍女の子には迷惑をかけられないし……それに見つかったら、フィーにも迷惑がかかると思うんだ……フィーはロイ陛下の妻……なわけだし……」

ロイ陛下の妻と言うとき、クーイヌはぎゅっと苦しそうな顔をした。

「それはいやだ……ごめん……」

フィーがいなくなってから落ち込み通しで、連絡なんて取りたいに決まっているだろうに、クーイヌは健気にそう結論を出した。

その姿を見て、逆にレーミエの方が切ない気持ちになる。どれだけクーイヌがヒースのことを大切に思っているか、分かってしまったのだ。

クーイヌは、この子にしては珍しい、はっきりとした笑みを浮かべて言った。

「気持ちは嬉しかった。ありがとう。そういえば、この前サーカスに誘ってくれてたよな。いまさらだけど、一緒に行ってもいいかな?」

「そ、そうだな! 今月の終わりにあるからみんなで行こうぜ!」

「ああ……」

「う、うん……」

レーミエたちも分かっていた。クーイヌは気を遣ったのだ。今までやらなかったような、作り笑いまでして。昔のクーイヌなら、そんなことできなかったかもしれない。とにかく人付き合いが不器用で、良くも悪くも感情に素直な子だったから。

フィーとの出会いが、少しずつクーイヌを変えていた――。

フィー不在の中で友情を確認する見習い騎士たち。でも、その一週間後、不穏な噂が飛び込んできたのだった。

＊＊＊

レーミエの部屋を出たクーイヌは思う。

もう一ヶ月、フィーと会っていない。他人から見たら短い時間かもしれない。でも、クーイヌにとってはとても長い時間だった。

こんなこと、フィーと出会ってから一度もなかった。

やっぱり寂しい。本当はレーミエたちの申し出を受けたかった。手紙でもいい、やり取りがしたい。

初めての出会いは、自分でも今思い出すと恥ずかしくて、あんまり思い出したくないけど――。

それから、水浴びをのぞいてしまうトラブルがあって――。

絶対服従って言われたときは、どうなってしまうのかと思ったけど、北の宿舎に馴染めるように、みんなの集まりに誘ってくれたり、どっちかっていうとその後も助けられてばっかりだった気がする。

いつから好きだったかは、正直覚えていない。

女の子だって知ってからは、会うたびちょっとドキドキしたし。

でもだから好きってわけじゃなくて、笑うと可愛いところとか、一生懸命なところとか、二面性はあるけど優しいところとか、いろんな部分が好きだ。

(今、何してるんだろう……)

噂だと、ロイ陛下ともうまくやってるらしい。

このまま側妃の座におさまっちゃって、自分のことなんて忘れられてしまうだろうか。

考えてみると、ロイ陛下との関係が改善したら、自分のところに戻るメリットなんて何もない。

フィーは既に結婚してるから不倫関係だったし、自分はまだ見習い騎士で、一人前にもなれてない、まだまだロイ陛下と比べたら子供だ。

その点、ロイ陛下は大人だし、かっこいい。

正妻がいるのがネックだけど、あれだけかっこよければ気にならないのかもしれない。フィールさまとフィーも仲は悪くないって本人も言ってたし、実際、王宮に出入りする人たちの間でも仲が悪いのは嘘だったんじゃ、と噂になっている。

もし、フィーが今の立場でも幸せなら、クーイヌの恋は終わりになってしまう。

そもそもフィーの正体がばれてしまった時点で、どう恋人関係を継続したらいいかも分からないんだけど。

憧れていた騎士物語みたいに、駆け落ちできたら良かったのに。

結局、結論としては、自分は全然子供だったんだということになる。

フィーの隣にいられる立派な騎士には、まだなれてなかった。

＊＊＊

「反乱ってまじか？」

「ザルネイード公爵だろ。やばいだろ……」

その日の昼の食堂は騒がしかった。

ザルネイード公爵が反乱の準備をしている、そんな噂が王都まで伝わってきたのだ。

公爵家は貴族の中でも最高の爵位のひとつだ。その権力は王に匹敵する場合もあり、国ひとつを治めるケースもある――そういった国は公国と呼ばれる。

オーストルは比較的、王権が強い国だと言われているが、それでも貴族たちの存在を無視できるわけではない。貴族の大半が王家に反逆すれば、国は確実に混乱状態に陥る。そういう状況の中、公爵家が反乱を企て兵を集めているという情報は、大きな噂となり、王国が何か発表する前に伝わってきてしまっていた。

ザルネイード公爵といえば、見習い騎士たちにとっても評判がよろしくない人物だ。

未だに王都に犯罪者たちの活動があるのも、あの公爵が関わっているからという噂がある。先王の時代の腐敗はそれほど根深いものだった。騎士にまで犯罪組織に力を貸す者がいたというのだから。

ロイ陛下に代替わりして、騎士団からそういう勢力は一掃されたが、それでも王都に隠れる犯罪者たちに騎士たちは悩まされている。

「戦争になるのかな……」

「俺たちも戦うってことか？」

「実際、あいつのせいでうちのじーちゃんは酷い目に遭ったんだ！　望むところだ！」

「バカ、俺たちは見習いだろ」

不安そうな顔をする者、血気にはやる者などいろんな反応をする北の宿舎の少年たち。

そんな食堂の一角で、レーミエたちもご飯を食べていた。

「なんか大変なことになってるね……」

ここ一ヶ月、ヒースのことで悩んでるのに、もっと大きな事件が起きてしまった。

「まあいずれこうなるってのは、みんなが思ってたことだろうよ」

ゴルムスが腕を組んでそう言った。先王の時代に急速に勢力を拡大していたのがザルネイード公爵で、それに待ったをかけたのがロイ陛下である。

二人の対立は明白だった。少し政治に興味がある少年なら、こうなる予感はあっただろう。

「なんでこうなったんだ？」

「さあ分からん」

「うむ分からん」

……北の宿舎では少数派っぽかったが。

「でも、急に反乱を起こすなんて、いったい何があったんだろうね……」

ロイ陛下が戦争を避けたがっているのは事実だ。でもそれは勝てないからではない、先王の時代に削れた国庫や、下手をすれば国が割れる戦争になりかねないことを考慮し、慎重に行動していただけ。

言ってみれば、勝てるからこそより被害が少なくなるように動かざるを得ない状況だった。

一方、ザルネイード公爵の動きは、いくらなんでも性急すぎた。こんなに早い段階で情報が伝わるようでは、勝算のある戦力なんて集められるはずがない。

「う～ん、どうしてなんだろうな。うーん、分からん」

「スラッドは無理に参加しなくていいから」

「レーミエ、なんか最近俺に冷たくない!?」

「まあ一番ありえるのは、進退窮まってヤケクソとかだろうな……」

「ギースも無視かよ！」

そういうやり取りがあった二日後、国からも正式に発表があった。

その中には、公爵が犯罪組織と関わっていた証拠を掴んだこと、それに基づいて王国内部に残っていた不正に手を貸した者を拘束したこと、貴族たちのほとんどが王国側に付くと宣言したことなど、少年たちの既知の情報や、ここ二日で皆で予想した通りのことが書いてあった。

けど、ただひとつ、少年たちが驚愕すべき内容があった。

ロイとフィールの婚姻関係は、公爵に命を狙われたフィール王女を守るために一時的に行った教会を介した偽装結婚であったということ。

婚姻関係は存在せず、恋人関係でもなく、フィール王女には別に愛する人がいて、その二人を守るために結婚したように見せかけていた。騙していたことに対してすまないとロイから国民への謝罪と共に、その文章には二人の結婚の儀式を執り行ったとされる司祭の印まで押されていた。

国中がその発表に大騒ぎになったが、当然、見習い騎士たちも大騒ぎである。

「フィールさまとロイ陛下が偽装結婚!?」

「ウソだろー!」

お互いラブラブの恋人同士という評判で二人は結婚したのだ。いや、していなかったのだが。

その話を信じていた少年たちはびっくりする。

そして一通り騒いだあと、一人がある事実に気づく。

「あれ、ロイ陛下とフィールさまが偽装結婚ってことは……」

その言葉に、他のみんなも気づく。

「なんか、もう一人結婚してるやついたよな……」

「ああ、俺たちの知り合いで……確かロイ陛下と婚姻してたやつが……」

少年たちが「やつ」と言った存在は、ロイ陛下の側妃として、フィール様とはまた別の意味で噂になっていたやつだった。そして北の宿舎の少年たちにとっては、フィール側妃というより北の宿舎、随一のトラブルメーカー、小さな悪魔として有名である。

誰もがあのショートカットの小柄な少年――少女の姿を思い浮かべた。

「えっ、正妃さまが偽装結婚だったたってことは……側妃だったあいつが今は正妃さま？　え、え……？」

少年たちはいつもならフィール様が立つ位置にヒースが立つ姿を思い浮かべる。格好だけはちゃんとふさわしいドレスを着ているのに、正妃には似つかわしくない、何かを企んでいるとってもやんちゃな笑みを浮かべている。

少年たちは頭を抱えた。

「あ、あいつが国母さま!?」

「嫌な予感しかしないぞ！」

そんな中、後ろでドサッと誰かが倒れる音がした。

振り返ると、案の定クーイヌだった。

「大丈夫か!?　クーイヌ！」

「しっかりしろ、まだ希望がなくなったわけじゃないぞ！」

「そう、もともとかなり厳しかったのが、さらにちょっと厳しくなっただけで、希望だけならまだあるぞ！」

　確率に触れないのはみんなの優しさなのだろうか。

　クーイヌにとって、ヒースが自分のもとに帰ってきてくれる数少ないポジティブな要素だったのが、フィールとロイ陛下が恋愛関係にあるという話だったのである。

　フィーはお邪魔虫扱いというのが皆の認識だった。

　でも、この発表により、むしろフィーとロイとの関係には何の障害もないことが分かってしまったのである。王宮内から伝え聞こえてくる噂では、フィーとロイ陛下の関係はとっても良好のようだった。今までのことが嘘のように、ロイはフィーのことを気にかけて、いろいろと心配をしているようだし、フィーはそんなロイに懐いているという。

　クーイヌは思う。フィーは地位に目がくらむような女の子じゃないけど、でもかっこいい大人の男性と一緒にいたらそちらに惹かれてしまうかもしれない。

　実際、クロウさんといるときのフィーを見て、心配になったことは何度かある。恋人になってからも……。

　しかも、致命的なことにすでに二人は結婚してるのだ……。そう、致命的すぎて、もはや気にするのすらバカらしい……。

　一方、クーイヌは連絡もできないし、会うことすらできない……。

　ふらふらと立ち上がったクーイヌは、憔悴した顔で言った。

「うん、大丈夫、恋人には戻れなくても、騎士としてがんばる。出世して近衛騎士になれば、護衛に選んでもらって、フィーの傍にいられるようになるかもしれないし」

（恋人になれなくても傍にいるつもりなのか……）

（健気だ……）

（でもある意味、諦めるより悲惨だ……）

フィーを好きすぎるあまり哀しい将来像を組み立ててしまったクーイヌに、少年たちは若干引きつつも同情した。

＊＊＊

ザルネイード公爵の反乱鎮圧に向けて、見習い騎士たちにも仕事が降りてきた。

基本的には荷運びだ。前線で戦う兵士や騎士のために、馬車に荷物を積み込んでいく。

反乱の報が知らされる前から、騎士や軍の上層部には情報が伝わっていたらしく、すぐに王都の防衛部隊が組まれ、王都の安全はとっくに確保されている。それに比べて、ザルネイード公爵の反乱軍は兵士の集まりが悪く、ずっとその場に停滞している状態だ。

ロイの側は万全な兵力と武器を整え、反乱軍を鎮圧するための準備をしている。見習い騎士に与えられた仕事も、その一端だ。

仕事が終わり、町に繰り出したレーミエたちは、街の様子を見てため息を吐いた。

「なんか戦争がはじまるとは思えないほど平和だね……」

「そうだな」

ため息を吐いたのは、町がピリピリしてるからではない。むしろ逆だった。子供は走り回っているし、露店では商人たちがいつも通り商品を並べ、女性たちがそれを楽しそうに見ている。

いつも通りの平和な景色に、戦争のはじまりに少し緊張してた少年たちはギャップを覚える。

「仕方ない……。諸侯たちがロイ陛下につくと宣言した以上、戦力差は甚大だ。ザルネイードに協力してるのも、犯罪に関わりすぎてもう行き場所のない貴族か、公爵領近くの貴族たちだけらしい……。もしかしたら戦いすら起こらないかもしれない」

「あはは、そうだといいんだけどね。でもさすがに僕たちがサーカスを観に行くのはやっぱり無理かな」

「残念だぜぇ」

市民たちは穏やかに過ごしているけど、見習い騎士たちは後方支援とはいえ戦いに参加する身である。軍が出発する時期を考えると、サーカスはぎりぎり観られるのだけど、市民を守る立場なのだから、遊んでちゃいけない感じがしていた。前線で戦う先輩たちにも悪い気がするし。

せっかく楽しみにしてたサーカスも自粛ムードだった。

スラッドなどは本気でがっくり来ている。でも、単純なスラッドは蒸かし芋の屋台を見つけると、すぐに機嫌を直した。

「あ、あの屋台うまそうだな。行ってみようぜ！」

その姿にギースがため息を吐く。

「まったくあいつののんきなところは、街の人たちと変わらないな……」

「あはは、そうだね」

レーミエも苦笑いで同意する。

「戦争かぁ、どうなるんだろうね」

王都の人たちの様子は平穏そのものだけど、レーミエたちは実際に戦いの場に行くのだ。少し感じるものも違った。やっぱり不安な気持ちはある。

もしかしたら、仲間の誰かが怪我するかもしれない。危険な目に遭うかもしれない。先輩の騎士たちは前線で戦うのだ。見知った誰かが大怪我したり、もう会えなくなることもあるかもしれない
……考えたくはないけれど。

レーミエの表情が暗く沈むと、ギースが肩にぽんっと手を置いた。

「きっと大丈夫さ……先輩たちを信じよう」

ギースにしては珍しく論理的でない言葉だった。

でも、だからこそ、元気付けられるものだった。

「うん、そうだね。この戦争が終わったら、みんな怪我もなく無事で笑えるといいな」

レーミエはそう言ったあと心の中で付け加える。

（ここにはいないヒースも、今は元気のないクーイヌも……）

そんなレーミエの心の中で立てたフラグはしっかり消化されてしまうのだけど。

それは置いておいて、屋台に飛び込んで行ったスラッドが、レーミエたちに呼びかけた。

「おーい、いくつにするー？　適当にたくさん注文していいかー？」

レーミエたちは慌てて、スラッドの方に駆け寄った。

「待ってよ、注文しすぎたら、晩御飯入らなくなっちゃうよ！」

「ああ、ほどほどにしとけ……」

少年たちの姿を見て、屋台の主人が笑う。

「お坊ちゃんたち、騎士さんかい？」

「あ、いえ、まだ見習いです」

「そうかい。でも、あのザルネイード公爵とかいう悪党を成敗に行くんだろ。応援してるよ。おまけしとくね」

「やっりぃ！」

「あ、ありがとうございます」

そんな王都の様子だった。


それからまじめに過ごしていた少年たちだけど、北の宿舎に先輩の騎士たちがやってきた。

クロウとよくつるんでいる、親しみやすい先輩たちである。クロウの姿は見えないが、ロイ陛下の傍でいろいろと仕事してると噂で入ってきていた。

クロウとヒースは同じ部隊だったから、あまり自分たちに会わないようにしてるのかもしれない。

「どうしたんですか？　戦いの準備は大丈夫ですか？」

先輩たちの急な来訪に、少年たちが尋ねる。

「いや、お前たち、今度サーカスが来るだろ？」

「あ、はい、もちろん行きませんよ！　戦争の前ですからね！」

示し合わせたわけではないけど、少年たちは全員そう決めていた。普段は問題児揃いと言われる北の宿舎だって、こういうときは空気を読む。

それを聞いた先輩たちは、苦笑いして言った。

「行ってこい」

「え？」

てっきり、止められると思っていた少年たちはびっくりした。

「確かに物資の準備なんかはしてもらってるが、サーカスに行けないほど仕事が詰まってるわけじゃないだろ」

「は、はい……それはそうですけど」

少年たちも結構まじめにやってるせいか、与えられた仕事はもう残り少なかった。

「……でも戦いに行くわけですから」

「だからこそだよ。もちろん、全力でお前たちの安全は守るつもりだけど、戦いってのは何が起こるか分からない。楽しいことは経験しておかないと損だろ。戦う前だからとか言って、不謹慎なんて話して、楽しいことを避けてたら、これからの人生ずっとつまらないことばかりになっちまうぞ。何があるか分からないって言ったのは本当だけどさ、お前たちが少し遊んでたって俺たちは勝つつもりなんだ。大人の目なんて気にせず行ってこい」

先輩はどうやら、それだけを言うために来てくれたようだった。

だって、岩に座ってがっつり話してるのだ。戦争の準備っていっても、結構暇なんだなと少年は思った。

それはともかく――。

「はい！」

「よっしゃー、サーカス行くぞー！」

少年たちは先輩の優しさを素直に受け取ることにした。

「あ、はしゃぎすぎて怪我をするなよ。俺たちが上司に怒られちまう」

「はーい！」


ロイの軍が出発する四日前、クーイヌたちは見習い騎士仲間とサーカスに行き、一緒に楽しんだ。

「あー！　すごかったなぁ！　あのライオンって動物！」

「猫の仲間なんだってね、あんなに大きいなんてすごいよね」

スラッドもレーミエも興奮を隠せなかった。

そんな光景を見ながら、クーイヌも一緒に来られてよかったな、と思った。月を見上げて「やっぱりフィーとも一緒に見たかったたな」そう思ってしまう気持ちは止められなかったけど。

ついつい、フィーのことを考えてしまうことに、だめだ、みんなを心配させないようにするって決めたじゃないか、そう思うけど、少し、こっそり、ため息を吐いた。

そんなクーイヌにゴルムスが声をかけた。

「忘れ物したから一緒について来てくれねぇか？」

「ああ、分かった」

クーイヌが頷くとゴルムスはみんなに言った。

「おーい、俺とクーイヌは忘れ物取りに行ってくるからよ！」

「分かったー！　サーカスの出店で待ってるから来いよー！」

「おう」

ゴルムスのあとをついて行くと、なぜかテントの入り口をそれて人気のない場所までやってきた。

今日の公演が終わったサーカスは、さきほどまでの喧騒はおさまり、団員が黙々と後片付けをする音だけが聞こえる。

そんな場所までクーイヌをつれて来たゴルムスは、振り返って呆れ顔で言った。

「あんまり無理すんなよ。無理してあいつらに付き合う必要ねーし、落ち込んでるなら落ち込んでるで、表情に出しゃいい」

どうも気付かれてたらしい。

心配されていたことに嬉しさを感じながら、クーイヌは難しいなって思った。

心配させないようにしたことが、また誰かを心配させてしまう。フィーならそんなへたっぴな自分を、うまく指導してくれただろうか。

でもそんな彼女も傍にはいないのだ。もっと自分でうまく周りに気を遣えるようにならなければならない。クーイヌは反省した。

「うん……」

二人はそれからしばらく沈黙する。

ただ星空を見ていた。

ぽつりとゴルムスが尋ねた。

「お前とヒースが付き合ってたって話、本当なのか……?」

ゴルムスは内心を省みると、意図的にこの話から遠ざかっていた気がする。誰と誰が付き合ってるとか、いちいち首をつっこむ話じゃねーと、周りが話していてもなるべく聞かないようにしていた。

それはクーイヌのためだって自分では思っていたけど……。

「……う、うん」

真っ赤な顔でそう頷くクーイヌを見た瞬間、ゴルムスは思った。

(マジかよ……)

自分でも意外なほど複雑な気分だった。

クーイヌが嘘をつくような性格じゃないってことは分かっていた。だから噂も真実だろうと、それは分かっていたはずだった。

でも改めてクーイヌの口から聞くと——。

ゴルムスはその感情の正体を探ろうとして、すぐにやめた。

（いちいち知る必要のねぇことだ、今さらな。それよりも――）

今はヒースと同じく大切な友人であるクーイヌの相談に乗ってやらなきゃならない。

友人が目の前にいて、二人っきりなのに、自ら相談を投げかけることもできないほど不器用なやつなのだ。何もできることがなくても、何かしてやらなくちゃならない。

こいつらと、そしてあのヒースと、一年以上一緒に過ごしてきたのだから。

だからあのバカが傍にいられないっていうなら、俺様が支えてやらなきゃならない。

「あいつの友人として言わせてもらうけどよ。あいつはアホでとんでもないバカで、おまけに呆れるほどの目立ちたがりやだけど、金に目がくらんだり、正当な理由もなく恋人を振ったりするやつじゃねーよ。だから安心して待ってろっての」

ゴルムスの言葉にクーイヌは目を見開く。

それから、いつも無表情な顔に嬉しそうな笑みを浮かべて言った。

「うん、そうだった……」

クーイヌの目に少しだけ強い光が宿った――。

――のも一瞬だけで、また何か思いついたのか情けない顔になった。

「よく考えたら振られる正当な理由がたくさんある……。まだ見習い騎士で子供だし、不倫関係だったし、男としての魅力もロイ陛下に負けてるし、付き合うことになったとき『フィーを守る』って言ったのに、何も守れてないし」

「まあ……それは……うん、どんまいだ……」

その点についてはゴルムスも簡単に否定はできなかった。

第31章　月明かりの夜と仔狐につままれる仔犬の頬

ザルネイード公爵側の反乱の報はフィーにも伝わっていた。

というか、ロイが直接伝えてくれたのだ。

最近のたいちょーは顔色が悪い。かなり忙しいのだと思う。忙しい中、自分にもわざわざ情報を伝えにきてくれるのは、本当にありがたい話である。

でも、たいちょーの体調が心配だ。

会議が終わってロイが会議室から出ると、出口にフィーがいた。

「ヒース、いや、フィー王女」

「あ、たいちょーおつかれさまです！」

フィーの顔を見るたびに、ロイの心はずきりと痛む。しかし、それから逃げ出すわけにはいかない。何故なら、ロイには責任があるのだから。フィーを不幸な立場に追い込んでしまったという責任が。

「どうした？　何か困ったことがあったか？」

戦争の準備中ではあるが、何か困ったことがあればすぐに解決してやろうと尋ねるロイにフィーは、大きなポットを取り出して、えへへと笑って言った。

「たいちょーのために疲れが取れるお茶を淹れてきました！」

それは気付けの薬草を煎じたお茶だった。

そのやり取りを見て、文官はまずいと思った。

だってそのお茶をロイ陛下は先ほど五杯ぐらい飲んだばかりなのだ。昼食を食べる時間がもったいないと言って――本当にやめて欲しいのだけど――午後はそれで乗り切ろうとガブ飲みしたのだ
――本当にやめて欲しいのだけど。

ロイのお腹は結構たぽたぽだった。

しかし、ロイはカップを取った。

「いただこう」

ロイは逃げるわけにはいかなかった。何故ならロイには責任があるのだから。フィーを不幸な立場に追い込んでしまったという責任が。

「はい！」

にこにこと側妃が注いだお茶を、その後ロイは五杯飲んだ。

お腹たぽたぽだ。

「あんまり無理しないでくださいね」

「ああ、必ず皆無事に戦争を終わらせるつもりだ」

お腹たぽたぽだ。

それでもロイはフィーには何も悟らせず、腹筋に力を入れて、次の仕事場へと向かった。

ロイに元気の出るお茶を注いだあとは、特にやることもなく、フィーは与えられた部屋に戻ってきた。

（うーん、やることがない……）

とりあえず王宮を探検したり、たいちょーと話したりして過ごしているけど、今のフィーには目標がなかった。目標がないから、やることも定まらない。

考えてみると、フィーが見習い騎士として雇ってもらえたのは、小柄で間者などに向いてるからだと聞かされていた。その件について捜査が終わったということは、フィーが騎士団にいる理由もなくなったということである。

（完全にお役ごめんかぁ……とほほぉ……）

見習い騎士に戻れないのはもう分かってることだけど、仕事がなくなっていくのを知るとあらためてがっくりする。

もちろんフィールの問題が解決に近づくというのは嬉しいことだ。

でも、自分の居場所がまたひとつなくなった気がして寂しいのだ。

「わたしの将来ってどうなるんだろ……」

「えっ……!?」

独り言を言ってため息を吐いたフィーに、驚いた声を返してきたのはフィーのお付きの侍女たちだった。

「ん？　どうしたの？」

「い、いえ」

不思議そうな顔で聞き返すフィーに、侍女たちは口ごもる。

王宮に戻ってきたフィーに付けられた侍女たち。最初は評判の悪い側妃に戦々恐々だったが、実際に接してみるとフィーはとても良い子だった。

悪い噂に加担していた者は、そのことを反省し後悔したぐらい。

そんな侍女たちから見て、フィーの将来は約束されたも同然だった。

フィールとロイが偽装結婚だったということは、すでに城の者たちにも伝わっていた。そうなると、今まで側妃だったフィーが正妃に一番近い立場ということになる。

ロイ陛下との仲に問題があるなら別だが、なんとロイとフィーは周りが驚くぐらい親しい様子なのである。それこそ恋仲と皆が認識していたロイとフィールよりも。一体何故、後宮に閉じ込められていた側妃と国王が親しげなのか、それが一番の謎だった。

フィーが自分の将来について心配することなんて何もないように思えた。

「はぁ……何もできないんだな、わたしって……」

それでもフィーは悩んでる様子なのである。この異常事態に、侍女たちはどうすればいいのか戸惑う。

そんな視線の中、フィーは一人で考える。

やりたいこと……。フィールのために力になってあげたい。たいちょーの手伝いをしたい。でも、見習い騎士止まりのフィーは、そう言ってもさせてもらえないだろう。

大人のみんなに任せるのが一番正しいのだ。

そこまで考えて、フィーはふと、なんで自分がこんなに思い悩んでるのか気付いてしまった。

寂しいのだ。

たいちょーとクロウさんには会えてるけど、でもそれもときどきで、クーイヌにも、ゴルムスにも、レーミエやスラッドやギースにも、見習い騎士のみんなにも、第18騎士隊の人たちにも会えない。

周りに人がいないわけじゃないけれど、今までいつだって会えた人たちに急に会えなくなってしまった。そしてたぶん、これからも一部の人とは頻繁には会えない。

それが寂しいと思っている。

でも、きっとそれはわがままなのだ……。フィールが困ってる状況なのだから、たいちょーがそのためにがんばってくれてるのだから、フィーも我慢しなければならない。

「寂しいなんて……思っちゃだめだよね……」

そんなフィーの呟きを聞き取った侍女たちは、あわてて侍女長のもとに走った。

正妃候補の寂しいという呟きである。夫婦仲のヒビになりかねない。

けれど、それだけでなく侍女たちにはフィーを心配する気持ちもちゃんとあった。この年のはじめには、この国で最も評判の悪い側妃、そんな子のために走ることになるなんて思ってなかったけれど。

でも、過ごしたこの一ヶ月で、そうして心配するぐらいまで、侍女たちは親しみを抱くようになっていたのだ。


侍女たちの気持ちや周りの状況はどうあれ、フィーの実感では今の立場はふわふわしたものだった。目指していた見習い騎士にはもう戻れない。

じゃあ、何をすればいいんだろうか。まったく思いつかない。

クーイヌとの関係も宙ぶらりんのままだ。クーイヌ……今頃何をしているだろう。自分のことなんてあっさり忘れられてしまっただろうか……それとも未だに好きだって思ってくれているのだろうか。

好きって一体どういう気持ちなんだろうか。

その気持ちが分からないフィーには、クーイヌが今何を考えてるかも想像できない。

この状況で何をしてあげたらいいのかも。

いろいろ心配ごとが多いけど、ちょっと――クーイヌが心配なフィーだった。

＊＊＊

ロイは公爵が反乱を起こしてすぐに、その情報を摑んでいた。

それは予想されていたことだった。だから叔父からもらった資料により、あらかじめ公爵と手を結んでいた者を排除し、軍を再編しておいた。

先王から続く腐敗は根深く、軍の高官にも不正に手を染めて公爵の内通者となっていた者がいたのだ。

そんな因縁にこれで決着がつく。

そう考えたロイは、公爵家反乱の情報と共に、フィールとの結婚の真実も伝えることにした。

ロイとしてはそのときにフィーについても真実を――自分のせいであの子についてしまった悪い噂なども払拭したいと考えてたのだが、戦争を前にわずかでも王の求心力が損なわれるのはまずいと、側近に止められてしまった。あげくにはフィー本人にまで。

結局、ロイは王という立場に甘えて、ひとつもフィーに償えていない。

それどころか、フィーの正体を知るまでは、その悪い噂を気にも留めなかったのだ。今さら誠実ぶったところで、酷い話に変わりない。

ロイの人生で、ここまで一人の女性に対して思い悩むのは初めてのことだった。

ロイは女性嫌いではあったが、自分が王として立派になることで、その嫌悪していた女性も幸せにできると信じていた。でも、それが自分勝手な理屈だったと……自分のせいで不幸になったフィーを見て、ようやく気が付いたのだった。

「フィーさまが寂しがっておいでのようです」

侍女から報告を聞いた侍女長が、ロイにそう伝えた。

「そうなのか……？」

フィーの名前を聞いて、ロイは仕事の手を止め侍女長の言うことを聞く。

長年、この王に接してきた侍女長でもなかなか見ない反応だった。

いつもこの王は、時間惜しげに仕事をこなしながら侍女長の報告を聞いていた。それでも、話は正確に聞いていて、返ってくる答えもいくらかの人間的情緒を無視すれば完璧なのだが、だからこそ今回の反応にちょっと驚きを覚えている。

「どうしたら……」

ロイは珍しく思い悩むように頭を掻く。

初めて一人の女性に対して悩む王の姿。それは侍女長には好ましい傾向に見えた。

侍女長はロイにアドバイスした。

「サーカスに連れて行ってあげるのはどうでしょうか。侍女たちの話によると、観られないことをとても残念がっていたようなので」

「そうか、では貴賓席の確保と、予定を組んでやってくれ」

ほっとした顔をして、フィー側妃がひとりで行く予定を組んでしまったロイに、侍女長はもう一歩踏み込んだアドバイスをしようか迷った。

寂しいのなら普通は一緒に行って欲しいと思うものだ。

まともに女性関係を構築したことがないロイにとって、そういう思考に至るのは難しいことらしかった。

少し悩んだが、必死に書類を書き上げてるロイの姿を見て、侍女長はまた今度にしようと思った。

この国王が背負っている責務は、たぶん重すぎるのだ。誰か隣で支えてあげる女性が必要だ。

これからも、ロイとフィーの関係は続いていく。

ゆっくり距離をつめていっても遅くないと思ったから。

＊＊＊

サーカスへの招待状をもらって、フィーは喜んだ。

「たいちょーも、いえ、ロイ陛下も一緒に来てくれるんですか!?」

「いえ……それはちょっとご無理のようでした……」

でも、申し訳なさそうな文官の答えを聞いて、その表情は少し曇る。

やっぱり誰も一緒に来てくれないというのは寂しかった。本来ならサーカスも、クーイヌたちと一緒に観に行く予定だったのだ。

「あの、陛下にお伝えしますか?」

気を利かせた文官の言葉に慌てて首をぶんぶん振る。

「いえ、こんな忙しい時期なのに、わがままを聞いてもらっちゃってごめんなさい。大丈夫です。一人で楽しんできます」

笑顔を作ってそう言ったフィーは、明らかに無理してるのが分かった。

噂とは全然違ういい子っぷりに、連絡を伝えた文官もため息を吐く。

ロイもクロウも忙しい。

侍女や護衛はついていくが、彼らはフィーが望むような一緒にサーカスを楽しむ相手にはなれない。お互い少しずつ理解を深めているものの、まだそういう間柄ではないのだ。

急に今までの環境からも、見習い騎士の仲間たちからも引き離されてしまったフィー。

仲間と見学する予定だったサーカスも一人で観なければいけない。

フィーはそんな寂しい気持ちを、ロイやクロウに伝えることはできなかった。わがままだと思ったから。そうしてる間にサーカスまでの日々は過ぎていった。


サーカスが開かれる日、フィーはひさしぶりに城を出ることができた。

周りにはしっかりと、護衛の兵士と侍女がついている。

ただ、フィーに積極的に話しかけるほど、距離は縮まっていない侍女たちだった。

フィーの気持ちは、やっぱり寂しかった。

けど、せっかくたいちょーが席を確保してくれたんだし楽しもう。そんな気分だ。

人だかりができている入り口とは逆側から、フィーたちは入場していく。団長や団員が迎えてくれて、深々と頭をさげる。

それに一応、王妃らしく挨拶をすると、フィーたちは中に入っていった。

フィーが案内されたのは、本来なら国王夫妻が座るような最上級の席だった。

客席の中でも一番展望が良い。

サーカスのテントの中は、まだ空だ。

中心に芸をする空間があり、周りをたくさんの客席が囲んでいる。

侍女たちも辞して、フィーはその場所で一人きりになった。

入り口の方から客が入ってくる。

（あっ……）

そこでフィーは発見してしまった。

サーカスを見物に来た見習い騎士たちの姿を……。

スラッド、ギース、レーミエ……ゴルムス……クーイヌもいる。いつも一緒に過ごしてきたみんなが、サーカスを楽しみにしてる表情で席についていた。

でも、そこに自分の姿はない。

本当なら自分もあの隣で、サーカスを観ていたんだろうか。

そう思った瞬間、楽しもうと思っていた前向きな心も吹き飛んで、胸に冷たい風が吹き込んでくる。

「お茶がはいりました」

侍女がお茶を持ってきてくれる。

「あっ……」

「どうかなさいましたか？」

フィーは一緒に観てくれない？　と言いたかった。

でも、一緒に過ごすうちに、彼女たちはエリート教育を受けた優秀な侍女たちだと知っていた。

こんな場所で一緒に観るという選択肢は、彼女たちを戸惑わせてしまうものだろう。

自分なんかについて迷惑をかけているのに、これ以上彼女たちに負担をかけるのは申し訳ない。

フィーはそう思った。

「ううん、ありがとう」

作り笑いだけど微笑んだフィーに、侍女は安心した顔をして去っていった。

また一人……。

もし、あの時間に戻って、ばれずに過ごせたら、みんなの隣でサーカスを観ることができただろうか。

予定が合えばたいちょーや第18騎士隊の人も傍にいてくれて……。

見通しの良い貴賓席の柵。

それを乗り越えてフィーは駆け出したかった。

クーイヌたちのもとへ。

そして一緒の場所で、サーカスを楽しみたかった。

でもそれはできない。

出会ってから長い付き合いではないけど、親切にしてくれる侍女たちや護衛の兵士たちを困らせてしまうと分かっている。

もう、見習い騎士だったあの日のように城を抜け出して、友達と一緒に自由に遊びまわることはできないのだ。

サーカスの団長が開演を告げる。

ピエロがおどけながら、球を起用に宙に投げ、お手玉をしてみせる。

息のあった男女のコンビがテントの天井近い高さを、空中ブランコで飛び回ってみせる。

可愛らしい女性が、犬たちと息の合った芸を見せる。

人が立った的にナイフを投げる熟練の男性に誰もが息を呑んだ。

サーカスの芸に、見下ろした客席の誰もが笑顔になっている。

なのに、フィーの瞳は舞台を照らす明かりを、きらりと反射していた。

またひとつ見事な芸が終わり、フィーがため息を吐いたとき後ろから声がかかった。

「どうした？　お姫さま、せっかくの初サーカスなのにしけた面して」

フィーはその声に目を見開いて振り向いた。

「クロウ……さん……？」

いるはずのない人がそこにいた。

金色の髪をサーカスの明かりで光らせた、誰もが憧れる騎士の姿をした青年。ちょっとナンパなところがたまに瑕だけど、強くてかっこよくて尊敬できるフィーの先輩。

そして……いつもフィーが困ったとき傍にいてくれた。

「お前がサーカスに一人で行ってるって聞いてな。寂しい思いしてないかって心配になって、大先輩として来てやったよ。ほら、外の店で買ってきた香草焼きだ。好きだったよな、お前」

クロウが渡してくれた包み紙から、いいにおいが漂ってくる。

その匂いを嗅いで、フィーはようやくお腹が空いていたことに気づいた。

「本当ならお前が慕っているたいちょーでも連れてきてやりたかったんだが、さすがにあいつは時間が取れなくてな。代わりに暇な俺が来てやったよ」

その言葉にフィーはくすりと笑う。

（クロウさんの嘘つき）

そう思いながら。

戦いの準備をしているのだ。騎士団から頼られてるクロウだって、ロイ陛下と同じぐらい忙しいはずだった。

現に、いつもきまっているクロウの髪は、少しぼさっとしていた。

でも、冷たく寂しかったフィーの気持ちは、あっという間に満たされていた。

いつだってそうだ。

クロウはフィーが寂しいと思ったとき、傍にいてくれる。

その笑顔で凍えそうになるフィーの心にぬくもりをくれる。

あの後宮から逃げ出して、見習い騎士になろうとしたときだって……。

あのときひとりぼっちだった自分を一番に助けてくれたこと、騎士になってからも傍にいて見守ってくれたこと、こうやっていつもフィーが落ち込んだときは助けてくれること、ふざけているけどいつも真剣になったらかっこいいこと。

いつもクロウのことを考えると、気持ちが温かくなった。

クロウが一緒にいてくれて救われてきた。辛い状況だって、がんばれた。

そのとき、フィーは理解した。クーイヌの気持ちを。

（そっか……こんな気持ちをクーイヌも抱いてくれてたんだ……わたしに……）

クーイヌが自分にどんな思いを向けてくれていたのか。どんな温かい目で自分を見てくれていたのか。どんな気持ちで一緒にいてくれたのか。

それが分かって、初めて思う。

そういう気持ちを向けられることって幸せだなって……。

「どうした？」

首をかしげるクロウに、フィーは首を振った。

「ううん、なんでもないです」

「ほんとか？」

そういつもと同じ、自分を温かく見守るクロウの瞳を見上げて、フィーは言う。

「本音を言うと、今日は魚とポテトが食べたい気分でした」

「せっかく、買ってきてやったのになにを～！」

クロウがフィーの頰を引っ張りあげる。

それにフィーが嬉しそうに嫌がった。

「やめてくださいー。クロウさんが聞いてきたから正直に言ったのに～」

たとえそれが嘘だとしても、そういうことにしておきたいという思いが正直な気持ちならば、きっとそれは正直な気持ちを言ったことになるのだ。

「ねぇねぇ、クロウさん。あれがライオンかな!?」

「ああ、相変わらず迫力があるなぁ。あれが火の輪をくぐるんだぞ」

「知ってますよー。わたしとどっちがうまいかな？」

「はぁ、なに言ってんだ!?」

フィーは決心した。クーイヌの気持ちが分かったから。何をすればいいのか分かったから。

でも、ただ今は幸せな気持ちと一緒に、サーカスの景色をずっと観ることにした……。


サーカスが終わったあと、侍女たちはフィーの顔を見てホッとした。

一人では寂しいのではないか、一緒に観てあげるべきか、悩んでいたのだ。

でも、サーカスを見終えたフィーは明るい笑顔だった。

「お楽しみになられたようですね」

「うん、君たちもありがとう」

笑顔でお礼を言われて、本当に素直な人だと侍女たちは思う。なぜ、あんなに悪い噂が流れていたのか分からない。側妃に転属が決まったときは、何か粗相をした罰かと侍女長に抗議したのだが、
今はそれを恥ずかしく思った。

「城に帰りましょう、フィーさま」

「うん」

フィーと侍女たちは、そうして城に戻った。

その夜、フィーは改めて決心した。

(ちゃんと自分で、進路は決めないとね)

とりあえず、しっかりとクーイヌの気持ちを確認しなければいけない。こういうのは独りよがりではいけないからだ。

「フィーさま、何をしてらっしゃるのですか？」

「ちょっとストレッチを」

とりあえず、なまった体を動けるようにしないといけない。

＊＊＊

「お～い、手が空いてるやつがいたらこの荷物を運んでくれ」

「オッケー！　クーイヌも手伝ってくれ！」

「うん」

サーカスのあとも、クーイヌたちの仕事は続いていた。

戦うための物資や食料などをひたすら馬車に詰め込んでいく。でも、その仕事もそろそろ終わり、あと数日後には王都を発つ予定だった。クーイヌたちも前線には立たないものの、補給兵として仕事に就くことになる。

「これじゃあ、騎士というより荷運びだよな〜」

「見習いなんだからしょーがない」

少年たちは憎まれ口を叩きながらも、馬車に荷物を積んでいく。

公爵の反乱という緊急事態でも、見習い騎士たちはのんきなものだった。

戦況がそれほど緊迫してないのもあるけれど、緊張しないようにあえてそう振る舞っている面もあるかもしれない。その心情はそれぞれだろうけど、見習い騎士たちはフィーのいない日常にも馴染んできていた。

以前までは、あんなにトラブルを巻き起こして、いろんな意味で注目の的だったのに。

クーイヌも……嫌だけどそうだった。いつも時間があればフィーの姿を追っていたのに、いつの間にか捜さなくなっていた。

（こうやってフィーがいないことに慣れていくのかな）

それは嫌だな、ってクーイヌは思った。

「おーい、今日はもう終わりみたいだぜー！」

「疲れたー！　でもようやくご飯だー！」

「汗かいたから、先に水浴びしてこようぜ」

戦争前でものんきな少年たちは元気に水浴び場へ向かっていく。

クーイヌも水浴びをして、晩御飯を食べ、宿舎の自分の部屋に戻ってくる。いつも、フィーと歩いていたルートだ。今日の作業はちょっと重労働だった。みんな寝てしまったのか、寮はとても静かだ。

クーイヌは自然とフィーのことを考えてしまう。

この部屋でたくさんの時間を一緒に過ごした。

トランプで遊んだこと、フィーは強くていつも勝てなかった。

ベッドに座って一緒に本を読んだこと、途中でフィーが寝ちゃってドキドキした。それから恋人らしいことに挑戦してみたこと、キ、キスまではがんばったけど、フィーにずっとリードされっぱなしだった気がする……。

北の宿舎のみんなは優しくて好きだけど、フィーがいてくれたから、あんなに馴染めた気がする。東の宿舎のときは遠巻きに見られてた。そんな自分をフィーが引っ張って、みんなの輪に入れてくれた。何よりフィーの傍にいるだけで幸せだった。

明るくて優しくて（たまにへんな暗黒面を覗かせるときもあったけど）基本的には親切な女の子。笑うと可愛くて、よくいたずらっぽい表情をして、クーイヌはどきっとさせられた。クーイヌにとっては世界で一番可愛い女の子だ。

（また会えて同じ場所にいられるようになったら、それだけで幸せかな……？）

クーイヌは自分の心に問い掛けてみた。

この気持ちを諦めたら、ううん、この気持ちを諦めきれるなら、もしかしたらまだ一緒にいられる可能性はある。恋人と言う形じゃないけれど、彼女を守る騎士として。

その場合、彼女は別の人のお嫁さんになって……というか、もうなってるんだけど。

そんなロイ陛下のお嫁さんになった彼女の傍で、クーイヌは騎士としていることができる。

（たぶん嫉妬するだろうな、ものすごく……）

ロイ陛下は尊敬する人だけど、すごくかっこいい人でフィーともきっとお似合いだろうけど、二人が夫婦として一緒に過ごす姿を見たら、とてつもなく嫉妬してしまうと思う。見てるのも辛くて、羨ましくて、きっと目を逸らすこともできない。

でも、それでも、もうひとつの選択肢の、もうフィーとは会わないことを選んで、その姿を二度と目にしないことに比べたら、そんな心の痛みだって幸せに思えるかなって思う。

フィーはこんな結果を予想していたのかもしれない。

だからクーイヌからの告白を一度断った。ううん、断ってくれた。

それはフィーの優しさだったんだと思う。

クーイヌに会って、少し客観的に考えることができたら、予想できたことだった。

国王の側妃と見習い騎士の恋なんて、障害やリスクが大きすぎて、そんなのうまくいくはずがない。

それなのに熱心に迫ったクーイヌにオッケーをくれたのも、たぶんフィーの優しさと、それから同情だったんだと思う……。きっと子供扱いされてたのだ。

実際、付き合い始めた当初、フィーは困ったように笑うことが多かった。きっとその未来は閉ざされてるのに、恋人になりたいとわがままを言って聞かない少年。それでもフィーはそんなクーイヌを受け入れてくれて、恋人としての時間をくれた。フィーは自分なんかより、ずっと大人だった。

『守る』なんて言ったけど、そんなことできやしなかった。

いざとなったらフィーと駆け落ちを、そんな威勢のいいことを考えてたのは何も困難にぶつかってないときだけで、今現実に戻ってそれをいざ実行に移しても、先輩騎士たちからは困った顔で止められて、宮殿の前でフィーにたどりつく前にそれは終わって、きっと友人たちにもたくさん心配をかけて、両親が亡くなった時からお世話になっている親戚のおじさんにも迷惑をかけて……。

それできっと終わりなのだ……。いくら恋をしていても、現実だとできないことがいっぱいある。

きっとフィーもそれを分かっていて、自分が来てくれるとは期待していないだろう。

「まだ子供だったんだ……」

立派な騎士になろうと、フィーを守れる騎士になろうとしてたけど、でもクーイヌは結局周りから守られて、フィーにも優しく見守られていただけだった。好きな人を守ることなんかできないし、その手を引いてどこかに飛び立つこともできない。

今、フィーとの間に何のつながりもないのも、当然なのかもしれない。

「フィーの恋人になるなんて無理だったのかな……」

じわりと、クーイヌの目から涙がにじみ出てきた。

そんなときだった。

クーイヌの部屋の窓が突然、コンコンと鳴ったのは。

こんな夜中に一体誰が、そう思ったクーイヌは、聞こえてきた声に驚く。

「開けてー」

それはフィーの声だった。さっきまで、ううん、ずっと考えていた女の子の声。

クーイヌはしばらく呆然と立ちすくんだ。それからはっとなって、慌てて窓を開ける。

フィーは中には入ってこなかった。でも、窓の外からクーイヌの顔を見上げる。

フィーはクーイヌの顔を見ると、にこっと笑って言った。

「なんだか久しぶりだね」

「う……うん」

それから、クーイヌの目元をちょっと見て尋ねる。

「もしかして泣いてた……？」

「う、ううん、平気……」

「そっか」

強がってしまった。慌てて目をごしごしこすろうとすると、フィーの手がのびてきてそれを止めて、ハンカチで優しくクーイヌの目元を拭った。

クーイヌは聞きたいことがいっぱいあった。

今までどうしてたの、とか、陛下とはどうなったの、とか、自分のことはどう思ってるの、とか、質問がいっぱいあったはずなのに、全部胸の前で詰まって外に出てこなかった。

ただ月明かりの下のドレス姿のフィーが、やっぱりかわいいなっとそんなことを思った。

そんなクーイヌをじーっと見たあと、フィーは微笑んで言った。

「クーイヌ、僕たち結婚しよっか?」

クーイヌは一瞬、何を言われたのか分からなかった。

結婚、その言葉を反芻して、それでもクーイヌの口から出てきたのは、

「えっ……えっ……？」

そんな詰まった言葉だけ。

そんなクーイヌにフィーは、窓枠の向こうから首をかしげて聞いてくる。

「嫌だった？　僕との結婚」

その言葉にクーイヌは反射的に首をブンブンと横に振る。

フィーと結婚。

したくないわけがないじゃないか。

そのクーイヌの反応を見て、フィーは納得したという表情になって、また笑った。

「それじゃあ、オッケーってことだね。分かった」

それからうんうんと頷くと、ぴょんっと二階から飛び降りてしまった。

そしてクーイヌに手を振る。

「じゃあ、またね、クーイヌ」

「え、う、うん」

クーイヌがほとんど事態についていけないまま、フィーは手を振ってクーイヌを置いて去ってしまった。クーイヌは今さっき、その場所にフィーがいたことも半ば夢のような感覚で信じられない。

（結婚……）

狐につままれたような気分だった。

＊＊＊

フィーは夜の王宮の庭を歩く。

こっそり抜け出してきてしまった。侍女たちを心配させるから、早めに戻らないといけない。

そういえば、あの日の庭の様子と似てるかもしれない。

人生に絶望して後宮を抜け出し、月夜の散歩をしたときの庭。

そのときに風に飛ばされてきた見習い騎士募集の張り紙を見て、フィーは見習い騎士になろうと決心したのだ。

結局、あのとき抱いた夢は破れてしまったし、今はあのとき知らなかったことも知ってしまって、あの頃見えていなかったものも見えるようになって——人生に絶望したのだって独りよがりで、もう少し自分から周りにアプローチしていれば、もっとどうにかなったのかもとか、そういうことを感じたりもする。

でも、見習い騎士になってクロウさんに会って、たいちょーに会って、第18騎士隊の人たちと知り合い、ゴルムスと友達になって、レーミエ、スラッド、ギースと友達が増えていって、そこにクーイヌがやってきて。

たぶん、もう一度あのときに戻って、人生のあの場所に立ったなら、きっともう一回見習い騎士になる道を選ぶだろう。

だってみんなに会ってない人生なんて考えられない。

とても楽しい、きらきらした時間だった。

でも、そんな時間も終わり、フィーには人生を選ぶ時が来てしまった。

見習い騎士に戻れないと言われたときは、分かっていてもショックで落ち込んで、そこから立ち直ったあと将来についていろいろ考えた。

たぶん、このままいくとたいちょーのお妃さんになって、下手をすると王妃になってしまうかもしれない。周りの人がなんかそんな風にほのめかしてくるし、宰相のおじさんからははっきりとロイ陛下の正妃になって欲しいと言われた。

クーイヌには悪いけれど、そんなに嫌な話ではない。

もともと自分は恋愛にも結婚にも縁遠い存在だと思っていた。

きっと知らない人と、自分の意思とは関係なく結婚させられて、そのまま人生を過ごすのだろうと思っていた。実際、その通りになったのだけど……。

ロイ陛下は尊敬できる人だ。そりゃ、最初は嫌いだったりもしたけれど、この国で楽しく幸せに暮らしていくうちに、個人としてのロイ陛下は嫌いでも、王としてのロイ陛下は嫌いではなくなっていった。だってフィーが人生で一番幸せに暮らせた時間は、彼の治める国で過ごした時間だったのだから。

たいちょーががんばる姿も見てきた。いろんな人を助けて、フィーのことも温かい目で見て、時に厳しく叱咤してくれた。あんなに人のためにがんばって働いて、人に頼られる人なのだもの、少しぐらい誰かの扱いが雑になることだってあるのだと思う。

それにその扱いについても、ちゃんと謝ってくれた。

ロイ陛下がたいちょーだって知った今、フィーはその人と共に歩んでいく人生に不満はない。

ただクーイヌのことが気がかりだった。

自分のことを人生で初めて好きだと言ってくれた人。そして何よりも大切な友達で……。

誰かを好きって気持ちが分かったフィーは、きっとフィーがロイ陛下と歩む選択肢を選んだら、自惚れじゃなくクーイヌは傷つくだろうなって分かった。

クーイヌのためにロイ陛下との婚姻関係を解消するなら、このタイミングしかないと思う。

もしフィールの件が解決したら、国は新しい方向に進み始めて、フィーもその予定の中に組み込まれてしまう。そうなったらさすがに、周りが了承しないだろう。下手をすると、クーイヌの立場が大変なことになってしまう。

でも、ロイ陛下との婚姻を解消するなら、今の恋人だからって関係では通るとは思えない。

せめて結婚の予定ぐらいは立てておかないと。

だからクーイヌの意思が大切だった。

フィーと結婚したいぐらい好きなのか、それともただ恋愛したいぐらいの気持ちだったのか。

もしかしたらフィーの考えそのものが思い違いで、迷惑かもとも考えた。クーイヌだって遊びたい盛りだし、クロウさんみたいにナンパしてまわりたい気持ちなんかもあるかもしれない。

だから尋ねてみたんだけど、クーイヌとしては結婚したいみたいだ。

なんだか安心した。

フィーの気配りも、思い違いではなかったみたいで。

意思を確認した以上、フィーもがんばらなきゃいけない。

ロイ陛下や周りと交渉して、クーイヌと結婚できるようにしなければ――でもきっとたいちょーなら分かってくれるよね、そんなことを思った。

いろいろと思い出している間に、時間が過ぎてしまった。

結構な時間を、月夜の散歩に費やしてしまったみたいだ。

宰相のおじさんに怒られるから、そろそろ王宮に戻らなければならない。

フィーは最後、振り返って、木の上を見上げた。

正体がばれてから、ロイ陛下にいろんなことを聞いていた。

だからもう知っているのだ。ずっと見守ってくれていた、その人のことを。

たぶん、今日もそこにいる。

そしてたぶん、今までの見習い騎士の期間を、その人はずっと心配しながら見守ってくれていたのだ。あのときや、あんなときには助け舟を出してくれてたのかもしれない。

これからロイ陛下との婚姻を解消して、クーイヌの奥さんになったら、もう傍にいてくれることはないと思う。

だから手を振って言った。

見習い騎士としていろんなことを教えてくれた、陰で助けてくれた、優しいその人に。

「今まで見守ってくれてありがとうございます、カインさん」

返事はなかったけど、動揺したようにがさっと枝が鳴る音が茂みから聞こえた。

フィーはその反応にくすりと笑って、また歩き始めた。

第32章　怪我が功名

ザルネイード公爵の反乱を知らされてから一ヶ月後、ロイたちの軍が遂に王都を発つことになった。

王都の大通りを、兵士と騎士たちが長い列を作って歩いていく。道の端では大勢の市民たちがそれを熱い視線で見送っていた。そんな列の後方に見習い騎士たちもいた。

見習い騎士たちは物資輸送用の馬車に随伴している。しっかり、まっすぐ前を見て歩く大人の騎士たちとは違い、緊張した面持ちで大通りをきょろきょろしながら歩く。

「す、すごい数だよなぁ……。俺たちもその中の一人なんだけど」

「これだけじゃないぞ。王都の近くの平原には、王都に入りきらなかった部隊が待機しているし、これから公爵領に向かって、地方の砦に待機した兵士や、貴族たちからの援軍と合流していく。もっともっと大規模な軍になるはずだ」

「ひえぇぇ～」

王都のパトロールばかりやってきた見習い騎士たちには想像もつかない世界だった。

その列の中にいたクーイヌは、ゴルムスにあの日の夜のことを話した。

「なにっ、あいつが来たのか？」

「うん……」

今でもちょっと夢だったんじゃないか、みたいな気分になる。

むしろ、どんどんそんな気になっているかもしれない。でも、確かに会ったのだ。あの日の夜……たぶん……きっと。

「そうか……。何か話したのか？」

具体的な会話内容を聞かれて、クーイヌは動揺した。

何もないところでつまずいてこけそうになる。

「お、おい、大丈夫か？」

「い、いや、うん」

クーイヌの頬は真っ赤だった。

会話内容を聞かれても、「結婚しよう」と言われたとしか言いようがなかった。でも、それこそ狐につままれたような話だ。話しても信じてもらえるだろうか、むしろ自分でさえ信じられない、そんな気分だった。

そんなクーイヌの様子を横目に見て、ゴルムスは言った。

「話しにくいなら、無理に言わなくていいぜ。まあ、心配するような内容じゃないってのは分かった」

それは確かにそうだ。フィーも元気そうだったし、クーイヌにとっても悪い話ではなかった。むしろ悪いどころかうれしい話だった。

でも、あまりにも唐突すぎて逆に心配になるかもしれない。

（フィーと結婚……）

クーイヌはその言葉を、胸の中で反芻した。

まったく想像できない。

でもクーイヌの妄想の中の、白いウェディングドレスを着たフィーは可愛かった。


王都を出たロイたちは、平原に待機していた本隊と合流し北へと向かった。

オーストルの国土は広いが、温暖な大陸の中央にあるので、北に進んだところでそれほど気候は変わらない。植生もさほど変化はなく、温暖なところに育つ草や広葉樹などが多かった。

ロイたちの軍はそんな穏やかな森の近く、公爵領の一歩手前といえる場所で足を止めていた。

何かトラブルがあったのではない。予定通りの行軍だ。

「まるで恋文のやり取りだな……」

軍全体の指揮をするテントのテーブルで、クロウがひじをついてため息を吐いた。

もともといち部隊の長として参戦するつもりだったクロウだが、実家から援軍の兵士の指揮官を命じられてこの場にいることになっている。

「仕方あるまい、無駄な戦闘は避けたい」

ロイ側の軍と公爵側の軍は、圧倒的な戦力差になりつつあった。

しっかりと不正の証拠を摑んだことにより、表立って公爵家に味方する貴族はほとんどいない。彼と一蓮托生になるしかない悪徳貴族たちか、やむをえない事情で一時的に公爵に味方する貴族ぐらいだった。

ここら一帯、ルクホルンの地を治めるのは、そのやむをえない事情を持つ貴族だった。

事情は単純明快、公爵領に近いからだ。

いくら公爵家に付きたくないといっても、目と鼻の先ではっきりと反意をしめせば攻め滅ぼされかねない。なので公爵側に付くと宣言して、自分たちの砦にこもっている状況なのである。しかし、彼らも目先の破滅を避けたいだけであって、王国軍に逆らって本気で破滅したいわけじゃない。

その証拠に、ロイたちの軍が展開しても何も攻撃をしかけてこないのである。

公爵領の周辺にはこのような貴族たちが幾人もいた。

そしてロイたちの側は、大勢が決した時点で目的が勝つことではなく『今回の戦の犠牲を一人でも少なくすること』にシフトしている。

この戦力で挑めば二日と経たずに攻め落とせるだろう。しかしそれでは、攻城に使った兵士に犠牲が出るし、他の砦にこもった貴族たちも攻め滅ぼされると態度を強硬にしてくるかもしれない。

そういうわけで、ここら一帯で一番大きなこのルクホルンの砦の貴族を説得するのがいいという結論に至ったのである。

そうしてロイたちは砦の近くに兵士を展開して戦力を見せつけつつ、ルクホルンと降伏の条件を手紙でやり取りしているのである。

もちろんそうした足止めも公爵は狙ってるだろうし、一か八かの奇襲も考えてるかもしれないので、周辺への斥候や補給路への警戒は怠っていない。

もうやり取りをはじめて三日になるだろうか。クロウの言う通り、それは戦争というよりは貴族同士の恋文のようなやり取りだった。

降伏の条件や、砦の解放の手順、その際の約束事などを話し合っていく。

名目上とはいえ公爵側に付いた以上、平穏無事にというわけにはいかないし、かといって罰しすぎてもいけない、匙加減が大切である。しかし、なによりも大切なのが、相手から信用されることである。

交わした約束は真実だよと、受けるべき処罰から私が貴方を守るよと信じさせる。まさに恋人同士のやり取りである。

「なんで冴えない貴族の男とこんなやり取りしなきゃいかんのかね。俺はどうせなら美女とやりたいよ」

やれやれと首を振るクロウ。そんな彼もその方針を否定することはない。

クロウは顔が広い。騎士や兵士たちにたくさんの顔見知りがいる。勝つための犠牲なら恐れるつもりはないが、見知った人間を無駄死にさせるのはごめんである。

ロイたちはしばらく手紙のやり取りを続けなきゃいけないようだった。

＊＊＊

「にゃー」

フィーの前には猫がいた。

王宮に通う商人が、どういうつもりか強引に置いていったのだ。

捨てるわけにもいかないし、フィーが飼いはじめた。

「カークは強引な商人であんまり評判がよくありません。フィーさまに名前を覚えてもらおうと、そのような手に出たのでしょう」

「ふーん、なんでまたそんなことを」

それもまた、フィーにとってはよく分からない理由だった。

ただ、どういうつもりか分からないが、お気の毒にとは思う。

フィーはクーイヌに結婚の意思を確認したばかりだ。クーイヌからは、「したい！」という返事を頂いた。要望を聞いたからには、フィーの方も実現できるようにがんばらなきゃならない。

そういうわけで、フィーとしては王宮に残らせてもらうつもりはないのだ。

良い待遇をしてもらって、周りには感謝しているけど、長々と居座って迷惑をかけるつもりはなかった。

（結婚かぁ……）

クーイヌとの結婚、あんまり想像がつかない。

結婚なんてしたことないんだから仕方ないよねと思ってみてから、よく考えると自分はもう結婚している身である。ロイ陛下と。

つまり、クーイヌの願いを叶えた場合は結婚して離婚して結婚するということになる。現状で結婚してる自覚すら薄いのになんとも慌ただしい。

侍女にまかせっきりではなく、フィーも世話しているせいか、猫はフィーに懐いていた。

押し付けられたのが犬じゃなく猫だったのは幸いかもしれない。

あんまり自由に出入りできないこの状況で、犬は散歩ができなくてかわいそうだ。あと、犬みたいな恋人をもってるせいで、ちょっと嫉妬しそうだと思ったのだ。

どちらがとは言わないが……。

サーカスで見たライオンと親戚とは思えない、ちっちゃな生き物。

その茶色と灰色の毛並みは、なんだかんだでクーイヌを思い出させた。

「元気にしてるかなぁ……」

「にゃあ」

サーカスのときは楽しそうだったけど、今は戦いの地に赴いているのだ。

ちょっと心配はしていた。

クーイヌだけじゃなく、ゴルムスも、スラッドも、レーミエも、ギースも。みんなが心配だ。あと第18騎士隊の人たちも、クロウさんも、たいちょーだって、彼らのほうが前線で戦うのだから危ない。

みんな強いから心配いらないのかもしれないけど、無事に戻ってきて欲しいと願ってる。

そんな心配をよそに、王宮の方は平和だった。

内通者もほとんど洗い出せたおかげか、妹のフィールも心安らかに過ごせている。

たまに一緒にお茶を飲んだりもしていた。

そんな平和な日常を過ごさせてもらって、あらためてロイ陛下に感謝したり、申し訳ない気持ちになったりする。

膝にやってきた猫を抱き上げて見上げる空は青かった。

国の危機が起きてるなんて信じられないほど。

（わたしもたいちょーたちと一緒にがんばりたかったなぁ……）

やっぱり見習い騎士にちょっぴり未練があるフィーだった。

フィー自身は気づいていないが、ロイ陛下がいない間、城の留守を任されてるのはフィーだった。

訪問者の対応もフィーがしていたし、商人たちはこぞってフィーに会いにくる。

もちろんお付きの侍女たちは気づいていた。

彼女が正妃のルートにちゃっかり乗っちゃっていることに。ロイが王城を空けてもこんなに城の者たちが落ち着いているのは、フィーが留守を守っているからである。


今日もクーイヌたちは、各所から送られてくる食料を仕分けたり、前線で必要な武器を運搬の兵士の馬車に積み込んだりという作業をしていた。

物語にあるような華々しい仕事ではない。でも、これも大事な仕事だとみんな分かっていた。前線から離れた平原で、キャンプをしながら、見習い騎士たちはせっせと仕事に励む。

見習い騎士たちへも戦況は伝わってきていた。

ほぼ王国側の勝利で確定らしい。むしろ、圧倒的な戦力差なのだとか。

ザルネイード公爵は戦いに向けて派閥の貴族たちに召集をかけたらしいけれど、今回の告発でほぼ罪が確定している者以外は集まらなかったらしい。

そもそもザルネイード公爵が数多の犯罪に関わっているとほぼ確信を持たれながらも、前国王から譲渡された利権をロイが取り上げなかったのは、確定的な証拠が見つからないうちにその利権を取り上げれば、貴族たちとの信頼関係が崩れるからだった。

その場合、あちらにも多数の貴族たちが付き、王国を割る大きな戦争に発展する可能性がある。

それでも、王国側の勝ちは確実だと言われていた。

やらなかったのは、そうなれば味方や関係のない国民にも、現状の犯罪組織が暗躍する以上の被害が出るから、そして国内での争いにつけ込まれて、他国が攻め入る隙を晒しかねないからだった。

ザルネイード公爵の不正の証拠を挙げた以上、王国側の勝利は盤石だった。

軍部にいた公爵に通じていた裏切り者たちも、事前に捕まえることができた。

こうなるともう、彼と不正な取引をしていた者さえザルネイード公爵の味方につくことはない。

大人しくこの戦をやり過ごして、国王に赦しを請うしかない状態だった。

こちら側が相手をすればいいのは、公爵の私兵と、処罰を免れない彼の領に潜んでいた犯罪者たち。その中には、前国王の時代に不正を重ねていた元騎士たちが作った私兵団や、遥か東の地エイシアと呼ばれる地方で名を馳せた暗殺者集団もいるらしい。

こちらの兵の数は圧倒的で、このまま一気に畳み掛ければ終わる戦争だけど、ロイ陛下は味方の被害を防ぐため、確実な包囲網を築き戦いを盤石に進めているらしい。

そういうわけで、クーイヌたちのところまで戦火がくるなんてことはないのである。

「なんて油断していたら、包囲網を抜け出した敵の集団がこの野営地に！」

「スラッド、不謹慎だよ」

荷物の箱を演壇にして、そんなことを高らかに叫んだスラッドに目線を厳しくしたレーミエが突っ込む。

「そうだぞ……冗談でも言っていいことと悪いことがある」

ギースもそれに同意した。

「ううっ……悪かったよ……」

二人に責められ、スラッドはしょんぼりとなる。

すると、背中から珍しくスラッドを援護する声が入る。

「ふっ、彼の言ってることも分からなくはない。毎日、荷物の運搬と、見張りと野営。これが騎士らしい仕事と言えるかい？」

「その通りだ。見習いとはいえ、この天才の剣の腕を活かさないのはオーストルにとっての損失だよ」

リジルとルーカだった。

東の宿舎も近くで同じような仕事をしていたのだった。

そんな二人を見て、スラッドは真剣に反省する。

「ごめん、俺が間違っていたよ。いくら後方が平和だっていっても、先輩たちや兵士の人たちは戦ってるんだもんな」

レーミエも優しい顔になって言う。

「うん、分かってくれればいいんだよ」

そんなみんなの対応にリジルとルーカが叫ぶ。

「なんでだ！　なんで僕たちがこんな扱いをされなければいけないんだ！」

「そうだ、お前たち酷いぞ！」

しかし、当の本人たち以外に彼らを擁護する者は現れなかった。

「すまないな、うちの寮生が迷惑をかけてしまって」

彼らの後ろからパーシルが現れて、率直にクーイヌたちに謝罪する。

パーシルにまでそんな扱いをされ、リジルとルーカがガーンという顔をする。

レーミエがいやいやと、パーシルに手を振る。

「いつものことだから」

実際いつものことで、リジルとルーカは東北対抗剣技試合のあとも、たまに北の宿舎にやってきて、似たようなことを繰り返していたのであった。一説には、北の宿舎以外ではあんまり構ってもらえないからといわれている。

それからも、現実的というか、なんというか、順調に王国側が勝っていき——。

クーイヌたちがここに来て三週間目になるころには、運ぶ必要のある物資も少なくなり、それから一週間後、王国側の勝利に終わった。

クーイヌたちも野営地に建てた設備を片付け始めている。

「なんだかんだ本当に何も起こらなかったなぁ」

戦いの間はあまり悪ふざけしなかった少年たちも、終わった安心感とともにぽつりぽつりと本音が出てくる。

やっぱり古今東西、想定外のピンチで活躍というシチュエーションは少年たちの憧れなのだ。

「まぁ、そういうもんだろ」

「平和でよかったじゃないか」

淡々と後片付けをする少年たち。

その表情には勝った安心感と、やっぱりちょっとがっかり感があったかもしれない。

クーイヌも自分の荷物はまとめ終え、野営地の片付けをしている。両手に重い材木を抱え、運んでいた。

その心中にあるのはフィーのことだ。

思い出すのは「結婚しよっか」という言葉。でも、どういうことなのか、未だに分からない。

いや、意味は分かるのだけど……。

でも、クーイヌの好きな人、フィーはもうとっくに結婚済みだ。

そこからどうやったら自分との結婚に至れるかというと、クーイヌには遠い話に感じられて、まったく想像がつかなかった。

(帰ったらフィーと会えたらいいな)

現状、フィーは王宮にいて、会うことすらままならない。

会ったのも一ヶ月前の一度だけ。

国の問題は終わったけど、クーイヌの問題はよく考えると全然解決していない。

帰っても、フィーと会えるとは限らないし、恋人でいられる環境でもない。

(これからどうなるんだろう……)

大きな事件が終わって、クーイヌの中でもこれからの事がちょっと現実みを帯びて迫ってくる。

けど、クーイヌの願いとしては、とりあえずフィーに会えるようになったらいいな、会いたいなという曖昧なものだった。

そんなクーイヌはすっかり忘れていた。

将来より前に自分が現実で重いものを運んでいるということを……。

「お、おい、クーイヌ。危ないぞ!」

「へっ!?」

そんな声とともに、クーイヌの手の中から、なにかがするっと抜ける感触がした。

そして足元からごすっと鈍い音がする。

「ぎゃんっ!?」

「クーイヌ！」

「大丈夫かぁ!?」

クーイヌの子犬みたいな声が、野営地に響いた。

それから数時間後。

足を包帯でぐるぐる巻きにされたクーイヌの前に、戦が終わり手の空いた軍医の先生が座り言った。

「うん、全治一ヶ月だね。とりあえずしばらくは近くの町で安静にしてようか」

クーイヌの帰還は遠のいた。

＊＊＊

戦争は少ない犠牲で決着がついた。

公爵側に付いた者の多くは、最終的に命をかけて戦うよりも助命の嘆願に賭けて降伏することを選んだ。とことん、小悪党だったということだろうか。

「これでなんとか大仕事が片付いたな」

「ああ、そうだな」

捕まえた犯罪者たちを連行し、王都に戻るという仕事が残っているが、これでまたひとつ父の負の遺産を回収することができた。ホッとする気持ちはある。

しかし、ロイ自身の負債に向き合うのはこれからだった。

というか夫妻……？

「フィー王女にはどうしてやればいいだろうか……」

戦争中はあまり考えないようにしてきた。たくさんの兵士の命を預かる身なのだから。

それでも何度かは考えてしまった。ヒース、いやフィーのことを。

その問いには、クロウも複雑な顔をする。

「とりあえず夫婦なんだから、長い時間をかけて解決していけばいいんじゃないか？」

あの可愛い後輩のヒースがロイの妻になった、というか妻だったというのは妙な気分だった。

「夫婦……なのか？」

「いやさすがに夫婦だろう……」

言い方もおかしいけれど、婚姻までしちゃってるのだから。

「むぅ……」

フィーとロイとの夫婦関係。ロイとしては無責任な気持ちで夫婦関係を疑問視しているのではなく、無理やり婚姻したのだから夫婦と名乗っていいのだろうか、という意味での疑問符だった。

ロイにはとにかくひどいことをしてしまったという自覚がある。何しろ無理やり結婚してしまったのだから。しかも、その事実はロイがあらかじめ知っていたものであり、能動的な行動であり、ロイのフィーという存在の受け止め方が変わっただけである。自己嫌悪も半端ない。

また沈んでいこうとするロイに、クロウはアドバイスするように言った。

「いい加減、やってしまった、どうすればいいじゃなく、お前にとってあいつがどういう存在か考えてみればいいんじゃないか？」

「どういう存在……」

そう言われて、ロイは考え込む。自分にとってフィー王女はどういう存在か……。

以前なら、大切な部下だとすぐに言えた。でも、今の関係は複雑だ。客観的には婚姻を交わした夫と妻だといえる。そして相手を虐待とも呼ぶべき非道な目に遭わせてしまった加害者と被害者でもある。

ロイとフィー、二人の縁は複雑に絡みすぎていた。

「どうせ王都に戻ってあいつに会うまでは時間があるんだ。あいつやら国やらお前が背負ってるいろんなものを降ろして、シンプルに一度考えてみろよ。その間の仕事は、なるべく俺がゼファスさんとやっておくからさ」

まだ悩むロイにクロウは笑みを見せてテントを出て行った。

＊＊＊

ロイは一人、夜遅く、テントの中で考えていた。

ひとつだけ灯るろうそくが揺れる。

自分にとってフィーはどういう存在だろう……。

ロイとフィーが初めて会ったのは、見習い騎士の入隊試験でだった。

視察もかねて見てまわっている中、ロイの目についたのはある少年の試合だった。

第18騎士隊では基本的に即戦力を求めている。今いるメンバーもクロウ以外は、ロイが直々にスカウトした。だから、今回も大人の入隊希望者を中心に見る予定だった。逸材など簡単に見つからないものだが、だからこそ小まめにチェックしておかなければならない。

そう思って見に来たのに、少年同士の試合に引き込まれたのは、泥臭くも諦めず必死に戦うその横顔が……綺麗だと思ったからだろうか。

見習い騎士志望にしても小柄な、もしかしたら歳は十二もいってないような少年が、志望者の中でもひときわ大柄な少年と戦っていたのである。

大柄な少年は見掛け倒しではなく、その体格に見合った実力があり、小柄な少年は今にも倒されてしまいそうだった。耐えてもとても勝ち目などはなく、必死に凌ぎ食らいつく姿は見ている者たちからすれば不可思議にすら映るかもしれない。

ロイも思った。あの年頃の少年なら騎士になるのに、またチャンスがあるはずだと。けれど、少年は今しかないという必死さで、その場で戦い続けている。滝のように汗をかき、息切れしながらも。

それでも少年にチャンスなどないというように、その小柄な体は弾き飛ばされた。万事休す、いや自ら諦めてもおかしくない、そんな状況だった。

少年が弾き飛ばされてきたのは、偶然ロイの前だった。実際、その一撃を受けた少年の目には諦めの感情が一瞬入り混じった気がした記憶がある。ロイは声をかけてしまった。

今更考えるとなぜだろう……。特に肩入れする必要はなかったはずだ。彼が必要な人材ではないと思うなら当然そうだし、この試験の合格に勝ちは必須ではなく、負けても必要と認められれば入れる。採用を決めたのなら、そこで負けさせても構わない。もしくは採用するか決めるために覚悟が見たかった、みたいなもっともらしい理由を付け加えられるかもしれない。

けれど今になって考えると、ロイはたぶん応援したかったのだ。その少年を。単純に。試験官という立場も、王としての立場も忘れて。

声をかけた少年の目にはもう一度光が宿った。自分のおかげとは思わない。少年の目の輝きは、切羽詰まってまっすぐきらめいていて、きっと何もなくても自ら立ち上がったと感じさせた。

それからの少年の行動は純粋にロイを驚かせた。なんと足に組み付き、相手の靴を脱がせたのだ。そして相手を混乱に陥らせ、その隙をつき、あと一撃というところまでいってみせた。

その試合にもたらされたのは……誰も予想しなかった結末だった。

少年の体はそこで限界を迎え、痙攣を起こしてしまった。体力に優れているようには見えない少年がそうなったのは当然の結末だったのかもしれない。でも、周りで見ていた人間は、勝っても負けても戦い抜くだろうと、そう思っていたのだ、試合を見ているうちに。

その予想通り、いや予想を超えて、少年はそんな状態でも戦おうとした。必死に、必死に。相手の少年がどうしていいか分からず、立ちすくんでしまうほどに……。

審判がその少年に負けを告げ、試合は決まった。いじわるではない、未来のある彼のための思いやりだった。今回、見習い騎士に選ばれなくても、将来必ずなれるだろう、誰もがそう思ったのだ。騎士に向いてるとは思えない、とても小柄な少年に……。

ロイはそれを見て、少年を自分の騎士団に入れると決めた。いや、見ているうちに、いつの間にか決めていたのだ。

フィール王女の事件の諜報員として小柄な騎士が欲しかったのは事実だ。でも、それは少年から選定するつもりではなかった。そもそもロイは『草』という集団ですら、本音を言うと解散したかったのだから。彼らは国を守るために個を犠牲にしすぎている。

その意図を伝えるために何度か話し合ったが、草の者たちが理解した気配はなかった。それは仕方ない、何百年と彼らはその教えを継ぎ、国のために働いてくれていたのだから。

国として諜報活動が重要だというのは分かっている。恐らくロイの代では無理かもしれない。でも国力が増し、諜報活動すらいらないほど国を豊かにしていけば、彼らも人間らしい生活に戻してやれるのではないかと思っていた。

ヒースについても、目的は諜報活動を手伝ってもらうためだった。でも、どんな姿に成長しようとも彼が立派な騎士になれるよう援護してみせよう、そう思った。

ロイが入隊を告げたとき、少年は目を見開いた。

初めてその言葉をもらえたかのように。ただただびっくりした表情で。

「私にはお前が必要だ」

そして嬉しそうに笑ったのだ。「はい」と。フィーは頷いたのだ。


それからロイは国王としての仕事をしながら、少年の生活を見守ることにした。

見習い騎士になってからの彼は努力家だった。小柄な体と、成長不足で周りに劣る体力。それでも彼は諦めることなく、周りについていこうと努力をしていた。

あとから考えると女の子だったわけであり、見習い騎士を志望する少年たちについていくのは、並大抵のことではなかっただろうが……。

それを知らなかったロイは、にわかにその気になってアドバイスなんかしたものだ。

そうやってがんばって、彼女は見習い騎士たちに見事に馴染んでいった。ロイは彼女から見習い騎士としての生活を定期的に聞くようになった。フィーの話を聞くのは楽しかった。彼女の目線から見る王都ウィーネの生活は輝いていて、彼女自信がきらきらと顔を輝かせながら言うように、貴い宝石のように感じられたのだ。

ロイが自覚するようにオーストルはまだ問題だらけだ。犯罪者がはびこり、弱い者たちが犠牲になる事件が多い。騎士たちやロイ自身がさまざまな犯罪を取り締まっているけれど、どんどんと次の問題が湧いて出てくる。何より、いくら自分の手の届く範囲の問題を解決しても、暗黒領では助けの手が届かない人々の犠牲が続いていた。

客観的に見れば、自分はオーストルを良い国にはできてないのかもしれない。だけど、フィーといるときは、そんな国になってきたのか、できるのかもしれない、そんな気持ちになれたのだ。フィーを励まし支援できればと思ってやってきたことだった、でも今考えると、励まされていたのはロイの方だったのかもしれない。

それからもいろんなことがあった。一緒に第18騎士隊の任務を見学してもらったこと、図書館を利用していると聞いたときは嬉しかった。せっかく王城の敷地内に建てて、入れる者なら誰でも利用できるようにしたのに、利用者が少ないのが悩みの種だったのだ。

それから東北対抗剣技試合、惜しくも反則負けになったものの、実力で上回る相手に見事な一撃を入れてみせた。戦いの舞台がルールに縛られた試合であったことが、ロイには残念に思えたものだ。

それからもロイとフィーは重なり合う時間を過ごしてきた。いち騎士団の隊長とその見習いとして。目を輝かせて語られる彼女の日常の話を真剣に聞き、困ってる時はアドバイスをして、それから第18騎士隊のほかの仲間と一緒に食事に行ったりもした。

そういえば喧嘩もしたのだった。侍女の少女の好意を冷たく避けたとき、フィーは怒った顔で「たいちょーのバカ」と言った。実際、今この状況になって考えてみると自分は「大バカ者」だったのだけど。

今日も王としての仕事を終えたロイは、仮面を被り、王城の端っこにある詰所に向かって歩いている。

目的はひとりの少年と会うためだ。

ロイがその場所までやってくると金髪の小柄な少年が振り返り微笑んだ。

「たいちょー！」

嬉しそうな顔でロイのもとに駆け寄ってくる。そして少年は目をきらきらさせて、最近あった出来事をロイに聞かせてくれるのだ。

＊＊＊

今までのフィーとの思い出を思い出しているとき、ロイはふと自分が笑顔になってることに気づいた。他人からも鉄面皮と言われ、あまり笑わない自分が口元を緩めていた。

ロイはあまり笑う必要というものを感じていなかった。純朴な民の笑顔はいい。それは幸せの象徴だから。でも貴族になると、相手によく思われたいと媚を売る笑顔を持つ者が多くなる。

ロイは王だ。王とはまず上位の存在として認識される者でなくてはならない。それは時に他者を威圧してでも。意味もなく笑うことは弱さなのだ。

でも……なぜ自分は今微笑んでるのだろうか。

そう考えてロイは理由に行き当たった。それが自分の幸せだったからだと。

王太子に生まれ、ずっと王となるべく生きてきた。良き王になること、良い国を作ること、それはロイの生まれながらの義務だったのだ。

でも、ひとつだけわがままを言うのであれば、自分のやりたいことを言うのなら、ロイはフィーが……ヒースが……。

『お前が笑って暮らせる国を作れたらいい』

そう思うのだった。

王ではない、ロイ個人の願い。

それはもう叶わない……いや最初から間違えてしまった願いなのかもしれないけれど。

誰も見ていないテントの中、生まれてから何十年も王となるべく生きてきた青年は、はじめて人間らしい表情でため息を吐いた。

＊＊＊

戦争が終わったという報告は王都にいるフィーのもとにも伝わっていた。それから、ロイ陛下が王都への帰路についていることも。

「うふふ、ロイさまがお帰りになりますよ。フィーさま！　お召し物を替えましょうか」

侍女たちは上機嫌で、フィーをまた新しいドレスに着替えさせようとしている。またというのは、今日だけで数えて三回目だったからだ。やたら髪も梳かしてくれるし、薄く化粧もされた。

（う～ん、もったいない）

自分なんかにそんなことするなんて、そう思いながらも『郷に入っては』ということで、侍女たちにされるがままになっていた。それよりもフィーとしては考えなければいけないことがある。

クーイヌとの結婚プランだ。

まず第一歩が難関だ。だってフィーはすでに婚姻済みなのだから。

現状、ロイ陛下の側妃なのである。正妃不在の……まあこれはあんまり関係ないかもしれないけど。

フィーとしてはたとえ側妃との離婚でも外聞が悪い、ということで断られるのが、ありがちなケースかなと思う。あとは……なんだろう……お前にフラれるなんてムカつくみたいなパターンもあるかもしれない。

さらに言うと、フィーとクーイヌは不倫関係だったというわけで、クーイヌが処罰される可能性もあるのだが、というか普通に考えるとそれが一番懸念事項かも。

そういう中で、どうやって話を切り出すかということになるのだけれど、フィーとしてはまっすぐに、素直に伝えようという結論になっていた。

結局、それが一番成功率が高いかなとフィーは思うのだ。

少し離れていた中で、フィーもロイ陛下のことを考えていた。それはクーイヌとの結婚の約束のこともあったけど、でもフィー自身が考えたかったことかもしれない。

ロイ陛下のことは恨んでない。もう許してる。

それは嘘ではないけれど、ロイ陛下が尊敬するイオールたいちょーだったり、それで謝られたのが申し訳なくなったり、その場の感情に流されたりしたところもあると思うのだ。

だから離れてる間、フィーはロイについていろいろと考えてた。それからこの国に来たときのことも。

この国に来たときは、歓迎なんてされずに一切何も話さないうちに後宮に放り込まれてしまった。

それについて考えてみると、やっぱりこれについてはロイ陛下が、いやイオールたいちょーが悪い気がする。

フィーは見習い騎士としても、ロイ陛下が女の子に冷たくするのを何度か見てきた。その度に注意してきたし、たいちょーの悪いくせだと思う。

それから料理長が暇を申し出てきて、そこから食糧難になったこと。これについては、今はフィーは自分もちょっと悪かったなって思っている。もっと周りに困ってますってサインを出せばよかったかもしれない。あの門番たちは、今でも信用できる人間に見えないけど、もし困ってるってサインがロイに届いたらきっと助けてくれていただろう。

それはロイという人間を知ってる今なら分かる。

もっと誰かに頼ればいい、それは見習い騎士になって第18騎士隊や宿舎の世話をしてくれる大人たちに囲まれてから学んだことで、あのときのフィーは人生に絶望してて人間不信で、きっとそういう行動はとれなかったと思う。けれど、今のフィーなら答えが分かるのだ。

そんな話をリネットにしたら「いいえ！　百パーセントあの王が悪いです！」と言われた。

それからたいちょーに拾ってもらったときのこと。

嬉しかった、初めて誰かから必要とされて。それから、フィーにとっては夢のような生活がはじまった。この一年とちょっとの間、フィーにとっては人生で一番楽しい時間だったと思う。

イオールたいちょーと、クロウさんと第18騎士隊の人たちと、それからゴルムス、レーミエ、スラッド、ギース、そしてクーイヌに出会えた。

ここで会ったみんながみんな、フィーにとっては大切な存在だ。もし彼らが困っているなら助けてあげたいし、叶えたい願いがあるなら叶えてあげたい。だからフィーはクーイヌのためにがんばる。

そしてそんな国を作ったのは、紛れもなくロイ国王陛下だ。

だから直接話してみようと思う。それはロイとイオール、二人の人物に接したフィーが選んだ答え——信頼だった。

「早馬の報告によるとロイ陛下はあと三日ほどで戻られるそうです」

侍女が嬉しそうに報告する。

本来そういう連絡は正妃が受けるもので、出迎えるのも正妃の仕事だと思うのだけれど、周りからの報告はフィーに来るようになってしまった。それはフィールは本当は結婚してなかったわけだから、そっちにいかないのは分かるけど、なぜ側妃に過ぎない僕のもとへ？　と思う。

しかも、あの宰相のおじさんからは正妃になるつもりはないかと言われてしまった。

（わたしが正妃に……？）

それについてはピンとこないフィーである。

来たときとは打って変わって、フィーは周りから歓迎されるようになってしまった。ちょっと手のひらを返された感じもあるので、むーと思う部分がないわけではない。

でも、あんまり気にしないことにした。みんな誤解しあったりいろいろあるのだ。

フィーも誤解されたし、誤解してた。

それより今はクーイヌのためにがんばらなければいけない。それはもうちょっとぐらい大きな困難があろうと、がんばる覚悟である。

（よーし、がんばるぞー！）

フィーは心の中で腕を上げた。実際、現実でも上がっていた。

「あの……お召し替えができないので、腕をお下げください」

そう言われてフィーはスッと腕を下げた。

＊＊＊

ロイは熱烈な歓迎を受けて王都に戻ってきた。

それを嬉しく思いながらも、その足は王宮へと急《せ》く。理由はフィーと会うためだった。反乱の鎮圧は終わった。黒幕の王への対応も、今回の戦いで手に入れた情報と、叔父からもらった情報があれば十分なはずだ。

トマシュについても意識は戻らないが体はどんどん回復しているという。癒しの力を持つフィール王女のおかげかもしれない。

この件はだいたい方がついたことになる。

問題はロイ自ら巻き込んでしまった少女、フィーの件だ。

帰る間にロイが導き出した答えは、変わらずフィーを幸せにするということだった。何度失敗したとしても諦めず、自分の存在をかけて、それを目標に努力する。王と側妃の関係では失敗したかもしれない、騎士団長と見習い騎士の関係は偽りだった。でも今度は夫と妻として……それは彼女が望んだことではないかもしれないけれど、必ず幸せにする。それがロイの出した結論だった。

それを伝えたくて、足が急いでしまう。

(私の正妃になってほしい。必ず幸せにするから……いや違うな……)

ロイは急ぎ足ながらも、それをフィーに伝える言葉を考えたが、しっくり来る言葉が思い浮かばなかった。これではむしろ国のために正妃になって欲しいという感じがする。幸せにすることが最優先事項なのだ……正妃になってもらうことではない。

しかし、側妃のままにしておくのは、自分が彼女に与えた不遇を放置している感じがする。それもよくない……。

ロイは生まれて初めて女性にかける言葉に悩んでいるかもしれない……。

(君を幸せにする。償いをさせて欲しい……そのためにも側妃の立場を解消することは必要なことで、押し付けるわけではないが……いや説明的すぎる……）

悩みながら、早足のロイは侍従に案内され、フィーが待つ部屋へと着いてしまった。

もう少し考えてから、そう思って足が止まる。

しかし、ロイは首を振って足を踏み出した。

（そうやって彼女をないがしろにしてきたではないか。伝えるんだ、今度こそ幸せにすると。正妃になって欲しいと。それからちゃんと話せばいい）

扉を開けるとフィーがいた。

見習い騎士の少年の姿ではないけれど、ずっと何度も会ってきたドレス姿の少女。

「おかえりなさい！」

ロイの姿を見て、フィーは嬉しそうに微笑んだ。無意識といった感じに。ロイがよく会いに行っていたときも、たまに悩んでる感じで難しい顔をしてるときもあったが、顔を綻ばせた記憶がある。

それがロイには嬉しかった気がする。

「フィー」

ロイが微笑みを返して声をかけると、フィーははっとした顔になって、そこから少し口元に手を当て怖気付いたような仕草をすると、でもそこから自分をふるい立たせる顔をして、最終的には申し訳なさそうに、目をぎゅっとつぶって大きな声で言った。

「すみません、たいちょー！　離婚してください！」

ロイとフィーの逢瀬に気を利かせた侍従たちが用意した部屋なので、外には響かなかったが、部屋の中の者には響いた。

「………そうか、分かった……まかせてくれ」


「あの、ロイ陛下が嫌とかそういうわけじゃないんです」

フィーは勢いで「離婚してください」と言って、ちょっと後悔した。客観的に見て、ろくな婚姻関係ではなかったと思うし（夫婦生活的な意味で）、相手だって自分との婚姻関係なんて望んでなかったと思う。

それでも人に離縁を告げるのは勇気がいることだった。信頼してるなんて言ってたけど、本当はどんな反応をされるか怖かった。仕方なく結婚しただけなのに生意気だ、なんて思われるかもしれない。手続きだって、周りへの説明だってめんどうなはずだ。

けれど、ロイはすぐに了承してくれた。

正直、びっくりした。でも、嬉しかった気がする。離縁できることがではない、まかせてくれと言ってくれたことが。

（やっぱりたいちょーはたいちょーだったんだ……）

自分の見てきた姿が嘘じゃなかったということに……。

それでもさすがにちょっと勢いにまかせすぎたかなと思うし、何より……なんだかロイ陛下を落ち込ませてしまった気がするのだ。

「あのっ、見習い騎士だったとき、クーイヌって子と恋人関係になっていて。あ、たいちょーも会ったことはありましたよね。それで実は半年ぐらい前から付き合ってる状態でして……」

まさかこんな風にお願いすることになるとは思わなかった。結婚した当初は、「放逐してやる」「出て行ってやる」ぐらいで済むはずの関係だったのに……。人の縁は不思議だった。

最初は勢いだけだったけれど、でもフィーもなんだか話してて胸が痛くなってくる感じがした。だからこそ、正直に話さないといけない。

「見習い騎士の間、一緒にいてくれた大切な友達で、わたしのことを真剣に愛してくれてる子で、こうなってから落ち込んでるみたいだから、できればその子とちゃんと結婚してあげたいなって」

フィーはロイに包み隠さず事情をあらためて話した。

全ての事情を聞いたロイは……。

「分かった。そういうことなら、臣下たちの説得も含めて任せてくれ」

フィーの願いを聞いたロイは、それが自分にできる最大の償いだと思った。いやそうではない。

『幸せにする』という胸に抱いた誓いは変わらない。やり方が少し変わっただけだ。

どんな形でも、フィーを幸せにする。彼女の願いを叶えるために、最大限の努力をしようと決心する。少しだけ……胸に一抹の寂しさを感じながら。

フィーもなんだか感情が高ぶって、目からぽろりと一粒涙を流した。

でも、無理な願いも怒らずに聞いて、まかせてくれと言ってくれた。たいちょーにこんなに思われて自分はとても幸せだと思うから、最後は微笑んだ。

「ありがとうございます。たいちょーに、いえロイ陛下に出会えて、この国に来られて良かったです」

＊＊＊

それからフィーとクーイヌの結婚話は急ピッチに進んでいった。

なりゆきとはいえ国王の側妃と、将来有望とはいえいち見習い騎士の結婚。冷静に考えなくても、かなり実現不可能に近いことだったけど、ロイが積極的に働きかけることで、それは進んでいった。

まずロイは戦勝会の演説を利用して、大きな真実を告白した。

フィーについて、自分の偏見からの決めつけで間違った扱いをしてしまったこと。当時広まった噂は、事実無根のものであり自分のせいであること。今までの多くのことを告白し、フィー側妃に対して謝罪を行った。

それからフィーは王妃になりたがっていないこと。それを当然だとロイが考えて、受け入れる方針であることも伝えてしまった。

この演説は事前のブッキングにはないもので、臣下たちを仰天させ、宰相のおじさんを筆頭にその実行には反対の声があがった。その反応は予想できたもので、それでもロイがそれを実行したのは、そうでもしないとフィーとクーイヌの結婚は実現しないと分かっていた。

臣下たちからの反対も予想した通り激しいものであったが、その反対の理由が「今からでも取り消して欲しい」「せめて王妃を降りることだけでも考え直して欲しい……」といった感じに、この機会を逃したら一体いつロイにまともな結婚相手が現れるのか、という点がキーポイントになってたことをロイが気づいていたかは定かではない。

それでもロイは、ある意味わがままとさえ言える態度で、反対意見に対して自分の主張を貫き通し、説得を繰り返した。もともとワンマンではあるが、王として淡々とやるべきことをやっていたときと比べると、自分の意思をいく通りも表現し臣下たちと何度も話し合うその行動は今までのロイの政治とは、真逆のことをやっていたかもしれない。

ロイは説得の期間に、フィーにはクーイヌという恋人がいて、結婚したいと思っていることも周囲に伝えてくれていた。ロイはそれを責める意思はないということも。

意志を曲げないロイに臣下たちも折れ、最後に宰相のおじさんが残った。

フィーを正妃にという人たちの元締めのような存在にいつのまにかなっていた宰相のおじさんだが、甥であるロイの説得とフィーのお願いにより、フィーにある条件を伝えて、ついに折れた。

それから臣下たちと具体的な取り決めがあり、いきなり離婚というのは困ること、貴族の長子と再婚するなら下賜という形が適切なのではという話になってきた。

その形式ではフィーの名誉が回復されないと、ロイは難色を示したが、フィーとしてはあんまりそこには拘ってなかったので二つ返事でオッケーした。

クーイヌなら、どんな感じでも喜んでくれると思ってたし。

そして最後、宰相のおじさんの条件により、フィーは正妃に就任することになった。一時的ではあるけど……。

さまざまな国の事情と臣下の要望、フィーの適当さがおり交ざった結果、フィーとクーイヌの結婚はこんな感じのタイムスケジュールになった。

しばらくは婚姻関係を継続する。ロイ陛下から下賜されるという形で、クーイヌの妻になる。

おまけに下賜されるにはクーイヌの身分がちょっと低いので、クーイヌの家、ドーベル家は子爵から伯爵に格上げされることになった。

ドーベル家の家格アップとフィーが下賜される理由だけど、クーイヌがそもそも将来有望な騎士ということがあり、臣下たち大人の汚さとフィーの手段を選ばない性格の融合で、適当に先の公爵討伐において彼の活躍と恩賞を『捏造』しようと決まった。

そして最後の宰相のおじさんの条件により、クーイヌとの結婚までの間、フィーはこの国の正妃に就任することになってしまった。期間限定とはいえ正妃になった以上、フィールが今までやっていた政務を、フィーがやることになったわけだけど、そこに宰相のおじさんのどんな願いが反映されてたのかは、その条件を出した当人以外は分からなかった。

そしてフィーは正妃の期間中にクーイヌとの結婚準備を進めていき、終わったら国を挙げて二人を祝福する。そういう話に決定したのである。

ここまで「結婚しようか」のやりとり以降、一切クーイヌの意思は確認されていないという問題点を全員がスルーして。

そんなクーイヌの現状をフィーが知ったのは、結婚準備と正妃としての仕事でにわかに忙しくなったとき。そういえばクーイヌはどうしてるのだろうと、王宮メンバーの誰もが彼の現状を把握しておらず、慌てて調べたところ。

「先の戦で負傷してしまったようです」

「負傷!?」

負傷と聞き、フィーも心配そうな顔になる。

「はい、ぼーっとしてるうちに足に荷物を落としてしまったらしくて」

だが、しっかりと負傷した理由も伝わってきていた。

「もう、これから忙しくなるのに」

その報告にフィーは唇を尖らせた。

＊＊＊

足に重い材木をするっと落としてしまったクーイヌは、近くの村で療養して、ようやく王都に帰ってきた。

実に、一ヶ月と三週間ぶりである。

戻ってきて早速、フィーに一目でも会えたらいいなぁなんて、細々とした願望を打ち立てるクーイヌ。

しかし、そんな生易しい状況がクーイヌを待っていることはなかった。

王都に着いてなぜかちらちらと顔を見られることに気づく。

(寝癖でもついてるかな……)

疑問に思ったクーイヌは、ちょっと髪を直した。

好きな子もいて、見た目も気になるお年頃だ。

道にあった水たまりの鏡で髪を整えて、やっと王城の方に向かい始めるけど、やっぱり王都の人々に見られている。

「あれが英雄クーイヌさま……!?」

「先の戦で雷光のように活躍し、ピンチの王を助けた忠義の騎士！」

王都の人たちが何かこちらを見て話してるようだけど、声が小さくていまいち聞こえない。まあ異国の血の入った褐色の肌のせいで、人から見られることには慣れていた。それも最近では少なくなっていたのだけれど。

一体何なんだろうと首をかしげながら、クーイヌは王都の道を歩いて王城に入る。

すると見習い騎士たちに取り囲まれた。

「クーイヌ、ヒースいやフィーと二ヶ月後に結婚するって本当か!?」

「国王から王妃を下賜されることになって、爵位も伯爵になるって！」

「前の戦いでひっそりと活躍して負傷したっていうのは本当なのか!?」

「えっ……えっ……!?」

なにそれ、何一つ覚えがない。

かろうじてフィーとの結婚の約束をしたこと、というより、むしろ結婚したいという要望だけ伝えたことはあった気がするけど、二ヶ月後なんて具体的な話はまったくなかった。

困惑するクーイヌに、彼にとってずっと聞きたいと思ってた声がかかる。

「おかえり～、クーイヌ」

呑気そうな声に振り向くと、そこには見習い騎士の制服ではなくドレス姿のフィーがいた。違うのは格好だけではなく、その周囲にはたくさんの侍女やお付きの人間たちがいる。見習い騎士時代の彼女を知る者なら違和感を覚えつつも、一国の王妃に見えなくもない姿だ。

その姿を目撃して少年たちも驚いた声を出す。

「ひ、ヒース!?　い、いえフィー王妃殿下……」

クーイヌと結婚するまでの間の最後のご奉公として、フィーは王妃の立場に緊急就任していた。対外的には、もともと妃はフィーしかいなかったのだから、もともとフィーが王妃だったのだという強引だけど手早い理由での就任だった。

「みんなもひさしぶり～」

ただフィーの方は、『いつものノリ』で北の宿舎の少年たちに声をかけて手を振る。

しかし、手を振り返せる者などいない。それはそうだ、相手は王妃さまなのだから。

少年たちは思う。

（あれ……この状況ってヒースに最敬礼しなきゃいけないってことか……？）

（なんだかそれはとても納得しがたいものがあるぞ……）

（おかしい……こんなの不条理だ……）

一応、敬称では呼んでみたものの、あのトラブルメーカーのヒースとの間に今や開いてしまった大きな身分差がいまいち納得できない。

それと――

（ちゃんとドレス着てたらかわいいな、くそっ……）

会ってない数ヶ月の間に髪も少しのびて、女の子っぽくなってる。

そこら辺の部分も、フィーの普段の行いのせいで、どちらかというとイラッとする少年たちだった。

そんな少年たちの不条理な思いは置いといて、意外と王妃としてもうまくやってるようだった。

フィーはクーイヌに駆け寄って頰を膨らませる。

「もう、クーイヌがぼーっとして怪我したせいで、大変だったんだからね」

「ご、ごめん……」

久しぶりの再会で怒られて、クーイヌは心の耳を伏せて謝る。

二人のやりとりをフィーの後ろに控えてた侍女たちが興味深げに見守ってる。『まだ私は納得してない……』みたいにちょっと敵意じみた視線をクーイヌに向けてる子もいた。

しかし、二人の空気の中には入れずにいる。

「それからちょっと心配したし」

可愛らしくそう言うフィーに、クーイヌはちょっと頬を染める。

そんなクーイヌの手をフィーは両手で握って引っ張っていく。

「とりあえず、クーイヌも手伝ってよね。王妃の仕事に結婚の準備で僕大忙しなんだから」

そうして帰ってきたばかりのクーイヌはフィーに連れ去られて行った。

しかし、実のところ、納得づくみたいな雰囲気で連れられて行ったクーイヌに、なんら説明はなされてない。連れられて行ったクーイヌは、いきなり国王に謁見させられたり、国の重鎮から品定めするような目で見られたり、重役会議で身に覚えのない戦場での活躍についての台本を渡されたり（フィー制作・宰相監修）、いろいろと精神的に大変な思いをするのだった。

でも、仮にも国王の妃と結婚したいと宣言したのだ。それぐらいの苦労で済んで本当に運が良かったのである。それでフィーと結婚できるのだ。がんばるしかないのだ。


そういうわけで、フィーは王妃として仕事をしながら、クーイヌは見習い騎士として勉強をしながら一緒に結婚の準備。そんな生活が始まった。

まず始めたのが、ウェディングドレス選びだ。

「ねえねえ、これはどうかな？」

真っ白なドレスを試着したフィーが、腕を広げてクーイヌに尋ねる。

ドレス選びには王室御用達の職人が呼ばれ、いくつもの試着品が用意されていた。二人の結婚は国の全面バックアップを受けてる。

臣下たちは半ばヤケクソでフィーたちの結婚式を壮大に挙げると決めていた。これで逆にけち臭い結婚式をしたら、とてもみっともないからである。対外的にこそこそするより、堂々とこれで悪いかという勢いで挙げてやるつもりだった。

そんな周りの事情はともかく。

「か、かわいいよ……」

クーイヌはデレデレした表情でフィーの真っ白なドレス姿を見つめた。

フィーとの結婚を控えて幸せ一杯である。

「ねえさま、本当に素敵です！」

なぜか下見について来たフィールも嬉しそうにはしゃぐ。フィールは今現在も客人としてオーストルに滞在していた。

トマシュ王子の病状もだんだんと快方に向かってるらしい。


ウェディングドレスの下見を終えて、クーイヌは見習い騎士の宿舎に戻ってきた。

宿舎に着くと、見習い騎士の少年たちが恭《うやうや》しく頭を下げて、クーイヌを迎える。

「おかえりなさいませ、英雄さま」

「我ら見習い騎士一同、クーイヌさまのご帰還をお待ちしておりました」

「お荷物をお持ちします。いやいや先の戦争でご活躍された英雄殿にお持たせするのはいけません」

フィーと結婚するために捏造されたクーイヌの活躍話だが、見習い騎士たちにも伝わっている。もちろん、同行していた見習い騎士たちはそれが嘘であると知っていた。

クーイヌもそこらへんの事情を周りに説明していたのだが見習い騎士たちは、性格は大いに問題ありとはいえ外見はそれなりにかわいい女の子と恋人を飛び越えて結婚まで至ったクーイヌに、このまま手打ちにしてなるものかと思ってた。

もちろん、一年近く続いたクーイヌの恋は応援してやりたい。だがしかし、それで単純に祝福したとあっては、未だにガールフレンドも恋人もいない自分たちの心の置き場所がないのだ。

故に、とりあえず応援しながらも全力でからかうしかありえない。

「おいおい、やめてやれよ……」

その場で止めに入るのはゴルムスくらいだった。

一方、クーイヌにとってもこの状況は不本意なものだった。クーイヌはその強さに相反して、どちらかというと世間に擦れてない純朴な少年だったのである。騎士物語に憧れて、いつか自分も同じような活躍を本当にすることを夢見ていた。

そんなクーイヌにとって、捏造英雄談の話をいじられるのは、獣が傷ついた腹を触られるのと一緒だった。

「いよっ、英雄様！　今晩はどのようなご活躍をみせ――えっ？」

結果、クーイヌは近くに寄ってきた少年の腕に、思いっきり犬歯を立てて噛み付いた。

「ぎゃぁあああ、うわあああああああ」

突然噛み付かれた少年はびっくりして悲鳴をあげる。

珍しく怒ったというか、一度も見たことのない形の怒りの反応を見せたクーイヌに、少年たちは恐怖の叫びをあげた。

「ひぃぃいいい！　クーイヌが野生化したぁあああ！」

「待て、俺は主犯じゃない。知らない。あいつがやったんだ！」

「待て、汚いぞお前！『彼女がいない連合』に議題を提出したのはお前だろうが！」

北の宿舎にきてから初めて怒ったクーイヌに、宿舎はパニックに陥った。のちに子犬ハザードと呼ばれる事件である。

その後は、みんなやっかみなしにクーイヌの恋を応援する方針に切り替えた。


そんなこんな、いろんな事件がありながら、今日のクーイヌとフィーは街の宝飾店に指輪を買いに来ていた。

もちろん結婚指輪だ。

本当ならこれも王家のお金で準備してもらうことができたのだけど、クーイヌとしては指輪ぐらいはちゃんと自分のお金で用意したかった。ずっとつけてもらうものだし、結婚の記念になるものだし。

そういうわけでフィーもクーイヌについてお忍びで、街に出てるのである。

いざ来てみると、やっぱり指輪というのは見習い騎士の給料からみると高い。クーイヌの給料もしっかり把握しているフィーは、遠慮しながら言う。

「安いのでいいよ。僕ってあんまりこういうの似合わないし」

そんなことない、可愛いフィーにはちゃんとこういう綺麗な指輪も似合う、そうクーイヌは思う。ここはクーイヌの甲斐性の見せ所である。

「大丈夫……がんばる……」

クーイヌは見習い騎士の給料だけで買うことを諦め、切り札である両親の遺産の紐を解くことにした。クーイヌが幼い頃に亡くなった両親だが、子爵家としてまとまった遺産を残してくれていた。それはクーイヌの将来や領地運営のために使うお金として普段は使わないようにしてたけど、でもこれから家族になる人のためになら使っていい気がする。

(父さん、母さん、ありがとう……)

クーイヌはじっと真剣に居並ぶ宝石たちを見て、フィーの瞳とよく似た青い宝石のペアリングを選ぶ。

「これで、どうかな」

結構お高いやつだった。

ええ、大丈夫なの!? そうフィーは言いかけた。けど、クーイヌの横顔を見て口を閉じた。クーイヌが真剣な表情だったから。

宝石にはあんまり興味がないフィーだったけど、もらった指輪はずっと大切にしようと思った。

店員がクーイヌの選んだ指輪を棚から取り出している間に、フィーは持ってきたお金で買えそうなシンプルなデザインのペアリングを見つける。

「すみません、これもください」

そして店員に頼んだ。

「フィー？」

意図が分からずクーイヌは驚く。

そんなクーイヌにフィーは笑顔で言った。

「婚約指輪。結婚指輪はまだ着けられないし、別のはお互い今は何も着けてないでしょ」

たしかにフィーもクーイヌも、少々特殊な立場にあるけど婚約者で、でもお互いに結婚を約束するようなものは身に着けてなかった。

フィーは自分でも買える指輪を婚約指輪にしようとしたのだ。

「そ、そういえば……！　それなら俺がお金を……」

金銭的な負担はあくまで自分が負いたいとするクーイヌを、フィーは「いいからいいから」と説得する。

結婚指輪の方はあとで使うので大事に箱にしまってもらったが、婚約指輪の方はすぐに出してもらって、片方をクーイヌに手渡す。そしてもう片方を左手の薬指に着けた。

「ほら、クーイヌお揃い」

そんなフィーの指に輝く指輪を見て、クーイヌも慌てて指に着けた。

フィーとクーイヌの二人の手に、同じデザインの指輪が輝く。

「お似合いですよ」

店員も初々しい二人を見て、褒め称える。

クーイヌは大切そうに結婚指輪を持つと、二人は婚約指輪を着けて、お店を出た。

＊＊＊

フィーはオーストルを離れ、小さいけども歴史は古いテミスという国を訪れていた。

歴史はあるが国力はそこまで高くないという特徴は、フィーの故郷デーマンと似ているかもしれない。ただ、怠惰で衰退しきっているデーマンとは違い、このテミスという国は未だ他国への影響力を強く持っていた。

それは当の優秀な国王の外交手腕によるものだろう。

そんなテミスでは三年に一度、大国が集まり会議を行うことになっていた。東の地続きの大陸から民族がやってきて戦争になることもある。それへの対処などを話し合う必要があるし、地域としても戦争を未然に防ぎ、それぞれの国家の安定に貢献するという意味もある。

そんな会議でフィーはロイの横に座っていた。

理由はもちろん王妃だからである。円卓の席では、すでに会議が始まっている。ロイは真剣に議論に参加し、フィーもたまに話を振られるとうまく受け答えをしていた。

そんな二人を、同じ円卓の席に座り、ちらちらとうかがう男がいた。

ルシアナ聖国の国王だ。今回の騒動、フィールとトマシュの事件の黒幕であり、元凶となった人物だ。名前をゲラーシという。

その姿を直接、目に留めて、フィーは情けなさそうな男だとため息を吐いた。

会議中、話を振られても上の空で、ずっとこちらの動向を注視している。その不審さは、他の国の王たちにも気付かれていた。堂々と受け答えしているロイとは大きな差だった。

きっと普段からそこまで思慮深い男ではないのだろう。だからこそ、こんな諍いの種を蒔いたと言える。

しかしその愚かな行動により、多くの人が苦しめられた。フィーの妹だって……。

本来なら一発ひっぱたいてやりたいところだ。

けれど、フィーは澄ました顔で会議に参加し続けた。会議が終わり、何も起こらないと分かると、その男、ゲラーシはあからさまにホッとした顔をしたあと、勝ち誇った表情でこちらを見た。

オーストルで公爵の反乱が起きたことは他国にも伝わっていたし、この会議での議題にも上った。

ロイはほとんど犠牲者もなく鎮圧したことを報告し、国の盤石な体制を宣伝した。

男はこの会議で、その反乱の原因を作ったのが自分だと告発されると思ってたのだろう。

しかし、フィーたちはそれをしなかった。

男の内心を想像すると、告発する証拠を手に入れるのにフィーたちが失敗し自分は助かったと思っていそうだった。もしくは大国の力により相手が争いを避けたと思ったか。

どちらにせよ、勝負に勝った気になったようだった。

それは大きな誤解だった。彼はそれを国に帰った時に思い知ることになる。

彼は会議中、何も告げずに席から去った副官に文句を言ったあと、機嫌良さそうに帰って行った。

＊＊＊

「ははは、ロイめ。さすがにこのルシアナ聖国の正当な王である私を告発する勇気はなかったか。それとも私が関わったという証拠を摑めなかったか……。ふふふ、どちらでもよい。とにかく、私の王座は守られたのだからな」

帰国する馬車の中、ゲラーシはまるで自分が勝利したように笑った。

実際のところ、フィールを殺すという目的は達成できてなかったし、彼の企みは全てロイたちによって破れていた。だが、そんなことどうでもいい、というよりは忘れてしまってるのだ。そもそもフィールやトマシュを陰謀に巻き込んだのも、フラれたことに対する腹いせ程度の気持ちと、自分の王名をより高められる巫女が手に入らなかったという苛立ちからだった。

だから、その罪を暴く追及の手を逃れたと思った瞬間、どうでもよくなってしまったのだ。ただうまく逃げおおせた、そう思った事実だけで、彼は良い気分になっていた。

とても愚かでとても幸せな男だった。

そんな愚かな彼でも、城に着きかけたときに馬車が道をそれたことには気づいた。

「むっ、どうした。馬車が道をそれてるぞ。おい、御者は何をしている！　馬車もまともに操れないというなら牢に入れてしまえ！」

馬車はどんどんと深い森の中に入っていく。ガタガタと大きく揺れだした馬車、ゲラーシは窓にしがみつく。そして馬車は周囲を覆う木以外何もない森の中に止まった。

周囲には護衛の兵士たちの馬車がついていたはずだが、道を急にそれたせいか、馬車は一台っきりだ。

「おい！　どうなっている！」

ゲラーシは一緒に乗っていた副官を振り返り怒鳴り付けようとした。

その瞬間、彼の首に冷たいものが差し込まれた。

「えっ……かはっ……」

それは一本のナイフだった。それを握っていたのは、信頼していた、というよりはそんなことをされるとは微塵も思っていなかった彼の副官だった。

副官が眼鏡の奥から、温度のない瞳で王を見る。

「会議中、オーストルの王から資料を渡されました。あなたがこの一年間にやった悪事や不正を集めた資料をです。かの王は我が国との仲が険悪になることは望まないと言いました。つまり……あなたを切り捨てろということです。すでに早馬により、このことは国の者に伝わり、あなたの弟君がクーデターを起こされ国軍は降伏、平和裏に王権を握りました。あとはあなたが事故で死んでくだされば、国の平和と名誉は守られます」

「な……なんでっ……ザルシ……」

「さようならゲラーシ陛下……。あなたが愚かな王ではあっても、これほどの愚行に手を染めなければ……私はついていくつもりでいましたのに……」

副官の女性の悲しげな声が響き、やがて消え、その馬車の扉が開く事はなかった……。

＊＊＊

「ふわぁあ」

客人が去ったばかりの謁見室でフィーはおおあくびをした。

「フィーさま、はしたないですよ」

「ごめんごめん」

お付きの女官に注意されてフィーは笑いながら謝る。

大国間の会議への出席という大仕事を終えて、オーストルに帰ってきたフィーだけど、ひたすら王妃としての仕事をこなす日々だった。

ロイが重要な仕事や事務的な仕事を取り仕切り、あまり重要ではない挨拶や対外的な行事はフィーがやる。もともとフィールがやっていた仕事だけど、自由に動ける分、案外うまくこなせているフィーだった。

王宮での評判も上々だ。このまま王妃を続けてくれないか、という話まで出てくる始末だ。

ただフィーの周りの人間たちは、フィーとクーイヌの結婚を応援していた。刑罰を受ける危険まで犯して、国王に直訴して結婚したがったのだ。クーイヌのことがよっぽど好きなのだろうと思っている。過去にフィーについて陰口を叩いた負い目もあり、彼女の意思を尊重し、その必死な願いを叶えてあげよう、そう思う者も多かった。

そんな国のヒロインチックな立場に立たされたフィーだけど、本人の様子はというと……。

（18騎士隊の詰所に遊びに行きたいなー）

そんなことを考えていた。

別に行くことを禁止されてるわけではないけれど、王妃という立場はいろいろとめんどうなのだ。どこに出かけるにしても、いろんな人に話を通しておかなければならない。自由に動けないのだ。

「次の仕事は中庭に移動して、ターレス国のメルティー王母陛下とのお茶会です」

「へーい」

女官の言葉にフィーは渋い表情と声で頷いた。メルティー王母夫人とのお茶会といえば、王妃の仕事の中でも二番目につまらない行事だ。話してることの九割は、フィーが顔どころか名前すら知らない男女についての噂話なのだから。

お茶会には呼ばれたことがないし、パーティーでは壁の花だったフィーだけど、実際に呼ばれるようになり、中心として扱われるようになると、それはそれで大変なんだと知ることになった。

それでも、いやいやながらも夫人の茶飲み話に付き合えば、昔は血縁もあり隣国として交流が深かったが、先王の時代から疎遠になっていたターレス国とオーストルとの関係も徐々に改善されているのだから、フィーとしては不思議な感覚だった。

「メルティーさまへの贈り物はこれです。あと今日はメルティーさまから贈られた髪飾りをつけてください。とても喜ばれますよ」

最初は見習い騎士に染まりまくったフィーの反応に戸惑っていた女官や侍女たちも、フィーの渋い顔を受け流して準備をしていく。こう見えて、その場に立てばちゃんとやってくれるのだ。なんだかんだ素直だから。王妃にしては怪しい言動をすることはあるけれど、気難しいと言われているメルティー夫人との関係も悪くない。

もう少し早く、フィーの本当の姿に気づけていたら、もっとずっと王妃でいてもらえただろうか、そんなことをフィーの髪を飾り付けている侍女は思った。そして少しの寂しさを抱きながら、彼女の一途な恋を応援しようと静かに心に決めた。

着替えが終わり、メルティー夫人の待つ庭に移動するフィーは、ふと北の宿舎の近くを通りかかった。

「おーい、今日は街に繰り出そうぜ！　赤紐祭りだ！　行きたい奴は集合しろー！」

懐かしい、見習い騎士の仲間の声が聞こえた。

フィーは立ち止まってしまう。

そちらの方角へ思わず駆け出しそうになったのだ。戻ることは無理だって言われて、それはフィーも分かっていて諦めるって決めた……。けれど、やっぱり戻れないかな、そう思う時がある。

そんなフィーの視線の先で、少年たちが楽しげに集まりだす。

「クーイヌ！　お前も行こうぜ！」

そこにクーイヌもいた。

「い、いやでも俺は……」

「三十連覇中の赤紐キングを捕まえるにはお前が来るしかないんだ！　頼む！」

「ああ、やれるのはお前だけだ！　俺たちの力を託すから！」

「わ、分かった……」

見習い騎士の少年たちに連れられて、一緒に遊びに出かけるようだった。

そちらをじっと見ていたフィーの視線の先にクーイヌがいるのは侍女たちにも見て取れた。侍女たちはフィーに微笑んで話しかけようとする。好きな人の姿を見られるのは嬉しいものだと。

「え、フィーさまっ!?」

しかし目撃したのは、頬を膨らませ何かに憤るフィーの姿だった。

侍女たちは驚きの声をあげる。

フィーはクーイヌの姿を見て思ったのだ。

よく考えたらずるくない……？　と。クーイヌのために、結婚の約束に王妃の仕事にとがんばってきた。それは全部、純粋にクーイヌを大切に思うからだった。

でもよく考えたら、得をしてるのはクーイヌだけではないか……。クーイヌのために、そう思って行動してる時はそれで良かったけど、ちょっと落ち着いて俯瞰して見てみたら、やっぱりずるい。

僕は何も得してない！

「む～～」

フィーは頬を膨らませ唸り声をあげながら、なにかを考え始めた。

その姿は、出会ってまだ一ヶ月ちょっとしか経ってない侍女たちには理解できず、話しかけることすらできなかった。

＊＊＊

突然、フィーと会えなくなってしまった。

国王公認で王妃さまと結婚するというなんかすんごい立場になり、いろんな人の注目の的になってしまったクーイヌだが、日々を地道に過ごしてきた。

これからフィーと二人の生活を支えていかなければならないのだ。立派な騎士にならなければならない。そんな思いで訓練をがんばり、フィーとの結婚の準備も真剣に一つ一つこなしていき、ひとまずの落ち着きを見せていた。

フィーとの結婚準備の間にあったロイ陛下との面会。

フィーと結婚するにあたって、いち見習い騎士程度では会うことができないその人に会うことになってしまったのだけど、クーイヌにとっては騎士として支える人であり、その剣の腕を尊敬する人であり、それらと同時に見方次第では恋敵とも言えるような関係になってしまった複雑な相手だった。

そんないろんな意味で緊張する対面だったけど、ロイ陛下はあくまで穏やかな表情でクーイヌの前に立ち、

「あの子には私のせいでいろいろと辛い思いをさせてしまった。私が言えた立場ではないかもしれないが、幸せにしてやってくれ」

そう言われた。

その態度は本気でフィーに対する扱いを後悔しているようで、彼女への思いやりみたいなものが感じられた。

きっと何か誤解やすれ違いがあったのだと思う。それは単純なことかもしれないし、複雑なことかもしれないけれど。もしかしたらロイ陛下とフィーがうまくいっていて、自分とは会いもしなかった未来もあったのかもしれない。

だからこそ、今のこの時間をクーイヌは大切にしようと思った。

ロイの後悔と思いやりに、真剣に「はい」と頷いた。

そんな覚悟を決めたクーイヌだけど、フィーと会えなくなってしまったのだ。

相手が王妃という立場上、あちらから訪れたり、呼び出してもらったりがほとんどだったけど、それがまったくなくなってしまった。結婚の準備をしているという話だけ人づてに聞いてたけど、思いつく限りの準備は終わっていたし、クーイヌも誘われないとおかしい気がする。

フィーとの結婚まであと三週間を切り、どんどん日にちは過ぎていく。

なのにぱったりとフィーと会う機会はなくなってしまった。

もしかして自分との結婚を選んだことを後悔してるのかも、そんな考えが浮かんでくる。自分は相変わらずまだ騎士にすらなれない見習いだし、フィーは今や王妃として国民の支持を受けている上に、陛下との関係も悪くない。結婚を取りやめたくなったとしてもおかしくない話だった。

だいたいロイ陛下にしたって、立派な人だし、顔だってかっこいい、身長も高い、地位を除いて一個人として比べたって、自分が勝てる要素は思いつかない。

どんどんと不安になってきた。

「マリッジブルーなんじゃないか」

「いや、でもあいつがマリッジブルーなんて玉か？」

目に見えて落ち込むクーイヌは、傍から見てもその内心はばればれで、少年たちもフィーが会いに来ない理由を分析してみるが、答えには行きつかなかった。

フィーに会えないまま二週間が過ぎて、二人の結婚まで残り一週間となった。

フィーが王妃の立場を降りて、クーイヌの家に下賜される形で嫁入りする、そのための準備は着々と進んでいた。

妙な話だが、クーイヌがフィーに会えないこと以外は、特に何かあるわけではなかった。二人の結婚の準備をしてくれている人たちにも、特にトラブルが起きた様子もない。

フィーとクーイヌの結婚の話は、客観的に見ると順調に進んでるのだった。

ただクーイヌだけがフィーと会えてない。

今日は結婚式の衣装合わせの日だった。クーイヌにも侍女たちがついて、衣装の準備を手伝ってくれる。式典レベルの結婚式だ、クーイヌの側にもそれなりの準備が必要だった。

着替えの手伝いはさすがに断ったけど、ジャケットをシワなく着られるように手伝ってもらったり、当日はどのアクセサリーをつけるか試されたり、初めてだけど薄く化粧もされることになった。

「クーイヌさまのために、南東の国から取り寄せたんですよ」

「は、はあ……」

侍女たちはなんだか楽しそうにしながら、クーイヌの肌の色によく合うパウダーを顔に塗ってくれる。

普段はフィーの世話係をしている侍女たちらしく、やたらとクーイヌの話にも詳しく、親戚の集まりに呼ばれ、微妙な距離感の人たちに自分の詳しい話をされてるような、そんな気分のクーイヌだった。

「殿方にとって結婚は複雑なものと聞きますが、浮気などは決してなさってはダメですよ」

「それは絶対にしません……」

むしろ今その不安を抱えてるのはクーイヌの方だった。

フィーが浮気をするような子じゃないとは知ってる、というかそういう状況になったらたぶん真正面からフラれるはずだ、けれどじゃあなぜ連絡が取れないのか。なぜ周りは問題などまったくなさそうに振る舞ってるのか、そして一番悩ましいのがフィーの気持ち。

クーイヌはそのことについて毎日、頭を悩ますのだった。

それからまた日にちが経ち、ついに結婚式の前日になってしまった。

結婚の準備をしている、フィーが伝えてくる情報はそればかり。でも前日まで一体なんの準備をしているのか。しかもクーイヌ抜きで。

見習い騎士の訓練をサボらずこなし、ちょっとへこんだ気持ちで自分の部屋にもどってくる。

(フィーの気持ちが分からないよ……)

そんなしょんぼりしたクーイヌの目に、部屋の扉に挟まった手紙が飛び込んできた。

『クーイヌへ』と書かれた筆跡にクーイヌは見覚えがあった。

(フィーの字だ!)

クーイヌは慌てて、手紙を開封する。


毎日を楽しく過ごす将来有望な見習い騎士、クーイヌ＝ドーベル。

貴殿に我は決闘を申し込む。

今夜、指定の場所に来られたし。

ヒースより

結婚の準備をしていると聞かされていたのに、決闘の準備をされていた。

(フィーの気持ちが分からない……ほんとに……)

こんなもの分かるはずがない。

第33章　みんな全てを摑めたわけじゃないけれど

夜、クーイヌは指定の場所にやってきた。

そこは王宮にある、今はもう使われてない石造りの廃墟だ。取り壊そうという話もあるが、歴史的価値があるということで、未だ取り壊されずにいる。王国としてそれなりの歴史を持つオーストルには、そんな建物もある。

あたりは静寂に包まれていて、人の気配はない。

「フィー？」

クーイヌが呼びかけると、返事のようにビュンッと、空気を切り裂く音とともに、なにかが飛んできた。

それは矢だった。

訓練用の物で先端は丸めた布で覆われているけど、それでも当たればかなり痛いはずだった。呆然としていると、廃墟の方から声がしてくる。

「クーイヌ＝ドーベル！　いざわたしと尋常に勝負しろ！　僕が勝ったら、お前の見習い騎士の身分を渡してもらう！」

それはフィーの声だった。

「ええっ……」

それは無理な話だった。だって、フィーが勝ったからって、クーイヌが譲ったからって、フィーが見習い騎士に戻れるわけがない。

声が聞こえた後、再び矢が、ビュンッ、ビュンッ、ビュンッと立て続けに降り注いでくる。

「わわっ……」

クーイヌは慌てて、木の陰に避難する。

「なんでこんなことするんだよ、フィー！」

クーイヌは廃墟の中にいるフィーに抗議する。

「決闘中ー！」

すると、怒ったようなフィーの声が返ってくる。

クーイヌは木の陰から困った顔を出して、姿を見せないフィーに言う。

「危ないよ、やめようよ！」

「やめません！　我が砦の上までたどり着き、わたしを倒してみるがいい！」

「明日は結婚式だよ!?」

「結婚したければわたしを倒してみるがいい！」

問答無用だった。

ガチャンとレバーを引くような音がすると、クーイヌが避難していた木の上から木の槍が降ってくる。

クーイヌは飛びすさって避《よ》ける。

そんなクーイヌの足元に、からんからんっと訓練でよく使ってる木剣が転がってきた。

どうやらクーイヌ用の武器らしい。

クーイヌは木剣を握りながら、廃墟、フィー曰く、フィーの砦を見上げる。

よく分からないけど、フィーに会いたければ登っていくしかないらしい。

クーイヌが廃墟のもう扉もない入り口に足を踏み入れると、急に地面が沈んだ。

落とし穴だ。

クーイヌは慌てながらも、超人的な身体能力で落とし穴の壁を蹴って脱出する。すると、上階から矢が降り注いでくる。

剣を持ったクーイヌはそれを叩き落とした。

中に入ってみると、内部の階段は石で塞がれていた。

でも廃墟の外側に一旦出ると、そこから上に上る階段だけは塞がれていない。

クーイヌはその階段に足をかける。すると横の壁から木の槍が突き出てくる。後ろにさがると、がちゃんと音がして足に鉄の輪がはまっていた。輪から伸びた鎖の先には重りがついている。鍵がついていて、簡単に外せそうな構造ではない。

クーイヌの武器である機動力が、これで制限されてしまった。

フィーの声が聞こえる。

「この二週間、このときのために準備してきたんだよ。僕が相手だからって舐めてると、怪我をするよ！」

右足の機動力を奪われたクーイヌは、慎重に階段を上っていく。

なんでこうなったのか分からない。でも、とにかくフィーに会わないと。

廃屋の上階にいるフィーに会わなければならない。

右足に重りをつけられてしまったが、今上っている階段は、フィーのいると思《おぼ》しき場所からは射線が切れていることが確認できた。矢での追撃はないから、罠だけに注意すればいいと、クーイヌが安心して上っていると、ヒュンヒュンとあまり聞いたことのない風を切る音が聞こえてくる。くの字型をした木製の武器、クーイヌは知らないがそれはブーメランと呼ばれる武器だった。

それは独特の軌跡を描き、カーブしながら階段を上るクーイヌに襲いかかってくる。

クーイヌは右足を引きずりながら、慌てて避けた。

剣しか扱えないクーイヌと違って、見習い騎士の頃のフィーはいろんな武器を使っていた。騎士隊の先輩に教わっていると言って。

それは体格や力に劣るフィーが、周りに追いつくためにやっていた努力だとクーイヌは聞いていた。フィーは本気なのだ。

（やるしかない……）

クーイヌは邪魔な鎖を足に巻きつけて、素早く階段を駆け上る。

重りがあってもクーイヌの機動力を完全に奪うことは不可能だった。

フィーが投げてくるブーメランを避け、再び降り注ぐ矢を弾き、仕掛けられた罠を回避して、クーイヌは階段を上っていく。

そして最上階にたどり着いた。

「………っ!?」

そこは侵入者を阻む柵と罠が張り巡らされたフィーの要塞になっていた。

そしてその罠の向こうに、特製の長槍を装備したフィーが立っている。

「なんでこんなことを……」

月の影のせいで表情の見えないフィーに尋ねると、答えが返ってきた。

「だってクーイヌはずるい……」

「ずるい……?」

何かずるいことをしただろうか……。身に覚えがない。フィーと一緒になるために、騎士としての訓練も、結婚式の準備もがんばってきたつもりだった。

答えの代わりに返ってきたのは、長槍での攻撃だった。

にわか仕込みとは思えない、精確な突きの一撃がクーイヌを襲う。

クーイヌはそれを避けて距離を詰めようとする。しかし、罠と柵に阻まれてできない。一方的に、槍の射程にとどまらざるを得ず、攻撃を受けるしかない。

クーイヌはフィーの攻撃を避けながら尋ねる。

「なんで攻撃してくるのか教えて欲しい！　悪かったところがあるなら謝るから！」

そう言ったクーイヌに返ってきたのは、怒ったような声だった。

「僕は決闘を挑んでるんだよ！　喋ってる暇あるの!?　それとも僕なんか喋りながら簡単に倒せるっていうの!?」

その言葉は、怒ってるようで、どこか泣きそうになってるように聞こえた。

クーイヌはその声に駆け寄りたくなった。でも罠と柵と、槍が邪魔して近づくことはできない。

（決闘……）

それはフィーと初めて会ったとき、自分が挑んだものでもあった。

まあ、そのときは受けてもらえなかったのだけれど……。

それでもクーイヌは覚悟を決める。

フィーの槍の突きをクーイヌは避けて、足についた重りもほとんど影響がないように加速する。

柵のない場所は、罠だらけで足の踏み場がなかった。

でも、クーイヌは柵の上に乗って、野生動物じみたバランス感覚でその上を走り、ジャンプして罠のある場所を飛び越える。

すると、紐に重りのついた武器が飛んできた。

ボウラと呼ばれる武器で、巻きついて相手を拘束するのだ。これもフィーが使ってるのを見たことがある。

クーイヌは剣でそれを受けるけど、ボウラは剣に巻きついていく。

クーイヌが着地するタイミングに合わせて、フィーの槍が襲ってくる。木剣で受け止めようとするけど、さきほどのボウラが重しになってうまく操れない。

槍の一撃は当たるかと思われたが、クーイヌは空中で体勢を変えて、着地するタイミングをずらしてしまった。槍が空振りする。そのすきにクーイヌは着地して、剣に絡みついた紐を外した。

ついにフィーと正面から対峙する。

まだ戦いは終わってなかった。

フィーは武器をいつも使ってる木剣に持ち替える。そして正面から斬りかかってきた。

「クーイヌはずるい！」

同じ見習い騎士として過ごして、何度も二人は対峙してきた。だから見慣れた剣の軌跡をクーイヌは避ける。

「才能があって！　実力もあって！　みんなから期待されていて！　結婚したあとだって、僕のことを置いて、立派な騎士になっていくんでしょっ！」

フィーが叫びながら放つ一撃を、クーイヌは避けていく。

それはいつもの戦いと変わらなかった。

クーイヌとフィーの試合はいつもこうだった。フィーが一方的にがんばって攻撃するけど、クーイヌはあっさりと避けていく。

そしてクーイヌはフィーを攻撃したりはせず逃げに徹して、よくフィーを怒らせていた。

剣だけの勝負では実力が開きすぎて相手にならなかった。

だから罠を混ぜて、フィーの持つ全ての力で挑んだ。それでも、こうやって全て突破されてしまった。

フィーとクーイヌは一緒に過ごしてきた。

だから知ってる。クーイヌだって努力してないわけじゃない。でも、それは普通に周りと同じぐらい努力しているだけで、決して一番に努力しているわけではない。

そしてフィーだって努力していた。体力じゃ敵わないから、工夫して、工夫しても足りない部分は努力して補って。

それでも埋まらなかった差がここにあった。歴然とした差が。

クーイヌが強い理由。それは圧倒的な才能から来るものだ。

クーイヌはクーイヌであるだけで、ただそれだけで強い。フィーよりも、フィーでは相手にならないほど。

「僕だって努力してきたのに！　この一年間、がんばってきたのに！」

月のあかりに、初めてフィーの表情が浮かぶ。

その目には涙が浮かんでいた。

「でも、もう騎士になることもできないし！　みんなとだって一緒に過ごせないし！」

そのときになって、ようやくクーイヌは気づいた。

結婚して、二人でこれから人生を歩んでいくけど、今までどおり見習い騎士の道を歩んでいけるのはクーイヌだけだと。

フィーの人生は、そこから離れてしまった。

騎士になるためにがんばってきたのに、それはクーイヌがずっと隣で見ていたものなのに、フィーの見習い騎士としてがんばってきた一年間は無駄になってしまったのだ。

なんて声をかければいいんだろう。

慰めの言葉をかけようとして口を開いて、クーイヌはハッと気づいてその口を閉じた。

きっとそれはフィーにとってなんの救いにもならない。

代わりに、クーイヌは握った剣に力を込める。

そしてフィーの剣を弾き返す。

クーイヌの本気の一撃で、フィーの剣は弾き飛ばされる。夜の空に木剣がくるくると舞う。

別の武器を取ろうとするフィに、クーイヌは間合いを詰めて小手を放つ。本気を込めた一撃に、フィーは拾った武器を取り落とした……。

痛みに目に涙を浮かべながら、フィーは左手で武器を取ろうかなと逡巡する。

でも本気になったクーイヌを見て、諦めたようにため息をついた。

たぶん、こうなってしまったらフィーがどうしようが勝てない。それは戦う前から分かっていたのだ。それでも初めてクーイヌに、自分を攻撃させたのだ、悪くない結果ではないか……。これが……最後になってしまったけど……。

「最後も負けちゃったね……」

そう呟いたフィーを、クーイヌはぎゅっと抱きしめた。

そしてフィーに一生懸命な声で言う。

「フィーのこと幸せにするからっ！　騎士にはなれなくなったけれど、それでも後悔しないぐらいに絶対に幸せにするっ！　俺が！　置いていったりなんか絶対しない！　だからっ……！」

フィーはクーイヌから本気の一撃をもらった右手を見つめて、少し微笑んで、

「うんっ……」

頷く。

それから――。

「幸せにしてね、旦那さま」

月夜の下で、クーイヌにキスをした。


次の日、フィーとクーイヌの結婚式が行われた。

王国の支援もあって、まるで王と王妃の結婚式のようで、国王陛下がわずか数ヶ月の間に二度も身近な女性から離れられるという羽目になった臣下たちのやけくそっぷりがうかがえた。

まあ、そんな臣下たちの内心はともかく、見習い騎士や第18騎士隊のみんな、フィーの知り合い、クーイヌの親戚なども参列して、なかなか良い式にも見える。

白いウェディングドレスを着たフィーは、試着を繰り返しただけあってなかなかに可愛かった。

クーイヌも緊張してるのはバレバレだけど、それなりに様になっていた。

「素敵です、おねえさま！」

「私はまだ認めてないんですけどね……」

素直に感動するフィールと、拗ねたような顔をする往生際の悪いリネットもその参列席にいた。

たくさんの歓声の中、フィーとクーイヌが指輪の交換をする。

その右手首には包帯が巻かれていた。

それを見たクーイヌがちょっと気まずそうな顔をして、フィーがそれを見てくすりと笑う。

クーイヌは緊張した手つきでフィーの左手を取り、そのくすり指に結婚指輪をはめた。

「それでは誓いのキスを」

みんなの前で、二人の顔がもう一度重なる。

ひときわ大きな歓声が響いた。


フィーとクーイヌの結婚式が終わり、その後のパーティーも楽しく行われ、王城には静寂が戻ってきていた。

宰相のゾォルスは相変わらず仕事をしている。

そんなゾォルスの執務室の扉を叩く音がした。

「誰だね」

「伯父上、私です」

扉の向こうから聞こえて来たのはロイの声だった。ゾォルスは驚く。

扉を開けて、ロイが入ってくる。その手には、お酒の瓶が握られていた。

「たまには二人で飲みませんか」

そう言われて、ゾォルスは反射的に断ろうとした。

臣下として、王の個人的な酒に付き合うなどあまり良いことではないからだ。

ただ、ふと、自分でも思うことがあって言葉を止めてしまった。

するとその沈黙をロイは了承だと思ったのか、テーブルに酒とコップを置くと、椅子を持ってきて、ゾォルスの反対側に座った。

ゾォルスは少しため息を吐いたが、それでも書類を片付けた。

「私が注《つ》ぎましょう」

「いえ、私がやります」

ゾォルスはそう言ったが、ロイは断って、ゾォルスの分も酒を注いでしまう。

「素晴らしい結婚式でしたね」

そう言ってグラスを鳴らすと、ゾォルスはちょっと恨めしそうな表情で愚痴を言う。

「私はあの子にこの国の王妃でいて欲しかったんですがな」

「はは、伯父上が一番最後まで反対されていましたね」

臣下たちにはフィーへの措置を反対されたが、一番強硬だったのがゾォルスだった。

それもロイが説得しフィーからもお願いして折れたのだけど。

二人は伯父と甥だったが、こうして酒を飲むのははじめてだった。

ゆっくりコップから酒を口に運びながら、二人の会話が止まる。

するとゾォルスが呟いた。

「なぜ公爵の犯罪の情報を知っていたのか聞かないのですか？」

それは今回の事件の核心に迫る話だった。

「今後の国のためにも、裏切り者は処罰せねばなりますまい」

ゾォルスはあの情報を渡した時、とっくに覚悟をすませていた。

そのことを暗にロイに伝える。

しかし、ロイは酒をまた一口飲むと言った。

「私は伯父上が味方であってくれれば、それでいいと思っています」

ロイもゾォルスの意図を分かった上で、気持ちを伝える。

考えてみれば、臣下と王という立場を意識しすぎて、こういう風に率直な気持ちを伝えたことがなかった気がする。

そしてそれはどちらかというと、ゾォルスの方から作った壁だった。

ゾォルスはロイの答えに沈黙する。

そんなゾォルスにロイは、まったく別の話を切り出した。

「実を言うと後悔しています。自分にとってこれ以上ない女性を逃してしまった気がして」

その言葉にゾォルスは少しあっけに取られた後、その意味を理解するとくしゃっと破顔した。

「ええ、そうです。そうでしょう。あの子は何者にも代え難い存在です」

ロイには見せたことのないしたり顔で頷くと言った。

「私はいつもあなたに言っていたではないですか。女性には優しくしなさいと。普段から女性に優しくしないからそういうことになるのです」

「ええ、伯父上の言う通りでした。おかげで滅多に会えない素晴らしい女性との結婚のチャンスを逃して、この通り酒を呷る有様です」

　ロイも微笑みながら頷く。

「これからは女性に優しくすることです」

「肝に銘じておきます」

　ゾォルスの忠告に、ロイは頷く。

「伯父上が注意してくれないと、このように未熟な甥です。これからもご指導をお願いします」

　ゾォルスは笑った。

　それは臣下が王に向ける笑みではなく、ロイという家族に向けた笑みだった。

「仕方ありません。この老骨ももう少しがんばりましょう」

第34章　えぴろーぐ

「それじゃあ、いってきます～」

「あ、ちゃんと旅費は持ちましたか？　おしめは？　タオルは――」

「大丈夫だよ。ちゃんと持ってるから。リネットは心配性だねぇ」

ドーベル伯爵領にある邸宅から、少女二人の会話が聞こえる。

「お弁当を作ったのでお持ちください、奥さま」

「ありがとう、ビッフェ。楽しみ」

そんなやりとりの声がしたあと、邸宅の扉から、一人の少女が飛び出してくる。

いや、もう少女という年齢ではないかもしれない。一応、十八歳になったはずだから。でも、外見は二年前とあんまり変わってなかった。身長もあんまり伸びてないし、童顔だし、十六歳といってもまだ違和感はないだろう。

一番に変わったところといえば――。

「今日もいい天気だね、クーリオ。もうすぐパパに会えるよ～」

その腕の中には、生後六ヶ月ぐらいの赤ちゃんがいた。

「奥さま、馬車へどうぞ」

赤ちゃんを抱えた少女は、使用人の用意してくれた馬車に乗り込む。

「王都までお願い」

「はい、かしこまりました」

邸宅の前から馬車が動き出す。

少女は腕の中の赤ちゃんをつんつんしながら話しかける。

「揺れるけど大丈夫かな～？」

「まー」

赤ちゃんは元気そうに、声を出した。


オーストルの王都ウィーネは平穏だった。

ザルネイード公爵が倒れたことにより、犯罪組織の活動も大きく減った。

そりゃたまには悪い人間が現れるけど、騎士たちが取り締まってくれる。

馬車から降りた少女は、王都の街並みを見上げて呟く。

「うわぁ、懐かしい」

馬車をここまで運んでくれた御者にお礼を言い、王都の道を店を見回しながら歩きはじめる。

「この店でママもお買い物したんだよ。パパは騙されて辛いお菓子を食べさせられて飛び上がってたかな」

楽しそうに歩く少女の顔をちらっと見た青年が驚いた顔をして、となりの女性に話しかける。

「あれって王妃さまじゃなかった？　あ、もう王妃さまではないのか、でも」

「ええ、本当……!?」

それを聞いて、少女は慌てて帽子を被る。

「ちょっとはしゃぎすぎちゃったかも」

「まーまー」

「うんうん、はやくお城に行こうねー」

王都見学を諦めて、少女は小走りに移動しはじめる。

＊＊＊

その日、ゴルムスは剣の稽古をしていた。今日は訓練はないので自主練だ。

剣を力強く振ると、空気を割いてブンブンっと鳴る。

「相変わらずすごいパワーだね。筋トレってまだ続けてるの？」

そんなゴルムスの背中から、女の子の声がかかった。

「んっ？」

なんだか聞き覚えのある声のような気がして、ゴルムスは振り返り、そして驚く。

白いワンピースを着て赤ちゃんを腕に抱いた、金色の髪の少女がそこにいた。

髪がのびて女の子らしくなっていたけど、すぐに分かる。フィーだった。

「げっ、おまえなんでこんなとこに」

「なんか酷い言い方だなぁ。せっかく、一年ぶりに親友が訪ねて来てあげたのに」

まあ確かに友達ではあるが、しかしなんというか、相手の立場が複雑すぎて、どういう位置に置いたらいいか困る存在であることも確かだった。

しかし、そんな存在は呑気な顔をして、腕の中の赤ちゃんの腕を抱えると、見せびらかすようにゴルムスに見せつける。

「ほらほら、赤ちゃんだよ。クーリオっていうんだ。可愛いでしょ」

そのドヤ顔は、以前とちっとも変わってなかった。

ゴルムスが冷や汗を浮かべながら言う。

「こらこら、見世物みたいに見せるんじゃねぇ」

「大丈夫、もう首すわってるし」

そういう問題ではない。

「抱いてみる?」

「いや、いい……」

単純に自分が触ると壊れてしまいそうで、ゴルムスとしては赤ちゃんを抱きにくかった。

ただその胸中はまた複雑だった。

突然、側妃だったって情報が流れていなくなって、それからは王妃として活動してたから会う時間もなく、クーイヌと結婚したときも参列者として見ただけで、そこからは領地の方に戻って、それから妊娠したって聞いていた。なので会うのは本当に久しぶりだった。

そして複雑な思いを抱えながらも、また会えて嬉しい気持ちがゴルムスにもあった。ドヤ顔されてムカつきそうだから伝えないけど。

ゴルムスは頭を掻きながら言う。

「その、元気だったか……」

懐かしさと複雑な思いがこもった言葉。

それを察したのかフィーも少し寂しそうに微笑む。

こうして笑って話してるけど、見習い騎士のころみたいに一緒に遊ぶなんてことはもうできはしない。

子供をちゃんと抱きかかえて、それから頷く。

「うん……」

フィーの表情もやっぱり寂しそうだった。

しかしそれも一瞬で、元気にフィーは語る。

「妊娠した時はやっぱり大変だったし、苦しい思いもしたし、産まれたあとも夜泣きとかする子だったから大変だったけど、リネットが手伝ってくれたし、今はほらこんなに可愛くていい子だよ」

また子供を見せつけてドヤ顔をした。

その表情にゴルムスは冷や汗を垂らしながら言う。

「お前に似ないといいな」

「ええー、どういう意味だよー」

赤ちゃんを抱えながら、空白の時間を埋めるように二人はいろんなことを話した。

「今日来たってことは、あれには参加するのか」

「うん、本当は卒業者として参加したかったんだけどなー」

「無茶言うな……」

「ふふっ」

ゴルムスの答えにフィーは微笑むと、それじゃあと手を振る。

「ほかのみんなにも赤ちゃん見せてくるから、じゃあね」

「乱暴に扱うんじゃねーぞ」

「大丈夫、ほらこの通り」

何がこの通りだ、とゴルムスは言いたかったが、フィーは元気に去って行った。


「これが赤ちゃん……」

「ち、小さいな」

「すごいな……」

あんまり人のいない北の宿舎。

フィーの前で、スラッドとレーミエ、ギースが緊張した表情で、まじまじと赤ちゃんを見る。

「抱いてみる？」

フィーの言葉に、レーミエが嬉しそうに言う。

「いいの？」

「うん、こういう風に抱いてね」

フィーはお手本を示すように抱いてみせると、レーミエに赤ちゃんを手渡した。

「わ、わぁ……」

緊張した表情でレーミエは受け取ったけど、抱き方はとてもうまかった。

クーリオは知らない人に抱かれても、まん丸な目で相手の顔を見ている。

「かわいい……」

その愛らしさにレーミエが頰を染めて呟く。

「俺も！　俺にも抱かせてくれ！」

「うん、いいよ」

次に抱く役を立候補するスラッドに、フィーは微笑んで頷いた。

「落とすなよ……」

ギースがスラッドに警告する。

「だ、大丈夫だ。俺だってちゃんとやれる」

口調は勇ましかったが、クーリオを受け取るスラッドの手は震えていた。

でも慎重に、クーリオを抱き上げる。

「おお……」

腕の中におさまった小さな温もりに、スラッドは信じられないという表情で赤ちゃんの顔を見つめた。

それから笑った。

「なんかクーイヌに似てるな」

「うん、女の子なんだけどね」

クーリオはどちらかと言うとクーイヌ似だった。

褐色の肌に、白い髪。

「でも目はヒースに似てるよね」

瞳は青くてたしかにフィー譲りかもしれない。

赤ちゃんをまじまじとみつめる三人に微笑んで、フィーはギースにも尋ねた。

「ギースも抱いてみる?」

「やってみる……」

少し迷った表情をしたが、ギースも頷いた。


次にフィーがやってきたのは、第18騎士隊の詰所だった。

中にいたのは、コンラッドさん、オールブルさん、パルウィックさん、ガルージさん。

「あら、久しぶりね」

「えへへ」

赤ちゃんを連れてきたフィーを、みんな驚きながらも優しく迎えてくれる。

コンラッドさんが昔みたいにお茶を淹れてくれた。

「まさかあのやんちゃ坊主が子供まで産むとはな。時間が流れるのは早いもんだ」

よくいたずらに協力してくれたガルージは感慨深げにフィーに言う。

「といっても会えなかったのも一年とちょっとぐらいですよ」

「それもそうか」

パルウィックさんは相変わらず無口で、でもちゃんとお茶の席についてくれた。

オールブルさんはボードに『赤ちゃんかわいい』と書いてくれる。

フィーはしばらく第18騎士隊の人たちと懐かしい時間を過ごした。

それからここにいないメンバーについて聞く。

「クロウさんは？」

カインさんはたぶん諜報活動でいろいろ忙しいだろうし、会えないだろうと思っていたので、聞いたのはクロウさんだけ。

「ああ、あいつなら今頃、あれの準備をしてるんじゃないか」

「そうですか」

「会いに行ってやったらどうだ。驚くと思うぜ」

それにフィーもくすりと笑う。

「そのつもりです」


会場の設営を担当していたクロウに背中から声がかかる。

「クロウさん～」

女の子の声。振り返って驚いた。

懐かしい少女がいたからだ。

「ヒース、いやフィー!?」

しかもその腕の中には赤ん坊がいた。

「お久しぶりです。クロウさん。ほら、クーリオもクロウさんにご挨拶。ママの先輩だった人だよー」

クーリオはクロウを見て「まー」と声を出す。

そんな赤ちゃんを見て、クロウは驚いた表情で言う。

「お前の子供なのか、その子……」

「そうですよ～。誰かから聞いてませんでした？」

正直言うと、聞いてなかった。実家の手伝いを命じられここ一年はあまり王都にいなかったせいだろうか。

結婚したのはもちろん知っていることだったが、赤ちゃんまで生まれていたとは、その時間の流れの早さに驚く。

いや、そこまで早くはないはずだ。

まだ二年も経っていない。どちらかと言うとフィーとクーイヌの間に赤ちゃんが生まれたのが早いのだ。

しかし、それでも見知った相手に赤ちゃんがいるのは衝撃である。

特にクロウのようなタイプにとっては。

その衝撃を見抜いたように、悪い顔をしてフィーが言う。

「クロウさんの方はどうなんですか？　もう結婚の約束をした相手とかはいないんですか？」

騎士隊一のプレイボーイに、結婚の話で責めたてる。

モテる人間も、結婚に縁があるとは限らない。

「いや、まあ俺も、いずれはな……」

「そんなにのんびりしてると婚期を逃しちゃいますよ。遊んでばっかりいないで、そろそろ身を落ち着けたらどうですか？　後輩に抜かされるなんて、騎士の名折れですよ～」

からかうようにフィーは赤ちゃんをほらほらと見せて、ドヤ顔で笑う。

実際のところ、フィーが結婚して以来、クロウはそれほど遊んでいるわけではなかった。

しかし、遊び人の前科があるせいか、結婚と言う話にはまったく縁がない。

クロウより前に結婚して、子供もできて、完全勝利した表情のフィーはクロウに赤ちゃんを見せびらかす。

クロウは調子にのるフィーに、げんこつを作ってぐりぐりと頭を締め上げた。

「結婚したくらいで、随分と調子にのりやがって、このやろうこのやろう！」

「きゃーっ！　暴力はんたーい！」

それにフィーは楽しそうに悲鳴をあげた。

そんな二人のやり取りを、クーリオは口に指を咥《くわ》えてぼーっと見ていた。

＊＊＊

「フィーが来たのか？」

王城に入ると、どたばたと足音が聞こえてくる。

そして扉の向こうからロイとよく似た黒髪の少年が飛び出して来た。

「サルサさま、走ってはいけません」

サルサと呼ばれた少年は、ロイの弟だった。

そう、ロイには弟がいたのだ。先王が亡くなる直前に市井の女性との間に子供ができていたのだが、生まれた時期は先王が亡くなったあとであり、そのせいで国側は認識していなかったのである。

ザルネイード公爵がその身柄を押さえていて、ヴォルスに対してすら秘匿していた。

しかし、ザルネイード公爵が倒れたことにより、その存在が判明したのだ。

戦争がおわってすぐ王宮で保護されたので、王妃を務めていたころのフィーとはよく顔を合わせていた。

「お久しぶりです、王弟殿下」

「そんな堅苦しい挨拶するなよー」

「えへへ、久しぶりだね。サルサ。ほら、クーリオもご挨拶」

「お、おおっ。それが生まれたっていう赤ちゃんか」

「もう六ヶ月も前だけどね」

サルサの容姿はロイを幼くした感じだけど、平民に交じって過ごして来たせいか元気な子だった。

ザルネイード公爵の元にいた頃は、国から捨てられたと思っていたらしくひねくれていたけど、その誤解もすぐに解けて今ではロイにとてもよく懐いている。

「こら、サルサ。王家の人間として落ち着きを身につけなさいと注意したばかりだろう」

「うう、じいじいがうるさい～」

サルサの入ってきた扉の後ろから、ゾォルスが入ってきた。

いまでは宰相を引退して、サルサの教育係をしているらしい。

「久しぶりだね、フィー伯爵妃」

「はい、ゾォルスおじさんも元気そうですね」

「ふふっ、重い仕事からは解放されて隠居した身だからね」

「俺の教育係も隠居してくれればいいのに」

「この子を立派な王族にするのが最後の仕事だよ」

「げぇ～」

サルサとヴォルスのやり取りを微笑んで見ていると、その後ろからまた一人、見知った人物がやってくる。

フィーは立ち上がってその相手を迎える。

「お久しぶりです、ロイ陛下」

「ああ、よく来てくれた」

あんまり変わってないロイ陛下の姿があった。それは当たり前かもしれない。まだ出会って三年も経ってないのだから。でも、その三年で、フィーにはいろんなことがあった。

こうして子供だって生まれたわけだし。

「フィールも元気にしてるようだな」

「はい、毎月手紙でやり取りをしてます」

フィールは意識の戻ったトマシュ王子と結婚した。そしてトマシュ王子は母国の王位を継いだらしい。それだけでなく、フィールが何をやったのやら、デーマンの王位はトマシュ王子の国と統合され、フィーとフィールの父母は強制的に退位させられてしまった。

そのことについて聞きたい気もするけど、でも焼き物を名産にしてうまくやってるようなので、聞かないことにした。

「二人で仲良く暮らしてるみたいですよ」

「そうか」

その言葉にロイも微笑んだ。しかし、そこから話はロイの都合の悪い方に流れる。

「ところでロイ陛下はそろそろお見合いで良い相手が見つかりましたか？」

その言葉に、嫌なことを聞かれたというように、ロイはぎこちなく苦笑いを浮かべた。

「い、いや、がんばっているのだがな……。まあ、仕事の兼ね合いなどもあってな……」

ロイは以前とは違い、臣下たちのお見合いの要請などを受けているようだった。誰々と見合いしたなど、ニュースがぽつぽつと流れている。ただ、恋人ができたとか、そういう浮いた話は聞こえてこない。

「ちゃんと相手には優しくしてますか？　自分のことだけじゃなく、相手にも合わせて、その上でリードしていかないと」

「が、がんばってはいるぞ……。ああ、そろそろ次の仕事が……。すまないな、ゆっくりしていってくれ」

ロイは逃げ出すように、お見合い事情を詰めるフィーのもとをこそこそと去って行った。その姿を見て、ため息を吐く。

「たいちょーもクロウさんも、ちゃんと結婚できるのかなぁ」

年下ではあるけど、人生の先輩として二歩先を行く者としては、心配な思いである。

そのやり取りを見て、ヴォルスが笑う。

「あの方もだいぶ変わられましたよ。以前は女性が興味のない話をはじめると反応もしませんでしたが、今は事前に『私はそんなことより～について興味がある』と本を渡して、勉強するように要求されてるそうです」

「それは……前よりはましなのかもしれませんね」

ロイのなんともズレた、それでも前に一歩進んだ頑張りに、フィーは苦笑しながら、楽しそうにしていた。


フィーが王都にやって来たのは、クーイヌたち見習い騎士の叙任式のためだった。

見習いだった少年たちがついに騎士になる。その日なのだ。

見習い騎士としては参加できないけど、クーイヌの妻として、娘のクーリオを連れてやってきたのだった。

「もうすぐ始まっちゃう。急がないとね、クーリオ」

そう言って叙任式の舞台に向かうフィーをひとりの男性が呼び止めた。

「ちょっと、君」

フィーには見覚えのない男性だった。でもあちらはフィーのことを知っているようだ。

「ああ、やっぱり君か」

首をかしげるフィーに、男性は微笑む。

「君は覚えてないかもしれないね。君が見習い騎士に入隊しようとした時、試験で審判を務めていたんだよ」

「そうなんですか!?」

そんな人に会えるなんてびっくりだ。

負けてくやしかったけど、今ではいい思い出だった。

男性は懐かしそうにフィーを見ながら、その赤ちゃんも優しい表情で見る。

「今は子供もいるんだね。時間が経つのは早いものだ」

「はい、いろいろあって楽しかったり、悲しかったりしたけど、あっという間だった気がします」

今まで話したことないけど、でもフィーにとっては大切な運命の出来事に関わった人だ。

ここで会えたのも運命かもしれない。

男性は優しくフィーを見ながら、少し辛そうな表情になって告白してくれた。

「実はね、私も公爵側の人間だったんだよ。妻と娘が重い病気になってしまってね、金で情報を売っていたんだ」

「そうなんですか……」

裏切り者だったと聞いても、フィーに恨む気持ちは生まれなかった。

今はフィールもトマシュ王子と結婚して幸せになっている。

「奥さんと娘さんは……」

その質問に男性は微笑んだ。

「ああ、今は陛下が良い医者を紹介してくれて、だんだんと元気になっているよ。私も罰を受けることになっていたが、陛下から恩赦をいただいた」

「よかったです」

本当によかったと思って、フィーは微笑む。

「奥さんと娘さんを大切にしてあげてください」

「ああ、君も。私が言うまでもないかな」

「はい、家族を大切にするつもりです」

男性は苦笑いした。

「呼び止めてすまなかったね。叙任式に行くんだろう。こっちじゃなくてあっちだよ」

「あ、ありがとうございます」

どうやら道を間違えていたようだった。

「それじゃあ、またどこかで」

「はい、おじさんもまた。クーリオ、もうすぐパパのかっこいい叙任式が見れるよ〜」

フィーは男性に手を振って、夫の待つ叙任式の会場へと歩いて行った。

＊＊＊

叙任式とは見習い騎士たちが騎士になるための儀式だ。

勉強と訓練を重ねた見習い騎士たちが、王と国に剣を捧げ誓いを立てる。

見習い騎士たちが、正式に騎士に叙されるための儀式だ。王城内の広間に、見習い騎士たちがずらっと並んでいる。

叙任式を見るために、多くの人がこの場に来ていた。そこにはもちろんフィーもいる。

「王妃さまだ」

「王妃さまがいるぞ」

王妃をやめて一年と数ヶ月ほど経ったフィーだが、未だに王妃と呼ぶ者がいた。一番の原因は、ロイが未だに結婚できてないことにあるが、評判最悪のおまけから王妃にまで上り詰め、さらに電撃的にやめていったフィーのインパクトが強かったせいもある。

それなりにうまくこなせてしまったせいか、ファンまでいる始末だ。

フィーはそんな周りの反応などどこ吹く風で、観覧席で見つけた元宰相のおじさんの隣に座った。

「おじさんも見に来たんですね」

「宰相の地位を降りてからは時間ができましたからな。見習い騎士の少年たちとも、何人か知り合いになりました」

その言葉にフィーはくすくすと笑う。

「みんなおじさんのこと怖いって言ってましたよ」

もともと厳しいことで知られていた宰相だったが、引退してからは度々見習い騎士たちのもとを訪れ、説教おじさんとしてその名を広めていた。

「彼らはふざけすぎるきらいがありますからな、注意して回っただけですよ」

しれっとした顔でそう言う宰相に、フィーはまた楽しそうに笑った。

「あ、たいちょーだ！　もうすぐはじまるみたいですよ！」

国王であるロイが現れると、一斉に見習い騎士たちが膝をつき、礼の姿勢を取る。見事に揃った動作で、普段のいい加減極まりない彼らを知っているフィーは、ちょっと目を丸くしてしまった。

驚いたあと、少し微笑むフィー。そんなフィーの横顔を、宰相はなぜか複雑そうな表情で見た。

「恨んでますかな……？」

宰相のぽつりと呟いた言葉にフィーは首をかしげる。

「恨む……？」

「私のことを……。私が見過ごせば、あなたはもう少しの時間をあの場に立てていたかもしれません……」

「…………」

宰相の言葉は、どこか後悔を含んでいる響きだった。歳を取るとどうしても多くなる。あのとき、ああしておけばよかっただろうか、こうしておけばよかっただろうか、そんなことが。

フィーは少し沈黙したあと、ちょっとだらだらと汗をかきながら言った。

「実は少し……」

申し訳なさそうに上目遣いから放たれた言葉に、宰相も動揺する。

「す、少しですか……」

別に恨まれてないと思っていたわけではない、いや正直に告白しよう。この子なら笑って「気にしてない」そう言ってくれると思っていた。

「やっぱり見習い騎士の生活は楽しかったし、そういう生活が続いてたらって、今も考えたりします、けど」

　フィーはそう言うとクーリオをぎゅっと抱き締めた。

「この子が生まれてからは、うん、この道を選んで悪いことばかりじゃなかったなって思えるようになりました、うんうん、そうだよね」

　腕の中で眠るクーリオに、確認するように頷く。

「それに……あの時のことも振り返ってみると、悲しかったけど、誰かに見つけてもらったのは嬉しかった気がします……」

　なんと答えたらいいか分からず、宰相は沈黙した。ただ、少しだけ恨まれてると知って動揺したことについて――昔なら気にもしなかっただろうに――自分の心は昔よりほんの少し弱くなったのだろうと察した。そしてそんな弱さこそが、人同士を結びつけるのかもしれない。

　フィーはそういえばと、不思議そうに宰相に尋ねる。

「そういえば、なんであのときわたしだってひと目で分かったんですか？」

　最初、フィーは絵姿で容姿を知られていて正体がバレたのだと思っていた。

　けれど、あとで確認したところによるとフィーの絵姿なんかはほとんどオーストル側に送られたことがなかったらしい。実際、フィーも描かれた記憶がない。なんか故郷の誰かが描いた、適当な似顔絵程度なら送られた形跡があったけど、あんまりフィーには似てなかった。

　疑問に思ったのに、そのあとは王妃の仕事に結婚に妊娠と、忙しくて忘れてしまっていたのだ。

　すると、宰相は懐かしそうな顔をして言う。

「昔、約束したのですよ、ある方と……」

「え、誰と？　何を……？」

返ってきた答えの意味が分からず、フィーは顔にたくさんのクエスチョンマークを浮かべる。でも宰相は微笑むだけで、それ以上は答えてくれなかった。

フィーはぶーぶーと抗議の声をしばらくあげ続ける。それでも答えてくれなかったのでフィーは諦めた。

（恨んでる……）

そういえば、叙任式が始まる前、別の人からも同じことを言われたのを思い出した。

＊＊＊

叙任式が始まる前の、見習い騎士たちが集まる部屋。

「ついに叙任式か、緊張するなぁ」

「ああ……ミスったらどうしよう」

「やっほー」

そんな中に、能天気な声が響いた。

「げ、ヒース」

「いや、フィー王妃だ」

「ちがうぞ、元だ。元フィー王妃。いやフィー元王妃か？　元王妃フィー！」

待合室となってる場所にあっさり侵入してくるフィー。王妃や国王の友人として摑んだコネは伊達ではない。

「みんなの様子を見に来てあげたよ。それからこの子をクーイヌと会わせてあげたくて」

「ああ、クーイヌならもうすぐここに――」

「フィー!?」

その場に驚いた声が響く。

あの頃から一年経って、少し大人になったクーイヌが姿を現した。背が少し高くなったけど、エキゾチックな容貌とすらっとした体形は相変わらずだ。クーイヌを見つけると、フィーは娘を抱いて駆け寄った。

「ほら、クーリオ、パパだよー」

はいっと渡すと、クーイヌはぎこちない手つきで、大事そうに二人の娘を抱き上げる。

「あうぅ……」

クーリオはまん丸の瞳で、クーイヌのことを見つめる。

「おお、喜んでる……喜んでる……？」

ノリで喜んでると言ってみたものの、やっぱり喜んでるのか分からなくなり、フィーは首をかしげた。むずからないということは嫌がってはいないと思うけど。

「ごめん……なんかいろいろと……」

クーイヌはどこか申し訳なさそうに謝る。見習い騎士として騎士をめざなければいけないので、フィーたちとは会えない時間も多かった。所領の運営も、フィーにやってもらっていた。だから、子供を抱き上げるのだって恐る恐るだし、こうして会いにきてもらわなければいけない。

それも騎士になれば、赴任場所を所領の近くにしてもらって、これからは家族の時間をたくさん作れるはずだった。

フィーはくすくすと笑う。

「なんで謝ってるの？」

クーイヌの気にしてることなど全然気にしてないようで、本当に分からないという表情だった。

「おい、二人っきりにしてやろうぜ」

「というか、俺たちにあの光景はキツすぎる……」

恋人持ちを飛び越えて、結婚し子供までできてしまった同僚の姿は、同期たちからすると眩しすぎた。眩しい理由は、まあ彼らが今日まで変わらず変わらなかったということでもあるのだけど……。

「あれ、みんな行っちゃった。話したかったのに」

フィーはキョトンとして、自分と娘とクーイヌが残された部屋で瞬きをする。でも、すぐに気を取り直したように、クーイヌに話しかけた。

「もう叙任式だって。なんかあっという間だったねぇ」

「うん……」

めでたい日なのに、クーイヌの表情はどこか晴れなかった。

「緊張してる？」

「いや……うん、それもあるけど……」

クーイヌは緊張以外にも暗い理由があるようだった。フィーの方を見て、問いかけるように聞いてくる。

「フィーは……後悔してない？」

クーイヌは少しためらいながらも言葉を続ける。

「あのときはフィーと一緒にいたくて、自分のことばかり必死で、今考えるとフィーの気持ちなんて考えてなかったなって……。本当にフィーが望んでたことはなんだったのかなって、今更だけど本当に思うんだ……恨まれてても仕方ないなって……」

その言葉に、フィーはちょっと驚いた表情をしたあと、少し呆れたように言った。

「本当に今更だね。結婚してもう子供までいるのに」

「うっ……」

その言葉にクーイヌは青い顔をする。

「でもね、聞いてくれてよかったかも」

「えっ……？」

フィーの言葉にクーイヌは何がなんだか分からないという顔をする。

「前から伝えたかったことがあったんだよね。なかなか機会がなくて……」

伝えたいこと、なんだろうか……。恨み言だったり、不満だったりするのだろうか。結婚までの過程から、その後の生活まで、クーイヌが至らなかった部分は多い。たぶん、ものすごく多い。

「あのね、クーイヌ……」

どんな言葉でも受け入れようと、クーイヌはフィーの言葉を待った。

すると、フィーは微笑んでクーイヌを見上げ言った。

「世界で一番、大好きだよ」

＊＊＊

儀式は進んでいく。各宿舎の代表が前に出てきて、ロイに剣を捧げ儀礼を受ける。

北の宿舎の代表はゴルムスだった。

ゴルムスもがんばったのだ。剣の実力ではまだクーイヌの方が上だけど、リーダーシップや指揮する能力が高い。だから、代表に選ばれた。

フィーは素直にそれを称賛した。

膝をつき、ロイに自分の剣を渡し、その剣をロイが肩に置くと、ゴルムスは誓いの言葉を述べる。

儀式は滞りなく終わり、最後に行われるのが御前試合だ。

団体戦ではなく、優秀な者が代表して試合を行う。

選ばれたのは、クーイヌとパーシルだった。奇しくも東北対抗剣技大会のときと同じ組み合わせ。

試合は見事な攻防戦となった。雷神のような速さで動くクーイヌ、正確な剣さばきで迎え撃つパーシル。観覧席のみんながその試合に引き込まれる。

ピンチに追い込まれ、フィーの応援でなんとか勝った以前の試合とは違い、クーイヌは結局実力で勝ってしまった。

「パパ、すごいね」

見えているのかいないのか、起きて試合をじっと見つめているクーリオにそうフィーは話しかけた。

そうして叙任式は平和に終わるかに思えたが。

「納得がいかない！」

叙任式を受ける騎士たちが座る席から声が響く。フィーが見てみると、それはルーカだった。

「こんな晴れの日に僕の華麗な剣術を披露する機会がないなんて！　おかしいじゃないか！」

「仕方ないだろう、お前は代表決めの試合で俺に負けたんだから。俺もパーシルに負けたけどな」

ケリオが呆れた顔でため息を吐く。

「くっ、なぜ代表は二人だけなんだ。観衆は僕の華麗なる剣術を見ておくべきなんだ！」

「おーい、お前らうるさいぞ～」

北の宿舎の見習い騎士、いや、もうすでに騎士が注意する。

「しょうがない、連れて行こう」

北の宿舎と東の宿舎の騎士たちは、顔を見合わせてルーカを連行することを決定する。しかし、ルーカは暴れ出した。

「おいこら、大人しくしろ」

「離してくれたまえー！」

「うわ、こいつ、いてっ」

「あ、蹴りやがったな、このやろー！」

あっという間に、それは喧嘩に発展する。まさかの叙任式での乱闘事件だ。大不祥事であり、教官だったヒスロは顔を青くする。

ロイはというと、はぁとため息を吐いて、例の仮面をつけてクロウのもとにやってきた。

「おいおい、その格好ひさしぶりだな。どうしたんだ？」

「見なかったことにしてやろうと思ってな……」

その言葉にクロウは苦笑いする。

せっかくの立派な叙任式を台無しにした騎士たちの姿に、宰相もため息を漏らした。だが、隣でフィーがわくわくしてるのを見て、嫌な予感がする。

「おじさま！　この子のことをお願いします！」

フィーは宰相にクーリオを丁寧に預けた。それから観覧席から飛び降り、乱闘する彼らのもとに駆け寄る。

その姿を見て、冷静な騎士たちが顔を青くした。

「げ、あいつが来たぞ！」

「さらにややこしくなってきた」

「わー!! 僕もまぜろー!!」

「おい！ クーイヌあいつを止めやがれ!!」

「え、ええ!? フィー、だめだよ！」

「決闘だー！ 決闘だー！」

昔取った杵柄で木剣を振り回すフィー。楽しい日々はまだ続きそうだった。

書き下ろし番外編　怪人の謎を追え

朝の食堂で、見習い騎士の一人が叫ぶ。

「見たんだ！　確かに！」

「本当かぁ？」

「幻覚でも見たんだろ？」

じゃがいものスープを食べていた少年たちの反応は冷淡だった。

叫んでいた見習い騎士の目は、のんきにじゃがいもを食べていたフィーたちに向く。

「お前たちなら信じてくれるよな！　アホだし！」

そう言われたフィーは、スプーンを置いて言った。

「期末試験第三位の僕に失礼な。都市伝説でしょ？　要は嘘」

「ちがーう。本当に見たんだ」

ぼーっととなりのフィーを見ながら食事をしていたせいで、会話についていけてなかったクーイヌがフィーに尋ねる。

「みんな何の話をしてるんですか？」

首をかしげる白い毛の犬に、フィーは肩をすくめて答えた。

「バルスマシュシュットマン。ただの都市伝説だよ。くだらない」

フィーの言葉に、少年が叫ぶ。

「本当に見たんだよー！」

＊＊＊

バルスマシュシュットマン、それはオーストルの王都、ウィーネに伝わる都市伝説だった。月のない夜、夜道を歩いていると、謎の男バルスマシュシュットマンが現れて謎の液体を吹きかけてくる。その犠牲者は、犯罪者から若い女性までさまざまである。正義か悪か、謎の男、バルスマシュシュットマン。

少年たちに人気の雑誌『ヌー』にも何度も特集が組まれている。

食後の娯楽室。スラッドから借りた雑誌を見せて説明してあげるフィーに、クーイヌはとってものんきな無表情で返事をした。

「そういえば、聞いたことがあるかも……」

そりゃ聞いたことがあるに決まっている。

少年たちの雑談で何度も話題に上ってきたのだから。

この子はいったい、普段みんなで話してるとき何を聞いてるのだろう、フィーは疑問に思ってクーイヌを見つめてみた。

あんまり感情が出ないその顔は、一見きりっとしてるけど、中身はぼけっとしてるのは分かってる。いったい何がそうさせるのか。この機会にじーと観察だ。

しばらくはきょとんとしていたが、やがて褐色の頬が朱色に染まっていった。

照れてるようだ。

どんどん真っ赤になって汗だくになっていくクーイヌに、それを見ていたレーミエが慌てて割って入った。

「ま、まあ、クーイヌが好きなのは騎士物語とかで、そういう都市伝説系にはあんまり興味がないんじゃないかな。興味がないと、聞いても忘れちゃうこともあるし」

「ふむ、一理あるかも」

フィーは一応納得したように頷く。

「それでどうする？　俺たちも調べにいくか!?」

スラッドがわくわくした表情で言った。

しかし、その場にいた全員の反応は鈍かった。

「ただの見間違いでしょ」　by フィー
「そんなことより宿題……」　by ギース
「時間の無駄だ」　by ゴルムス

少しきょろきょろしたクーイヌも「フィーが行かないなら行かない」と言った。

孤立したスラッドがとほほと肩を落とすのを、レーミエが慰めた。

「宿題手伝うから」

「やりたくなーい！」

結局、宿題をやりたくないだけのスラッドだった。

このままバルスマシュシュットマンの噂は、沈静化していくと思われた。

しかし——。

＊＊＊

「俺も見た！」

「本当なんだ！　信じてくれ！」

朝食の時間、そこには騒ぐ二人の少年がいた。

もちろん、昨日とは別の少年である。

「だろ……！　本当にいたんだよ！」

昨日騒いでいた少年も交じって騒ぎ出す。

ひとりの見習い騎士がいぶかしげな顔で聞いた。

「お前ら、手を組んでみんなをからかってるのか？　お前のやってる行為は、俺たち見習い騎士の見習い騎士による見習い騎士のための見習い騎士も守る禁止条項、第38条、つまんないひっかけ禁止、及び、第4条、俺たちのロマンを弄ぶの禁止に抵触する可能性があるぞ」

見習い騎士たちが警告する。

「ちなみに第4条は僕のおかげでできたんだよ」

「自慢げに言うな」

嬉しそうに言うフィーに、ゴルムスが突っ込んだ。

問題児ばかりの北の宿舎だが、お互いのトラブルを避ける為に、近頃は自治条項ができた。ちなみに即行、条項の作成対象になった者の一人がフィーだった。

「くそ、なんでみんな信じてくれないんだ！」

「まだ言うか。引っ立てろ」

「おう！」

見習い騎士の少年たちが、バルスマシュシュットマンを見たと主張する者たちの両腕を掴んで、ガシッと拘束する。

「舐めてもらっちゃ困る。見習い騎士になり立ての頃は、俺たちもたしかに都市伝説が本当かどうかではしゃいだものだ。だが、もう見習い騎士になって十ヶ月だぞ。そういう都市伝説が嘘だというのは知っている。空想は空想として楽しむのが俺たち大人の嗜みだ。それを周りを担ごうなどと、許されるものではない！　砂ざらしの刑だ」

「バカな！　不当刑罰だ！」

砂ざらしの刑は、ロープで縛られてしばらく訓練場に放置される、かなり重い刑だった。

刑に処されることになった見習い騎士たちは不当だと訴えたが、そのまま引っ立てられていった。

秋の訓練場の砂の舞い具合は、一年で一番だ。きっと、彼らはいい感じに砂ざらしになることだろう。

フィーはそれを不思議そうな顔で見送った。

「わざわざ砂まみれになりにいくなんてどういうつもりなんだろうね」

あんなにしつこく主張したら、なにかの刑を受けるのは目に見えていた。ただでさえ、最近またフィーが問題を起こしたばかりなのに。

「さあな」

ゴルムスも肩をすくめる。

この時までは、フィーたちもただの冗談か、勘違いだと思っていた。

＊＊＊

砂ざらしの刑の発動により、少年たちの噂もおさまるかに思えたが、なんとその後も目撃証言が相次いだのだった。

一ヶ月経つころには、砂ざらしの刑を執行された人数が宿舎の過半数を超えかねない事態となっていた。これでは刑の執行にも支障が出てくる。

「まずい、このままじゃ非常にまずいぞ。クーデターを起こされかねない」

刑の執行を主導した少年が、焦った声でフィーたちに言った。

フィーたちは彼に呼び出されたのだ。といっても、食堂の彼の席に呼ばれただけだけど。

「刑を乱用するからだよー」

フィーは少年の方に原因があることを告げた。

「うるさいっ！　お前らも止めなかったから同罪だろう！　このままではOTTDNSCOMK（俺たち都市伝説など信じないちょっと大人な見習い騎士）派の落日の日も近いぞ！」

フィーたちが食事をしている北の宿舎の食堂の一角では、なぜか床に座って食事をしてる少年たちがいた。彼らの中央には、『ルールの乱用反対！』『人を信じられないのか！』と書かれた旗が置かれている。チェアーレス（椅子無し）ストライキらしい。

「おお、なんてかわいそうなんだ！」

「これは間違いなく弾圧だ！　俺たちは応援してるぞ！」

その姿を見て、野次馬ポジションの見習い騎士たちが同情のセリフをこれ見よがしに言っている。

フィーたちを呼び出した少年はそれを見てわなわなと震える。

「あいつらぁ……最初は俺たちと一緒に批判してやがったくせに！」

いつだって大衆は身勝手である。

「だが、まずい。これはまずい状況だ」

どうにもまずい状況らしい。

ただ少年はフィーたちも同じ危機的状況にあると思ってるようだけど、実はいろいろな事情があってそうでもなかった。フィーがこの場にやってきたのは、呼び出した少年の用件の方に興味があったからだ。

少年はどうやら困っているらしい。困りごとの近くにはうまい話が転がっていて、うまい思いができるのだ。フィーが見習い騎士になってから学んだ経験則である。

「お墓は建ててあげるよ。木製なら格安で20％引き、石製はさすがに手間がかかるから、うーん、大負けして３％引き！」

手先が器用なフィーは、近頃、少年たちから工作を請け負っていた。食べ歩きでお小遣いを使い過ぎて金欠なのだ。木材加工が基本だけど、要望があれば石材加工もある程度はできる。犯人の似顔絵を描くときの技術を流用した絵画の販売も。場所や道具はガルージさんに借りている。

「そんな思いやりいらんわ！　しかも金取るのかよ！　っていうか割引率低！」

「じゃあ、なんで呼び出したんだよー」

思いやりを拒否され、お金を稼ぐ機会も失ったフィーは唇を尖らせ、ぶーぶーブーイングした。

「少なくとも墓石屋を呼んだ覚えはない」

ない。

「じゃあ、なんで呼ばれたの？」

墓石屋は首をかしげた。

「お前たちは俺の仲間だろ」

「ふむふむ」

そんなつもりはなかったけど、少年はそのつもりらしい。ちなみにフィーは反ＯＴＴＤＮＳＣＯＭＫ派からは『お前ら（主にお前）が関わると厄介だから、関わるな。こちらも何もしない』と、すでに不可侵条約の申し出が来ていて、フィーは「いいよ～」と承諾したばかりだった。つまり放っておくと、少年だけ吊るしあげになる状態。

特に教える必要はなかったから、教えなかったけど。

「お前たちに頼みがある。この件をお前たちで調査してほしい。バルスマシュシュットマンなどいない。いないが……百歩譲ってバルスマシュシュットマンと勘違いさせる存在がいるとしよう。それを見つけて、お前たちで正体を特定して欲しい」

「う～ん」

別にこのまま放っておいてもフィーに損はない。

しかし、バルスマシュシュットマンの報告がここまで絶えないのはフィーも気になるところだ。

「協力してくれるなら、下町の大盛りパスタ店ペロベーロの無料券を十枚譲ろう」

「友達が困ってるなら仕方ないね」

少年との熱い友情を確認したフィーは、頼みを引き受けることにした。

「ちょっと、待ってよ。見つけるってことは夜に街に行くってことだよね」

それを止めたそうにしてるのは、今まで静観していたレーミエだ。処刑が迫る少年にまじめに同情していたので、ヒース（フィー）との話し合いをじっと見ていたが、話が変な方向に着地してしまったので、口を挟んだ感じだ。

見習い騎士の夜間外出は、明確に禁止されてるわけではないが、城の出入り口に見張りがいて少年たちだけでは止められる時点で、実質禁止のようなものだった。

夜警の手伝いや先輩騎士がいるなら出歩くことも可能だが、それ以外は見張りの目を盗んで脱出するしかない。それは、バレたら教官であるヒスロに怒られる行為をするということだった。

「レーミエは友達を見捨てるの!?　こんなに困ってるっていうのに！　僕たちに見捨てられたら、彼は終わりなんだよ！」

しかし、無料券をポケットにしまったフィーはすでにそうくることを読んでいた。

最初は墓石を売りつけようとしていた相手を、これ見よがしに可哀想アピールする。

「そうなんだ、助けてくれぇ！」

「ううっ……」

単純な作戦はその分効果的だった。何故なら、この場で少年に一番同情的だったのがレーミエだからだ。レーミエは肩を落として頷いた。

「仕方ないなぁ……」

レーミエが同意するともう他に反対する者はいなかった。

フィーたちは夜の街に出かけることになったのである。

＊＊＊

一週間後の夜、フィーたちバルスマシュシュットマン捜索隊は、王宮の庭に集合していた。

「で、なんで俺まで参加することになってるんだ？」

調査の依頼を受けたとき、騎士団の用事でいなかったゴルムスは不満そうに腕を組んでいるが……。

「まあまあ、墓石建てるときは４％割引してあげるから」

「いらねえ」

またもセールスに失敗した墓石屋はぶーぶーと唇を尖らせた。

「でもここまで、バルスマシュシュットマンの目撃情報がでてたらゴルムスも興味は湧くでしょ？」

「それは、確かにそうだけどな」

バルスマシュシュットマンの目撃情報は、最初見習い騎士たちがイタズラ混じりに吹聴するいつもの与太話だと思われていた。しかし今回、あまりにも目撃情報が多すぎるのだ。

いつもの与太話と解釈するにはあまりにも異常だ。全員で口裏を合わせて大規模なイタズラを仕掛けようとしているなんて解釈はできるかもしれないが、さすがにあの人数で口裏を合わせたら何か秘密が漏れ出てくるだろうし、そもそもそんな変な計画を立てそうな人間といえば、今ここで墓石屋を営んでいる見習い騎士しかいない。

今回はゴルムスも認めるおかしな事態だった。

「よーし、というわけで早速調査に行こーう！」

集まったメンバーは、はりきるフィーに、それについていくクーイヌ、直前に巻き込まれたゴルムスに、不安そうなレーミエ、楽しそうにしているスラッド、いつもの冷静な表情のギースだった。

「そうは言っても、どうやって外の街に出るの？」

以前話に出たように、少年たちが夜の街に繰り出すのは実質禁止されていた。見回りで外に出る機会はあるが、そのときは先輩たちがいるので勝手な行動はできない。当然、この国の王が住んでる城だ。ロイ国王陛下の方針――暗殺者が来ても自分で斬ればいいと発言したと噂されている――で比較的緩い方ではあるものの、見習い騎士の自分たちだけで抜け出すのはさすがに無理なように思える。

「ふっふっふ、見てて。こういうのは外側には厳しくても内部からは意外と脆かったりするんだよ」

しかし、フィーは自身ありげに腕を組んでる。

「ほんとかなぁ……さすがに無理だと思うけど……」

実際、この場所から遠目に見える裏門には、兵士が二人一組できっちりと見張りをしているのが見えた。その姿は油断なく真剣で、内部からとはいえ、彼らの目をごまかせるとは思えない。

不安なレーミエは、太い眉をハの字にしてフィーを見ていると――。

「おーい、ぼうずー！」

遠くから声が聞こえた。

白髪交じりの年嵩の騎士が、そう叫びながらこちらに近づいてきていた。第18騎士隊のガルージである。同じ部隊であるフィー以外も、彼のことは知っていた。

騎士の身分ではあるが戦うことはあまりなく、道具の製作や整備などが主な仕事である。その腕は王国一と評判が高く、彼に剣を打ってもらうことは一流の騎士として認められた証だと先輩騎士たちから聞かされている。当然、ゴルムスたちもいつかはと淡い憧れを抱いている。

そんなガルージがぼうずと呼ぶのはフィーのことだろう。のっしのっしとこちらに近づいてきたガルージは、一枚の紙を取り出しフィーに見せる。それにフィーが嬉しそうに飛びついた。

「ガルージさん、できた!?」

「おう、見てくれ、完璧だぞ！」

「わあー！　すごい！　これなら絶対行けるよ！」

ガルージとフィーは紙を見て、嬉しそうにキャッキャと盛り上がる。

「なんだなんだ?」

「嫌な予感しかしねーな」

二人のテンションに目を丸くするスラッドと、腕を組んで額から汗を垂らすゴルムス。他の一同も不安そうな顔をしている。

そんなバルスマシュユシュットマン捜索隊の面々に、フィーとガルージはドヤ顔で一枚の紙を見せてきた。

「じゃじゃーん、外出許可証の偽造書類！」

「ガッハッハ、騎士団発行のものと寸分違わない素晴らしい出来だぞ。といっても騎士団から書類をチョロまかして勝手に書いたなんて簡単なものと思われちゃ困る。紙づくりから初めて、同じ配合のインクを使い、担当者の筆跡を真似、いちからちゃんと作り上げた魂の作品よ。これでぼうずたちも門を通ることができるぜ！」

「偽造書類って……」

「騎士団の製作担当が作った騎士団発行の偽造書類ってもうわけわからんな……」

内部は内部でも守りが崩壊してたのは城の内部ではなく、騎士団の内部だった。

ガルージの作った偽造書類を持って、フィーたちは門へと向かう。門番はフィーから書類を受け取ってまじまじと見る。

「見習い騎士だけで外出かい？」

さすがに少年たちだけでの外出は怪しいと思われたらしい。

「はい、クロウさんから頼まれまして、今夜はどうしてもということで外出しなくちゃいけないんです」

しかし、すらすらとそう答えるフィーの瞳は澄んでいた。嘘八百を述べているそぶりなどまったくない。

なぜなら、フィーはこの日の夕方、楽しそうにナンパに出かけるクロウを白い目で見送ったからだ。この嘘をつくことになにひとつ罪悪感はない。

だから今のフィーの目は限りなく澄んでいた。

「そ、そうかい。気をつけてね……」

その澄み渡った瞳に圧倒されるように、門番はフィーたちを送り出した。

みんなで外へ出ることに成功する。

「やったー」

「いいのかな……これ……」

「理由はどうあれ、あいつに付き合うって決めた時点で今更だろ」

小声で話しながら街へと向かう。

＊＊＊

「とりあえず、バルスマシュシュットマンを見たって地区に行ってみよっか」

この一週間で、見習い騎士たちからバルスマシュシュットマンの目撃情報を集めていた。それによると、どうにも王都の南西地区で見かけることが多いようだった。フィーたちはまだ見回りなどに参加したことのない場所だ。

都市の区画が拡大しつつある地域で、ロイが国王になってからの好景気で商売に成功した商人たちが、儲けた金をつかって新居を建てている。人が増えたら犯罪もその分増えるものだが、裕福な者が多いせいか、さほど大きな犯罪が起きたとも聞かない。

フィーたちはその場所へと歩いて向かう。

見上げる夜空には星が輝いていた。もう完全に夜である。普段のフィーたちなら、もう寝ててもおかしくない時間だ。

でも、そんな時刻でも、街にはまだ明るい灯《ひ》が点っていて、大人たちが楽しそうに歩いている。

彼らはまだ子供のフィーたちを見て一瞬怪訝そうな顔をするが、見習い騎士の制服を見て納得した表情になり、また通り過ぎていく。

ガス灯の明かりが届かない、少し薄暗い場所に差し掛かったとき、スラッドの口角が少し上がる。

「な、なんか俺たちだけで夜に歩くってどきどきするな」

見習い騎士として夜の見回りに参加したことはあるけど、その時は必ず大人の騎士たちと一緒だった。自分たちだけで夜の街を歩く、それはなんだか特別な存在になったみたいだった。

「そ、そんなこと考えちゃだめだよ。きちんと役目があって来てるんだから」

そういうレーミエの口元も緩んでいた。

「ねえねえ、クーイヌ、あの青い飲み物ってお酒なのかな？　美味しいのかな？」

「ど、どうなんだろう……」

まだ明かりが点る高級そうな酒場の窓にはフィーが張り付いていた。まだ食べたことのない美味しそうな食べ物や飲み物を見つけては、クーイヌに話しかけてる。

そんなフィーをひょいっとつまみ上げ、ゴルムスが言った。

「おい、先輩の騎士に会ったらさすがにまずい。行くぞ」

危うく夜の誘惑にばらばらになりそうだった少年たちだが、ゴルムスにまとめられまた歩き出す。

目的地までの移動中、何度か見回りの騎士たちに遭遇しそうになったが、斥候的な技術があるフィーが相手より先に気づいて、路地裏に隠れてやり過ごした。

隠れるとき、フィーと密着したクーイヌの心臓が大変だったりしたけど、一同は目的の地区にたどり着いた。

繁華街に比べれば暗い。でも、ポツポツと設置されたガス灯のおかげで、完全な真っ暗闇ということもなかった。

フィーたちはその地区に足を踏み入れた瞬間、違和感を覚えた。

夜の繁華街ほどに賑わってるわけではない。むしろ、ひっそりと静まりかえっている。なのにやたらと人影が目につくのだ。

矛盾してるようだが、そうなのだから、そうとしか言いようがない。

その人影の正体を見て、フィーたちは口をちょっとぽかーんと開けた。

まだ若い少年少女たちである。フィーたちのちょっと下から、同年代、少し上の子たちまでいろいろといる。一人じゃなく、グループで行動している子が多い。

繁華街では外を歩いているのは大人たちだけだった。でもここでは子供しか歩いていないのだ。

フィーたちがボーッと立ってると、不審げな顔でフィーたちと同じ年頃の少年が声を掛けてきた。

「なんだよ、お前たち、ここらじゃ見ない顔だな」

後ろには何人か少年を従えていて、そのグループのリーダーのようだ。

ポケットに手を入れて、こちらを睨みつける仕草はガラが悪そうに見えたが、着ている服は仕立ての良いものである。雑につけているアクセサリーなども、高級品であることにフィーは気づいた。

少年はフィーたちを睨みつけていたが、その服装が見習い騎士の制服であることに気づくと、動揺する。

「げっ、お前ら見習い騎士かよ……」

「君たち、こんな夜中に何してるの？」

フィーは単純に思ったことを質問した。

少年は数秒、及び腰になり逃げるかどうか迷ったようだが、小さいフィー相手に逃げるのは癪に障ったようで、意地を張るようにこの場に留まった。

「夜遊びだよ」

「夜遊び……？」

「家にいると習い事や勉強ばっかでつまんねーから、こーして夜家を抜け出して遊んでんの。文句あっか？」

なんとも普通な理由だった。そこそこ良い家に生まれて、その安定しているが窮屈な生活に反抗してみたくなったのだろう。フィーは呆れ顔になる。

「夜遊びって、危ないよ……」

「余計なお世話だよ。だいたいお前らだって、俺たちを補導しないのを見ると抜け出して遊んでるんだろ？　人のこと言えるのかよ」

そう言われると、まあ確かに、としか言いようがない。忠告はしたが、無駄であった。

フィーはため息を吐いて、会話を切り上げることにした。

「そう、じゃあ気をつけてね」

フィーがやる気なさげに手を振って離れようとすると、少年は勝ち誇った顔をする。それを後ろに控えていた子たちはキラキラした目で見て、フィーと話をしていたその少年を英雄のように取り囲みワイワイとはしゃぐ。

まあそういう子供たちだということだろう。

「ヒース、いいのかよ、なんか負けた気分だぞ」

同レベルのスラッドが、フィーにそう詰め寄ったが、すっかり冷めてしまったフィーはめんどくさそうにしっしとそれを払う。

「平和なんだから、結構なことじゃない？」

少年たちがそうやって遊んでられるのも、治安がいいからこそなのである。結構なことではないか。

＊＊＊

フィーたちが周辺を歩いて回ると、どうにもこの地区全体がそういう空気のようである。商家の子供の一大非行ブームといったところだろうか。どうも少年たちごとに縄張りがあるようで、フィーたちが通りかかると睨まれたりした。

しかし、騎士については警戒しているようで、フィーたちが見習い騎士の制服を着ているのが分かると、離れてじっと見たり、隠れたりする。

「あれだけの金品付けてて、物盗りに遭わないなんてある意味すごいね」

少年たちは、治安維持に関わる側から見ると格好の標的である。

「ここらへんは、貧民街があった地区からも遠いしな。だから商家の人たちが住み始めたんだろうけど」

国からの支援で貧民街は王都からなくなりつつあるが、依然として違法な商売から抜け出せない者が多いのも事実である。その周辺は治安が悪くなりやすい。

「こんなに夜中でも人がいるなら、バルスマシュシュットマンがいれば、すぐに広まると思うんだけどなぁ」

「何か事件があっても大人には報告してないんじゃない？　見習い騎士の僕たちにもすごく対抗意識があるみたいだったから」

ここにいる少年たちは大人や大人に管理される組織にいる子供が嫌いなのだろう。

「君たち、こんな夜中に何をやっている」

会話をしているフィーたちにいきなり声がかかった。大人の声だ。

フィーは驚く。こう見えて、周囲のことは警戒していたのだ。バルスマシュシュットマンの件もあるし、フィーたちもなるべく見回りには見つからないようにしなきゃいけない立場なのだ。

実際、数分前にも正規の騎士たちの見回りを避けたばかりだ。

なのにそんなフィーが、後ろから声を掛けてきた人物にはまったく気づきもしなかった。

背後を振り返ると、軽装の鎧をつけた男が立っていた。騎士の鎧ではない、兵士の鎧だ。王都の治安維持のために、騎士たちは見回りや犯罪組織の取り締まりをしているが、兵士たちも警邏《けいら》や事件が起きたときの対処などをしている。特に軽犯罪などへの対応は各地に常駐している兵士がやってることが多い。

「やべ、マルスだ！　逃げろ！」

その男を見て、近場にいた少年たちが逃げていく。

それをため息を吐きながら見送った後、男はフィーたちにまた顔を向けた。

「ん？　その制服、見習い騎士なのか？」

きっちりと整えられた黒髪に、暗闇の中でも分かる一分の隙もなくまっすぐ伸びた眉。なんとも生真面目そうな男だった。

「は、はい、そうです。あのあなたは？」

「私はウィーネの生活安全隊の隊長を務めるバッセルド・マルスだ」

「生活安全隊……？」

「近年、若者が非行から犯罪に手を染め、やがて犯罪組織の一員になるケースが増えていてな。私が陛下に上申して、作ってもらったのだ」

そうらしい生活安全隊のマルスはフィーたちが見習い騎士と分かっても、不審そうな表情のままだった。

「しかしおかしいな。見回りの見習い騎士なら、監督役の騎士がいるはず。だが見当たらない。どうしてだ？」

引き続き、フィーたちのことを追及してくる。フィーたちにとっては見つからないというのが何より最善だったが、見つかった以上、不審がられないように受け答えしていくしかない。大丈夫、門から出るときと要領は一緒だ。

「先輩の騎士からある命令をもらって、特別に外出しているんです」

「命令の内容は」

「命令で教えられませんが大事なことです」

「ふむ、ではその先輩の騎士というのは誰だ？」

「クロウさんです」

マルスからの異様なプレッシャーにフィーは汗を垂らしながら、できるだけ平然と答える。マルスはその答えを聞き、しばらく沈黙する。

「どうにも怪しいな。クロウ殿なら今日はこの近くの酒場で見たな。ついてきなさい、本当かどうか確認させてもらう」

まずい、顔見知りだったらしい。

「ど、どうする？」

不安そうな顔になるスラッドに、フィーはもちろん言った。

「逃げろー！」

バルスマシュシュットマンの正体を確認するため、ここで捕まるわけにはいけない。都市伝説の信義を確認し、王都に名を轟かせる。少年たちに人気の雑誌『ヌー』にも取り上げてもらえるはずだ。そしてビッグになる。

フィーたちは全員で走って逃げ出す。

「くそ、結局はこれかよ」

ゴルムスは顔をしかめた。

「どうしよう、あの人ついてくるよ」

「しかも、速い！」

不意をついたつもりだったのに、マルスはしっかりとフィーたちの五メートルぐらい後ろをついてきていた。しかも、だんだんと距離が縮まっている気がする。

「待ちなさい、君たち！」

「どうしよう、このままじゃ追いつかれるよ」

「仕方ない……」

フィーは顔をしかめたあと、隣を走ってるクーイヌの方を見た。

「クーイヌ！」

「な、なに？　ヒース！」

頼られてちょっと嬉しそうだ。

そんなクーイヌにフィーは手のひらをぱっと向けていった。

「待て」

クーイヌは条件反射で立ち止まる。

「え?」

そんなクーイヌの視線の先、そのまま走り続けているフィーは遠ざかっていく。

「え……?」

クーイヌは首をかしげて立ち止まっていたが、ハッと気づく。囮にされた! それに気付いて、ガーンとした表情になったその背後にはマルスが迫ってきていた。

「よし、君から事情を聞かせてもらおうか」

そんなクーイヌに無茶ぶりの指示が飛んでくる。

「そこからなんとか逃げて。クーイヌならできる!」

「ええ!?」

そう言うとフィーの姿はクーイヌから見えなくなった。フィーは冷徹な表情で呟く。

「グループでは僕の足が一番遅いから、クーイヌの機動力は活かせない。よってここはクーイヌを切り捨てるのが最適解」

「自分を犠牲にしようとは微塵も考えてないな……恐ろしい奴め……」

ゴルムスが冷や汗を垂らしながら呟いた。

フィーたちはマルスをなんとか撒いたが、クーイヌともはぐれてしまった。しかも、追いかけっこしてるうちに、地区の入り口まで戻ってきてしまったらしい。

また、バルスマシュシュットマンの情報を集め直そうと行動を再開したとき、それは起こった。

「うわぁああああああああ！」

少年の悲鳴が、夜の空気に響いてきたのだ。

「なんだ!?」

「行こう！」

フィーたちは反射的にその方向に駆け出す。

悲鳴のあがった場所までたどり着いたフィーたちは、家屋の屋根を見て、驚愕の声をあげた。月明かりに浮かぶシルクハットに黒いマント、そして紺碧のマスカレイドマスク。両手にはポンプ式の霧吹きが二丁。

「ば、バルスマシュシュットマンだ!!」

それは都市伝説で聞いたままのバルスマシュシュットマンの姿だ。バルスマシュシュットマンはフィーたちの姿を見ると、マントを翻し、身軽な動作で逃げていく。

「ま、まさか……」

「ほんとにいたなんて……」

呆気にとられたフィーたちは、逃げていくバルスマシュシュットマンをそのまま見送ってしまった。

「うぅぅううう」

それから再び聞こえてきた泣きそうな声に、悲鳴を聞いてこの場所に来たことを思い出す。フィーたちがそちらを向くと、少年が顔を押さえて蹲《うずくま》っていた。

「だ、大丈夫？」

レーミエが慌てて駆け寄る。何かを目に吹きかけられたようだった。

フィーも近づいて匂いを嗅いでみると、柑橘系の匂いがした。少年の目のまわりについた液体をちょっと取って、あらためて嗅いでみる。

「これ、レモンの汁かも」

「まさかバルスマシュシュットマンにやられたのか!?」

「とりあえず、水あるから目を洗うね。怖いかもしれないけどじっとしてて！」

レーミエが持ってきた水筒から出した綺麗な水で目を洗ってあげる。よく見たら、この地区に足を踏み入れたばかりのとき、フィーたちに絡んできて勝ち誇った少年だった。

「ああ、ありが……」

目が開くようになった少年は、そうお礼を言いかけたが、何かに気づいたようにハッとして、首元をがさがさして焦り出す。

「あ、あれ、ない！　ない！」

フィーたちも気づく。以前つけていた少年のネックレスがなくなっている。

「何があったか教えてくれる？」

「……夜遊んでたら、急に変なシルクハットの男が目の前に現れて、何かの液体を吹きかけてきて、それで焦ってたらなんか突き飛ばされて……、ど、どうしよう、勝手に持ち出したネックレス無くしたなんて言ったら、父上に叱られるぅう……うえええええええん」

少年はそのまま泣き出してしまった。

フィーたちは困ったように顔を見合わせた。

「まさかバルスマシュシュットマンが……」

フィーの言葉にスラッドが反論する。

「ば、バカ言うな！　バルスマシュシュットマンは良い奴なんだぞ。俺たちモテない男のため、夜のデートを楽しんでいるカップルなんかを脅かす正義の味方だ。そんなことするはずない」

それは正義の味方と言うのか怪しいが……。

「とにかく、この子を慰めないと……」

レーミエとしては、そっちの方を優先したそうだった。各人バラバラである。

そんなとき、またマルスの声が聞こえた。

「そこにいたか。待て、君たち！　あの少年は逃したが事情を聞かせてもらうぞ！」

「まずい、こっちに来たみたいだ。とにかく逃げよう！」

クーイヌはどうやら逃げ果《おお》せたようだ。とにかく捕まらないようフィーも距離が稼げてるうちに逃げ出す。なんとか撒いてから囮にされていじけたクーイヌを回収し、その日は、もう調査する余裕もなく、王城に戻るしかなかった。

＊＊＊

宿舎に戻ると革命が起きていた。

「革命だー！　革命だー！」

「悪の刑罰長を今こそ打ち倒せー！」

見習い騎士の少年たちが、フィーに依頼をした少年の部屋を取り囲んで、扉をこじ開けようとしている。

少年たちへの刑を決定する刑罰長は月ごとの交代だが、横暴がすぎるとこうやって革命が起きて、その権勢は打破される。今月はＯＴＴＤＮＳＣＯＭＫ派がその役を務めていたが、バルスマシュシュットマンの発見報告に厳しい刑罰を行使した結果、落日とあいなった。

「くそー、バリケードがもうもたない！　ヒースはまだか！　あいつなら、あいつならやってくれるはず……！」

革命を起こされてる部屋の横を通り過ぎて、フィーたちはクーイヌの部屋に集まった。腕を組んで、今回の件について話し合う。

「まさかバルスマシュシュットマンがあんな悪党だったなんて……」

「いやそうとは限らないだろ。スプレーをかけたのはバルスマシュシュットマンだけど、物を盗ったのは別のやつかもしれない」

「スラッド、それはさすがに無理があると思うよ……」

なんとかバルスマシュシュットマンの無実を信じたいスラッドだったが、他のメンバーからは肯定的な意見が飛ぶことはなかった。

まさかバルスマシュシュットマンが強盗をするような悪党だったなんて……。都市伝説とは思いつつも、その噂に心を躍らせたこともあった少年たちとしてはショックな出来事だった。

みんなの会話も弾まない。

「な、なにか誤解があるんだ……。だってバルスマシュシュットマンだぞ。俺たちの世代の三大都市伝説のひとつだ。きっと何か事情があるんだ……」

スラッドはバルスマシュシュットマンのことをまだ信じたいようだった。それを見て、フィーもため息を吐きながらうなずいた。

「そうだね、この件については、もうちょっと調査が必要なのかもしれない」

「ヒース！」

スラッドがキラキラした目で、フィーのことを見つめた。再調査の方針を固めたあと、少年たちは解散することになった。ただフィーはまだ部屋に残るようだった。

機嫌を損ねてベッドに伏せているクーイヌを見て。

「とりあえず、クーイヌの機嫌とっておくよ」

そう言って、みんなと別れた。

次の日の朝、かつてないほど上機嫌なクーイヌをレーミエはたちは目撃し（魔性だな……）と、そんなことをヒースについて思った。

＊＊＊

再調査をするからには、もう一度、外出許可証を偽造してもらわなければならない。

そう思って、第18騎士隊の詰所にやってきたフィーが見たのは、磔《はりつけ》にされたガルージだった。

「ど、どうしたんですか!?」

「ぼ、ぼうず……」

その横には腕を組んだたいちょーがいた。

「どうにも騎士団の書類を偽造していたらしくてな……。理由を聞こうとしたのだが、なかなか吐かないんだ」

外出許可証の偽造がバレたのだ。しかしなぜ。あの製法はフィーから見ても完璧だったはずだ。

その疑問に応えるように、たいちょーはティーカップを手に取る。

「あの書類には、わざと担当者が日時ごとに決まった箇所にお茶を数滴こぼすようにさせている。門番は知らないが、あとで私がチェックすれば、不審な書類が交じっていることに気づく」

「くぅ、あの染みはわざとだったのか……」

さすがにお茶の染みまで意図的なものだったとは、ガルージも気づけなかったらしい。

「まあ他にも仕掛けはあるが……この書類を受け取った門番は、小柄な見習い騎士の少年を通したと言ってたが……」

そう言ってたいちょーは、じーっとフィーのことを見た。

しまった。ガルージは自白しなかったようだが、しっかりとフィーが関与してることはばれてしまっていた。

「うっ……」

なんと言い訳しようか迷っていたとき、たいちょーの持っている資料の一つが目についた。

「た、たいちょー、それって……!?」

それはフィーが昨日訪れた南西地区の地図だった。そこに何箇所か×印がついている。

「ん、これか。どうも、この地区で物取りの被害が増えているようでな。しかし、なぜか被害者が曖昧な証言ばかりで、犯人が特定できてない状況なんだ。同一犯だとは思うんだがな……」

その×印、それはフィーが見習い騎士たちから聞き出したバルスマシュシュットマンを目撃した場所と近似していた。何箇所かは違うが、それは漏れがあったり、物盗りにあった少年が嘘をついたケースかもしれない。

「それよりヒース、なぜこんなことをしたのか……」

「たいちょー、ガルージさんに外出許可証の偽造を頼んだのは僕です！」

「むっ……！」

「ぼ、ぼうず……！」

優しく聞き出そうとしていたたいちょーだったが、その前にフィーが自白した。しかし、そう自白したフィーの目は真っ直ぐにたいちょーのことを見ていた。

「偽造を頼んだのはやらなければいけないことがあったからです……！　その日僕は夜にどうしても外出しなければいけませんでした！　そしてたいちょー、僕はもう一度、今夜、そのために外に出なければならないんです！」

バルスマシュシュットマンが物盗りなのは確実だった。

捕まえれば、大ニュース間違いなしである。あの伝説の怪人を捕まえ、窃盗事件を解決に導く。王都の人気者間違いなしだ。ビッグになれる！

ビッグになりたい、とにかくビッグな存在に。日陰者として生き、側妃としてすべてから見捨てられたフィーにとって、それは純粋な願いだった。フィーの目は限りなく澄んでいた。

その澄んだ目を見て、たいちょーはふっと笑った。

「なるほどな……、わかった。事情は聞かず外出を許可しよう。だが、今回だけだぞ」

そう言ってテーブルに紙を置いて、さらさらと書いて渡してくれる。それは本物の外出許可証だった。

「わーい！」

「へへっ、やったな、ぼうず」

嬉しそうに喜ぶフィーを見て、たいちょーもガルージも喜ぶ。

「ありがとうございます！　たいちょー！　ガルージさん！」

そう言ってフィーは第18騎士隊の詰所から飛び出していった。二人のためにもビッグになってやる。そんな野望を抱いて。

フィーが出て行ってすぐ、クロウが詰所にやってきた。

そこにはなぜか満足そうに腕を組んでいる幼馴染みのロイと、磔にされたままのガルージがいた。

「おいおい、どうしたんだよ、お前……」

大丈夫か……、という目で見てくる親友に、ロイはまっすぐな目で答えた。

「ヒースのやついい目をするようになった。あいつはぐんぐん成長している。将来、必ずいい騎士になるだろう」

「ええ……」

親友がそういう顔をしているときは大抵騙されてるときだった。すでに嫌な予感しかしないクロウだった。

＊＊＊

「クロウさんから仕事を頼まれまして！」

フィーたちは準備を整え、夜の街へと、再び出発しようとしていた。今度は正式な外出許可証だ。

自信満々にフィーは門をくぐる。理由は相変わらず嘘だけど。

「よーし、悪の怪人バルスマシュシュットマンを捕まえるぞー」

今度は武器も準備してフル装備だ。逃げても追いかけられるように、捕まえられるようにロープなんかも持ってきている。

「スラッドはいいの？　とりあえず、捕まえることになっちゃってるけど」

「構わない。逆に現場を押さえたら、誤解だってわかるはずだ」

スラッドだけは違う立場だけど、目的は大体一緒だ。

みんなで南西地区へとたどり着く。

今回は以前の反省を踏まえて、完全に隠密で動くことにする。街の少年たちからも、なるべく見つからないように行動だ。そのおかげか、前回は不意を突かれたマルスも先に発見できた。

夜遊びする少年たちを見つけては補導したり、家に帰したり、説教したりしているが、なんといっても数が多い。とても急がしそうだった。

フィーたちはバルスマシュシュットマンの犯行現場を押さえ、捕縛するのが目的だ。そのためには少年たちが襲われる現場に居合わせなければならない。

たいちょーの集めていた資料の報告によると、少年たちは、あまり人がいない場所、時間帯に襲われているようだった。

フィーたちはグループと別れ、家に帰ろうとする少年を地道に追跡していた。

「こんな方法で見つかるのかな……」

「仕方ないよ。これしかないんだから。あとは運だね……」

小声でそう話しながら、また一人少年を隠れながら追っている。彼が、家への近道をしようと思ったのか、路地裏に入ったとき、月の明かりに、ひとつの影が差した。

路地裏に笑い声が響く。

「フォアファッファッフォプルスぁ」

その声を笑い声を聞き、スラッドが目を見開く。

「バルスマシュシュットマンの笑い声だ！　雑誌に書いてあったまんまだ！」

フィーたちが監視していた少年も怯えたように辺りをキョロキョロ見回した。

「な、なんだ！」

その背後にシルクハットの怪人が現れる。少年が振り向いた瞬間、怪人は何かの液体を少年の目に吹きかけた。

「うわぁあああ！」

それがかかると痛そうに目を押さえる少年。前と同じ、レモン汁のようだ。

それから、怪人は少年を突き飛ばし、ネックレスや腕輪を剝ぎ取って行った。

「やっぱり！　怪人は泥棒だったんだ！」

「そんなっ……バルスマシュシュットマンが悪党だったなんて……」

フィーは立ち上がり、スラッドはショックを受ける。怪人は少年から金目のものをとると、身軽に屋根の上に上り、逃げていく。

「追いかけるぞ！」

フィーたちも気づかれないようにそのあとを追った。

追跡してしばらくすると、フィーたちは地区の外れまで来てしまっていた。もうすぐ治安の悪い場所まで足が届いてしまう。

怪人は人気のない場所で立ち止まる。

「よし、捕まえるか？」

スラッドも追ってるうちに決心がついたらしい、フィーに指示を仰ぐ。

「待って、誰かが来るよ」

それをレーミエが止めた。バルスマシュシュットマンのもとに、二人のチンピラがやってきた。

彼らはバルスマシュシュットマンに驚く様子もなく、むしろ親しげに話しかける。

「へへへ、首尾はどうだった？」

「アニキ、この通りでさあ」

バルスマシュシュットマンが声をだす。それは小悪党じみた、情けない声だった。

「おおお、よくやったじゃねぇか。これを売りゃ、また金になるぜ」

バルスマシュシュットマンからアニキと呼ばれた男は、嬉しそうにそう言った。もう一人の男も、そのアニキの手下のようで、彼をよいしょする。

「アニキは天才ですなぁ。商家の地区のガキどもを狙えば、リスクもなく簡単に金目のものが盗める。それに加えてバルスマシュシュットマンってアホな怪人のふりすりゃ、バカなガキどもが怪人に盗られたって思い込んで、兵士への通報もしなくなるから対策も遅《おせ》ぇ。ほんとに天才ですよ」

「そうだろ、そうだろ。へっへへっへっへ」

それを聞いて、フィーたちは悟る。

つまり、あのバルスマシュシュットマンは偽者なのだ。窃盗団なのか、盗賊団なのか、小悪党たちが少年の身に付けているアクセサリーを盗むために生み出した策略なのである。

「このぉ、なんてことを……」

少年たちの夢である怪人に扮したことへの怒り、愚かではあるかもしれないが無邪気な少年たちを標的にした怒り、何よりこんな小悪党捕まえてもビッグになれないことへの怒り。

いろんな怒りを抱き、フィーたち見習い騎士は立ち上がった。

「すべて聞いたぞ、小悪党め！」

「バルスマシュシュットマンを騙り、盗みで金を儲けようなんて言語道断！」

フィーたちは木剣を構え、小悪党たちへと斬りかかる。

「なっ、見習い騎士がなんでここに！」

「うわあっ」

不意をつかれ、アニキと呼ばれていた男と、もう一人の男は倒される。しかし、バルスマシュシュットマンに扮していた男はなんとかフィーたちの攻撃を避けてしまった。

一番下っ端とはいえ、怪人に扮した身体能力は本物である。いるのである、立場や心根に見合わない力をもった者がたまに。そしてそれは大抵、本人にも周りにも不幸を招く。

身を翻して逃げようとした男と誰かがぶつかった。

「きゃあっ」

それはこの地区の少年たちと同じく夜遊びをしている少女だった。

「ち、近寄るな！　この子供がどうなってもいいのか！」

「ひっ……」

バルスマシュシュットマンに扮していた男は懐からナイフを取り出すと、少女の首に突きつけた。

フィーたちは驚く。

「なっ、お、落ち着け！　人質をとるようなことかよ！」

「そうだよ、よく考えなよ。今なら捕まっても最悪強盗罪だよ！　そんなことしてもものことがあったら、死刑になるよ！」

まずい、フィーたちも焦って説得しようとする。

しかし、男は相当気が小さいようで、すでに錯乱状態だった。

「うるさいうるさいうるさい！　とにかくどこかにいけ！　俺から離れろ！」

ナイフを振り回してどんどん勝手に追い詰められていく。

この距離ではクーイヌだって一撃を決めきれない。フィーたちの背中に冷や汗が流れる。なんとかしなければ、そう思った瞬間。

月明かりに影が差した。

少女を人質にとる男の背後に、一人の男が降り立つ。

シルクハットにマント、顔を隠すマスカレイドマスク。

フィーたちは驚いて叫んだ。

「ば、バルスマシュシュットマンだ！」

男が背後に誰かいることに気づき、ナイフを振る。

「だれだ、てめぇは！」

現れたもう一人のバルスマシュシュットマンは、男のナイフを華麗に避け、スプレーを男に吹きかける。

「うっ!?」

男は慌てて目を押さえた。その隙を逃さず、もう一人のバルスマシュシュットマンは手で男のナイフを払い落とすと、とどめにみぞおちにヒザを入れ、男を気絶させる。

それから少女をフィーたちの方に歩かせた。

フィーたちは少女を慌てて保護する。

「バ……バルスマシュシュットマンが二人……」

「でも、あっちは偽者だったんでしょ……？」

彼の名を騙り、窃盗を働いていた男は、今や地面に倒れ気絶していた。

「じゃ、じゃあ、こっちが本物……？」

茫然とフィーたちが現れたバルスマシュシュットマンを見ていると、彼は屋根の上に飛び乗り、走って夜の街に消えていった。

その後、バルスマシュシュットマンに扮した強盗団を捕まえたことで、フィーたちは小さなお手柄になった。ただ、本物のバルスマシュシュットマンを捕まえたわけではないし、本物を見たという報告は、誰にも信じてもらえなかった。

フィーはビッグになるチャンスを逃したのだった。

＊＊＊

仕事から戻ってきたマルスは自分の家で一人ため息を吐いた。

バルスマシュシュットマンに扮した強盗団が捕まったということで、地域の防犯意識も高まり、少年の夜遊びも少なくなった。だが、相変わらずの子供たちもいて、仕事は減らない。

しかし、それでいいのだと思う。子供は間違えるのが仕事だ。

そうやって大人に見守られて成長していけばいい。彼はこの仕事を愛していた。

コーヒーで一息ついたあと、ふと彼はクローゼットを開ける。

「まさか、またこれを着ることになるとはな」

そこには、黒いシルクハットとマント、それからマスカレイドマスクが置いてあった。

彼が別の地方で仕事をしていたとき、同じように少年たちの夜遊びに悩まされることになったのだ。悩んだ末、彼がいた部署は怪人を作り出した。

夜に現れ、子供たちにレモン汁を吹きかけていく怪人、バルスマシュシュットマン。

少年たちを怖がらせ、夜遊びをさせないようにするという試みである。

その役目を任されたのが彼だった。毎晩、子供たちに無害な液体を吹きかけ、驚かせるのが仕事になってしまった。

さすがに意味があるのかと嫌気がさし、転属を願ってここにやってきたのだが、上司には「君しかできないことだ」と服を押し付けられてしまった。
もう着るつもりはなかったのだが……。
マルスはちょっと苦笑いして、クローゼットを閉じた。
大人も間違えることがあるのだ。子供はゆっくり成長すればいい。そう思って。

あとがき

ここまでこの作品を読んでくださりありがとうございました。

この巻は私が四年間をつかって書いた『わたしはふたつめの人生をあるく』の書籍版を完結させるためのお話が収録されています。

ウェブの読者さんにはすでにお話ししてることなのですが、これを完成させるまでに周りの人たちと一緒に少しだけ大変な苦労をしました。

と話を切り出すと出版社が変わってたりするので、何かトラブルがあったのかと誤解されそうなのですが、そんなことは一切起きませんでした。この四年間に起きた苦労はただ一種類、定期的に動かなくなる私を、周りの人がロープで引きずって再稼働させて、ゴールまで押し込んだそんな苦労話です。

笑い話です、というと苦労をかけた方々がいるので心苦しさもありますが、でもこの後書きを書いてるとき私は笑っているので、笑い話なんだと思います。当時は苦しくても振り返ってるときに笑顔になれる記憶、私の場合、この記憶がそういうものになりました。

事の発端はというと『わたふたは三巻まで出せます』という担当さんのお話に、『最終巻になってしまうなら完結できるように書き下ろしさせてくれませんか』とお答えしたことからはじまります。

しかし、この時点で大きな問題がありました。私、別にプロの小説家ではないのです。アマチュアで（自分なりにがんばってるつもりではありましたがプロの方に比べたら本当に）適当にやってる人間でして、それが担当さんや校正さんの力を借りて、なんとかぎりぎり出版できるようなものを作ってた状態だったんです。だから、一巻まるごと書き下ろしの経験なんてありませんでした。

予想通り、書き下ろし作業は暗礁に乗り上げました。ずっと一年以上、書けず、これはもう見捨てられてもしょうがないなと思っていました、というか普通一年より前にそう思うべき状態だったのですが……。

ですが、担当さんとその周りの人たちは、自分のことをずっと待っていてくれました。それどころか定期的に電話で励ましてくれたり、雑談につきあってもらったり、書き方をアドバイスいただいたり、いろいろな支援をいただきました。

この四年間の苦労といっても、特に大事件などはなく、そんな風に私が書けない……となってるところに担当さんが電話をくれて、少しずつ書く、その繰り返しでした。

その少しずつが降り積もって……、四年の歳月が経って、ようやくこの第三巻が完成しました。そんなに時間をかけてしまったので担当さんにも転機が訪れて、出版社を移られることになってしまいました。出版社が変わったのはそういう理由です。お世話になった担当さんの手元で出したかったので、少し無理を言ってついていきました。

この前、担当さんと電話して、本当に四年経ってしまったねと、二人で目を丸くしました。ウェブでは先に事情をお話ししたのですが、読者さんから温かい言葉をたくさんいただきました。

正直、書いている間は辛かったです。けれど、書き上げてようやくみなさんにお話しできるようになって、読者さんが喜んでくれる姿を見た瞬間、本当に書いてよかったな、と暖かい気持ちになれました。そしてふと考えたんです、これを書き上げることを途中で諦めてたら、こんなにも暖かい想いをいただくことはなかったのだなと。

そうなる可能性はあり得ました、むしろそうなる確率の方が多かったんです。何度も、ギブアップしかけました。けれど私は今、暖かい気持ちと一緒に、この場にいます。そしてこの場所に私を立たせてくれたのは、四年間、応援してくださった周りの人たちです。

ずっと待って励ましてくれた担当さん、時間が空いたり移籍などあったのに引き受けますと言ってくださり素晴らしいイラストを描いてくださったくろでこさん、担当さんとの電話越しにその大きな存在感を感じてた編集長さん、設定などで悩んだときアドバイスをくれた編集の方、私の文章を優しくご指導くださった各巻の校正さん、長いこと動かなかった作品なのに待ってくれたり応援してくれた読者さん、ファンレターをくれた方、そしてこの本を手に取ってくれたあなた、いろんな人がいて、そのおかげでこの三巻がだせました。

この作品は商業的に見ると決して成功ではないのかもしれません。でも、だからこそ私を支えてくれた人たちの優しさが実感できました。この低い場所から今私が見ている景色は、意外と綺麗で暖かく幸せなものだったと伝えておきます。そのことをこの本に思い出と一緒に記しておきたいと思ったんです。私自身が数十年あとにそれを振り返って思い出したいと思ったから。

最後までわがままな作者ですみません。わたしはふたつめの人生をあるく、をこれまで読んでくださって、本当にありがとうございました。

『わたしはふたつめの人生をあるく！』
5年間 ありがとうございました！

SQEXノベル

わたしはふたつめの人生をあるく！ ③

著者
小択出新都
イラストレーター
くろでこ

2021年3月5日 初版発行

発行人
松浦克義
発行所
株式会社スクウェア・エニックス
〒160−8430
東京都新宿区新宿6−27−30 新宿イーストサイドスクエア
（お問い合わせ）スクウェア・エニックス サポートセンター
https://sqex.to/PUB
印刷所
中央精版印刷株式会社
担当編集
齋藤芙嵯乃
装幀
村田慧太朗（VOLARE inc.）

ISBN978-4-7575-7124-2 C0093 Printed in Japan